被声音
打扰的时光

晓航 著

北京出版集团公司
北京十月文艺出版社

他们的城市一直在蓬勃发展，他们的城市充满希望又时有绝望，他们的城市日新月异，又常常土崩瓦解；人们来了又去，去了又来，他们或者痛苦或者欢乐地生活着，每一天都有新的生活新的戏剧上演；人们咒骂这里，热爱这里，他们在这里灭亡，又在这里重生。

目 录

第一章　　　**备胎人生**　　　　　　1

在这个庞大繁华的城市，每当太阳从东方懒
懒地升起时，人们第一眼看到的都是东边那
座熠熠闪光的城市观光塔。

第二章　　　**霾城之舞**　　　　　　22

秦枫一直对这个灰蒙蒙的世界提不起兴趣，
他知道他不喜欢这个世界，而这个世界也不
喜欢他。他认为他来到这里是个错误，当然
这个错误是由他父母造成的。

第三章　　　**充满落英的投影**　　　54

从某一天起，冯慧桐开始肆无忌惮地指使着卫
近宇去干各种其他无关的事情，比如买吃的
用的，缴费，去银行取钱，订机票，有一次，
当冯慧桐让他顺路替她买几包卫生巾时，他
明白自己已经彻底沦为她的私人助理了。

第四章　　**被抢夺的海伦**　　　　103

　　楚维卿从长相上看，是一个特别平凡的女
人，她很瘦，眼睛长而细，嘴唇很薄，唇边
有一颗轻描淡写的痦子，眉宇之间有一股淡
然的味道，让人一看总觉得她不太高兴或者
对这个世界没什么兴趣。

第五章　　**秘密点缀日子**　　　　118

　　人同此心心同此理，冯慧桐感受到的事实，
也正是卫近宇感受到的，他发现，实际上在
他的生活里，冯慧桐是最接近他的人，她每
天的各种无理要求就是他的动力，没有她的
吆五喝六，他完全不知道自己要做什么，这
很贱但是已经贱得很自然了。

第六章　　**爱比冷更冷**　　　　154

　　秦枫是带着一种颓丧与窝囊的心情来到日出
城堡的，他不知道这是自己的第几次逃亡，
虽然他每次都遭到失败，但他依然想试一
试，这是一个人的本能，谁都希望挣脱枷
锁，做一条自由的癞皮狗也好。

第七章　　　弦城堡和不速之客　　　　　207

　　　　两人说完这些简单的客套话之后一时有些沉
　　　　默，卫近宇下意识地想起与冯慧桐肌肤相
　　　　亲的时刻，生活真是无常，他们曾经在某一
　　　　刻热烈地融为一体，可在这一时刻却又咫尺
　　　　天涯。

第八章　　　翻手为雨　　　　　238

　　　　青哥是城堡的物质基础，他是房子的地基，
　　　　树的根，他熟知城堡的种种变幻，但并不为
　　　　变幻所迷惑；楚维卿则是城堡的灵魂，是城
　　　　堡的思想，她的那些奇思妙想恰好代表了人
　　　　类探索这个世界所表现出来的睿智、幻想与
　　　　创造的力量。

第九章　　　他们都看到了蓝色　　　　　327

　　　　冯慧桐消灭了她心目中的万声之源——那种
　　　　她不喜欢的无穷无尽的真话，她使用的方法
　　　　很简单，就是暂时关闭了城堡，让一切停
　　　　止，这样，没有人再来倾诉，声音也就不再
　　　　聚集，日出城堡彻底变为一个宁静的世界。

后　记　　　致我所热爱的城市文学　　　　　333

第一章 | 备胎人生

在这个庞大繁华的城市，每当太阳从东方懒懒地升起时，人们第一眼看到的都是东边那座熠熠闪光的城市观光塔。

城市观光塔的设计非常奇特，奇特到没有人能准确地说出它究竟代表了什么。建造一个观光塔的念头一开始来自于一个爱钱的官员，他的想法很简单，就是要在任内赚钱，因此他必须干点什么。但这个城市该开发的项目几乎都已经开发完了，这就使他非常犯难，有一天，他在酒足饭饱之后突发奇想，把目光投向了空中，看了很久之后，他决定建造一座世界上最高的观光塔。无疑，这是一个好主意，观光塔之类的东西一般都是一个城市最引人注目的建筑，大规模的投资往往会纷至沓来。果然，这个想法一出，追捧者甚多，有人表示愿意出钱，有人表示愿意出力。城市中各个阶层的人也都连连叫好，人们是从另一个角度想的，他们想，这就对了，这个城市如此迅速而辉煌地崛起，它太需要一个标志性建筑了。

于是，这件事成了，一块空地被选定，不久，一个深不见底的大坑被挖了出来，大批的施工人员开始为建设观光塔长年累月地忙碌起来。

不过，好事多磨，在观光塔如火如荼的建设期间，那个官员出事了，他因为一个情妇的爆料东窗事发，仓皇中他完全忘掉了人民的殷切期望，携带着巨款逃之夭夭。接手这件事的第二个家伙是个大忽悠，在第一个官员逃跑之后，他站出来以好人的姿态安慰大家。他信誓旦旦地说，他可以完成这个艰巨而伟大的任务，并且他保证能使这个观光塔在空中灿烂地绽放。他还迅速向人们提供了他手中几个备选的设计方案，其中包含了荷花方案、郁金香方案，甚至有一个非常优美狂放的三叶草方案。在那个方案中，一棵巨大的三叶草昂扬地舒展向上，从东到西，横亘于空中，那种视觉效果让人感到非常震撼。

善良的人们别无选择，他们只好相信了。观光塔慢慢矗立起来，但是很令人疑惑的是，随着一天天地长高长大，它并没有表现出它的优美夺目，相反，它细细的瘦瘦的，如同一棵羸弱的豆芽。人们再次有意见了，这与他们的期待完全相反，当年那些人把一座建筑弄成大裤衩形状时就瞒着大家，直到盖完，大家才看出那完全是一种下三路的作品，这回他们难道还要这么明目张胆地干？人们于是聒噪起来，可大忽悠情商特高，他表面上虚心接受了大家的意见，对观光塔的设计进行了大幅的修改。很快，观光塔变得臃肿起来，然后又渐渐变得扭曲，塔身上也多了不少后现代装饰，当人们都看得有点糊涂时，观光塔就坦然地继续向上生长而去。

日子一天又一天过去，人们每天都有意无意地看着它，它一点点向上，慢慢地钻入云端，由于城市的能见度很低，人们渐渐看不清了，只有晴天风大浊气散尽的时候，人们才看见它悄悄地露出峥新的头部，那个头部有点怪异，很像蓝天下一口有些参差的牙。

不知何时那口牙消失了，只剩下一个蘑菇一般的脑袋，如同一张说完谎言的嘴闭上了一般。人们耐心地等待着，可一天、两天、一个月、两个月、一年过去了，人们发现它依旧是那个样子，人们这才明白过来，它恐怕不会像许诺的那样如同花朵一般开放了。不过，这时的人们已不再愤怒，这就是这个城市的习惯，事不过三，只要他们被欺骗超过三次之后，他们就会变得平和起来，他们会把那些骗人的事儿以及骗人的人当作生活中必不可少的元素接受下来，因为他们知道，要是太较真，他们就完全活不下去，得让人给气死。

某一天，城市观光塔迎来了它被最终命名的日子。那天早上，一个胖子正驾着车行驶在拥挤的立交桥上，那是一个很正常的星期一，路上非常堵，当胖子好不容易把车开到四层高架桥的顶端时，城市中央的雾霾忽然掀开了一角。胖子抬起头，不经意地看到了远处孑然一身的观光塔，他左右端详了一下，然后没好气地说："什么他妈的花朵，什么他妈的三叶草，要我看就是一根苦瓜。"

胖子的声音可能是大了一点，周围的人正堵得不耐烦，忽然听到有人一嚷嚷，他们马上抬起头一看，只见那弯弯曲曲、比原来壮硕了很多的观光塔正直愣愣地挺立着呢，众人立刻会心地笑了起来，一起说，"靠，对啊，它就是一苦瓜啊，什么光荣绽放，都是蒙人的，他们从来都是骗人的。"观光塔自此被定了位，无论另一些人多么努力美化它，苦瓜大厦的"雅号"还是不胫而走。

第三拨接手这个塔的是一个组织，它的全称是城市观光塔管理委员会，他们一开始就对这个雅号头疼不已，而且他们接手此事时恰好遇到了金融危机，观光塔的商业经营遭遇了巨大的打击，委员会为了挽狂澜于既倒，煞费苦心想出了一个主意，他们打算先策划一个吸引人眼球的行动，以此为契机，逐渐改善观光塔的形象，然后再逐步开展商业运作。

他们找到了国外另一个权威的委员会——全球高塔攀登委员会，双方经过连续的磋商以及激烈的讨价还价最终达成了协议。某天晚上，观光塔委员会的雇员们来到了一条灯火通明、布满饭馆的美食街，他们找到一家最大的饭店，在巨大而嘈杂的吃喝玩乐声中他们见到了饭店的老板。老板流里流气地梳着油亮的背头，手指上的绿色扳指熠熠闪光，他见到委员会的雇员们心领神会地一笑，之后带着他们穿过正大快朵颐、醉生梦死的人群，走到一个角落，指着一个喝醉的家伙说："就是他，这孙子已经来这里白吃白喝半个月了。"

委员会的人一听二话不说，架起那个人就走，那个王八蛋确实醉了，他踉跄着没走几步，就在众人的簇拥中睡着了。当他醒来的时候，他发现自己正身处空中，周围是几平方米的大理石平台，他的全身被牢牢地绑在一根极其巨大的金属柱上，风从他的身上穿过，他睁开眼忽然看到了整个城市的夜景，那是一片灯海，它们一直延伸向遥远的地平线，它们浮动着，摇摆着，像一个正在苏醒的波浪一般的梦幻，他抬起头看看天空，天空异常晴朗，在超越城市的尘埃后，他恰好能够看到那一抹淡淡的银河。于是他激动了，他发自内心地高喊一声，"我靠，这真是一个伟大的城市！"

第二天，全球高塔攀登委员会以权威姿态迫不及待地宣布，×××（那个醉鬼）昨晚成功地徒手登上了世界上最高的观光塔，他是昨天晚上全世界最勇敢的人。整个城市轰动了，他们没想到一个城市英雄在他们身边不经意间诞生了，他们开始激动起来，平淡而压抑的生活早已让他们丧失了幻想，他们没想到还有这么没心没肺的人会做这种丧心病狂的事儿，并且赢得了成功，尤其这种成功是由一个高高在上遥不可及的权威来判定的。

不得不说，观光塔管理委员会的手段是高明的，他们一次完美的策划使得公众的注意力转移了，人们忘记了对观光塔审美的诉求，而是开始反思如何向这位英雄学习，这就对了，当事情向着正面、向着和谐发展时，其他的问题就会轻易被掩盖，所有曾经的不堪都会烟消云散，没人再记得他们曾愤怒过什么，渴求过什么。

卫近宇是这个计划的目击者，这件事就是在他眼前发生的，那天晚上，他就坐在餐桌的另一边，他的一位公司同事正和他吃散伙饭。当时他的同事已经喝多了，因此特别伤感地反复唠叨着一些告别之语，而他却没怎么喝，他心不在焉地听着那些不着边际的酒话，心里在想着他将来到底要去哪儿，到底要去做什么。这时，一伙彪形大汉走了过来，他们以迅雷不及掩耳之势架起他对面的同事就走，卫近宇根本来不及站起来，就眼睁睁地看着大汉们一溜烟地消失了。

卫近宇当然没有想到他的同事自此成名了，摇身一变成为了一名城市英雄，并且成就了一个古怪的城市传奇。而此时，卫近宇自己的人生道路却走到了一个十分尴尬的境地。他是一个外贸公司的白领，几年前，他所在的公司遭到了金融危机的毁灭性打击，他的公司为了抗拒危机经过百般努力与挣扎，最终还是败下阵来，老板只好于一年前开始裁人，裁来裁去终于裁到他的头上。作为一个老员工，卫近宇很理解他的老板，既然生意这么难做，收摊是最佳选择，但是即使如此，被裁掉还是很难受的。卫近宇工作以来一直是一个模范员工，他在长期的外贸业务中养成了严谨认真的习惯，当他对付天书一般的信用证，还有各种复杂的贸易流程时，从来都是一丝不苟的，他知道每一个微小的错误都意味着可能损失一大笔钱。他恪尽职守，严格地遵循着种种商业原则，可到了最后，他还是被毫不留情地干掉了，他认为这是社会的不公，当一个社会让好人、老实人都没有活路的时候，那一定是这个社会出了问题。

不过，最让他没想到的是，在这个艰难时刻，他的妻子钱媛不见了踪影。他们是在七八年前的一个商业酒会当中认识的，当时钱媛打扮得职业而不失一丝艳丽，那种艳丽简直可以用夺目来形容，这给他留下了很深的印象。后来他们偶然发现双方都有不少共同的朋友，交往几次之后两人就熟了，很快，他们就互生好感，卫近宇觉得他们身上有很多相像的地方，从年龄到教育程度再到家庭背景。另外，他们之间特别能相互理解，因为他们几乎是同行，所以他们拥有相同的悲伤和欢乐。他们从陌生人迅速变成无话不谈的朋友，然后爱情就这样产生了。也说不清为什么，反正两人就是非常愿意待在一起，天天腻味着才好，他们度过了一段异常浓烈而隐秘的美好时光，在所有人都没有反应过来之际，决定闪婚。他们迅速入了洞房，当他们在洞房门口强烈要求人们的祝福时，人们一边惊愕地笑着一边说着喜庆话，当他们关上门后，亲朋好友们还是疑虑重重地想，这事儿太快了吧，这两人似乎应该更慎重一点。

可是，闪婚并没有给卫近宇带来烦恼，相反他觉得自己还是很幸福的。虽然他后来也发现他们确实存在着很多不同，她比他复杂，心思细密而更加难以捉摸，她做事坚决，欲望强烈而执着，不像卫近宇总是适可而止，不过这一切并不能阻止卫近宇深深地爱着她。

婚姻生活继续着，当初的幸福感、新鲜感慢慢地自然而然地消退了。卫近宇认为这种消退是正常的，他觉得这是生活纵深化的表现。谁的日子不是这样呢？谁能把爱当成鲜花一样保养呢？

不过，有一天，他们突然离了婚。离婚是钱媛提出来的，原因很简单，就是为了买房子。他们一直都觉得目前住的这套房子不够好，总是想换，可就是没机会。有一回两人终于一起看中了一套合适的房子，但是因为这个城市的各种限购政策，他们已经没有资格购买了。于是，钱媛提出了社会上一个流行的解决方式：离婚。两人都在商场上混迹多年，因此他们能非常理性地看待这个想法。经过衡量他们都认为，通过离婚来购买房产，以达到改善居住和对财产保值增值的目的是非常重要的，在这个高度通货膨胀且不被告知实情的城市里，这么做是值得的。于是他们坚决地闪离了，直到离婚那一刻，卫近宇都觉得一切正常。可是，令他没有想到的是，离婚后的某一天，钱媛借口和一个闺蜜去旅游，自此之后杳无踪影。卫近宇就这样被突然地留在了那间空房子中，他非常痛苦，始终刻骨铭心地思念着钱媛，并且一直猜测着一个谜题：她究竟为什么要离去？

失业与离婚的双重打击之后，卫近宇颓丧了很长时间才慢慢恢复过来。卫近宇的恢复一点不算神奇，要知道这个城市的人什么都见过，对于各种打击是司空见惯的，发个大水，撞个动车全是毛毛雨，因此他的复苏顶多算是这个城市中人的基本技能。他闲散了一阵，开始去找新的工作。他找了几份工作，可是不是他所在的公司不靠谱，就是他实在不适合，所以都没干长。

就在他疑似山穷水尽之际，一个猎头找到了他，给他提供了一份内容新颖且收入颇丰的工作——职业备胎。这是一份婚介所的工作，根据猎头的介绍，这些年来，由于女性的独立与自我发展，剩女成为这个城市最大的问题之一，因此婚介事业蓬勃发展，在某些高档婚介所中，一些特殊岗位出现了，比如职业备胎。婚介所对这个岗位所需人才的描述是这样的：男性，35~40岁之间，容貌端正，身高1.75米以上，受过良好教育，中产阶级出身，有礼貌有教养，情商高，有较丰富的社会经验。"职业备胎"的任务是为婚介所中超白金会员提供专业的陪伴服务，为她们在寻找结婚对象的活动中提供各种建议、解答各种疑惑，和她们谈论人生，参与她们的一些休闲、社交和出游活动，直到她们找到称心的伴侣为止。卫近宇看着猎头罗列的条件，他明确地知道，他是一个非常合适的人选，关键是这个职位惊人的收入对赋闲在家的他极具吸引力。另外，这也是他人生中第一份带有不可预知色彩的工作，这事儿太他妈有想象力了，他摸着下巴想，要是他真的接了这活儿，他的生活会变成什么样子呢？

从此，卫近宇就成为了婚介所的一员，他走上了一条"职业备胎"的道路。

比起过去，现在的婚介所发展得已经相当完善，各种婚恋网站风起云涌，大的网站一般都会有自己的一些门店，这些门店功能丰富，除了提供一般的婚介服务之外，还有其他附加值更高的特殊服务，比如心理咨询、人生规划，以及一些其他的个性化服务。卫近宇加盟那个婚介所后，一开始接的都是一些小活儿、碎活儿，有的需要他出现几天，有的仅仅需要他出现一次。他陪伴过几个白金会员，她们的共同点，就是向婚介所交的钱足够多，但基本上都其貌不扬。虽然活儿不大，但是卫近宇把工作做得非常扎实和细致。很遗憾，那几个女孩对卫近宇良好的服务都不是特别在意，基本上都是一次就game over，但是她们对他的评价还是非常好的，她们认为他做事专业、有礼貌、待人真诚，特别是非常遵守商业规范。

婚介所的负责人也对卫近宇很满意，他认为卫近宇的服务已经做得足够好，几乎没有什么可以再改进的地方，他只是再三强调，做这一行，遵守商业规则是最重要的，底线是不能突破的，要多读公司的《服务人员守则》。卫近宇听了觉得这不是天经地义的吗？

卫近宇的严谨与认真为他赢得了广泛的商誉，他的活儿也越来越多，他认认真真完成每一单业务，力图使每一个客户都满意，终于，一个大活儿来了。那一天，婚介所负责人给卫近宇打电话，他在电话里十分严肃地对卫近宇说，老卫，这回交给你一个极其重要的陪伴任务，你服务的客户可是我们这里最大的一个大客户，给的钱超多，她相当挑剔，一定服务好，千万别搞砸了。

很快，卫近宇从电脑中收到了客户档案，点开档案，里面有一张照片立刻吸引了他的注意力，那是一张艺术照，一个女孩穿着白色真丝的裙子坐在地板上，她抱着膝凝神望着前方，她的眼睛大而明亮，目光中充满坚定和自信，鼻子高高的，嘴唇紧闭着，一头长发从左边倾斜而下。档案里介绍，这个女孩子叫冯慧桐，24岁，硕士毕业，身高1.70米。这么漂亮的女孩怎么还会来婚介所呢？卫近宇想。卫近宇接着看婚介所给出的对这个女孩的评价：高学历，聪明，自负加自我，典型的富家女，在难度系数上，婚介所打了五星。卫近宇看到这儿，深深吸一口气，心想：看样子这是一个典型的白富美，估计我这个春天会过得相当有趣。

天伦王朝饭店的二层大厅里，弥漫着大提琴低婉而忧郁的声音，夹杂着钢琴细腻的具有颗粒感的音质，一男一女两个乐手坐在大厅中央的一个小舞台上安静地演奏着。男乐手一身西装，女乐手一袭长裙，两个人相对而坐，他们在空间中似乎也在响应着某种对位关系。

卫近宇坐在两个人的侧后方，端着一杯咖啡一边喝一边认真听着，他被那种简单的优美或哀伤所打动，一道阳光从大堂的玻璃穹顶上垂直而下，那道光柱真实而洁白，好像几个秀美的身体跳跃之后拥抱到了一起。一会儿，高跟鞋的声音响起来，一个高挑的女孩从阳光之中跃然而出，她的长发微卷，精致地披散下来，她穿了一件淡粉色的长风衣，风衣里是一件米色羊绒高领衫，一条蓝色牛仔裤，脚下是一双黑色漆皮高跟鞋，肩背一个大大的亮亮的黑色漆皮包，看起来很像是名牌中的名牌。

女孩走到卫近宇面前，上下打量他一眼问，"是卫先生吗？"

"是的，您是冯小姐吗？"卫近宇连忙站起来。

"是我。"冯慧桐点点头，然后顺手解开风衣带子，脱下风衣搭在椅背上，她坐下来，扭过头对旁边的侍者简单地说了一声，"水单。"

侍者把水单递过来，冯慧桐打开水单，上下看了一眼，迅速地点了一壶蓝山咖啡，侍者点着头微笑而退，冯慧桐此时打开皮包，掏出一包绿色的女士香烟，她拿出一根长长、细细的烟，卫近宇见状马上掏出打火机给她点上。

出现在卫近宇面前的，是一张明媚异常的脸，大大的眼睛，长长的睫毛，鼻子高而挺拔，嘴唇薄薄的，头发认真打理过，一丝不苟地垂下来，既自然又精确。

"卫先生，知道你的任务吧？"这时冯慧桐轻轻吐了口烟，在烟雾中问道。

"当然，我的任务是作为助手，参与到您火热的生活当中去，为您提供详细而专业的意见，直到您找到称心如意的男朋友为止。"卫近宇十分恭敬地说。

"是的，合同里有一项规定，你有三个月试用期，之后，我们才会签订正式合同，这一点你了解吧？"冯慧桐问。

"了解，我一定会好好表现，争取快速度过试用期。"卫近宇有些讨好地笑着并恭敬地说。

冯慧桐听了点点头，然后很干脆地说，"我说完了，我听婚介所说，你有些问题要问？"

卫近宇温和地一笑，他打开笔记本电脑，点开冯慧桐的档案，然后说，"是这样，冯小姐，为了以后工作方便，我确实有几个冒昧的问题，想问一下。"

"好的，问吧。"冯慧桐说。

"第一个问题，像您这种条件，应该是追求者甚多，你为什么会来我们婚介所呢？"卫近宇说。

冯慧桐听了说，"追求者倒是有，但是在我看来那些人都是垃圾，不过，我很需要男朋友，如果我能找到一个适合的并和他结了婚，我就会骗到一大笔钱，它够我花一辈子，这样解释行吗？"

"原来如此，看样子这男朋友就是一个道具？"卫近宇谨慎地笑着，压抑着内心小小的惊讶。"可是，那随便找个人结婚再离了不就完了？现在这种事情很好办的，花不了几个钱，何必费心费力真找呢？"卫近宇接着问。

"谁都会这么想。"冯慧桐镇定地说，"但是，给我钱的人并不傻，他给我这笔钱的附加条款是，我必须保证10年以上的婚姻，否则，他会去法院索赔，因此，我不能找人对付，谁也无法和另一个人一起对付10年，你说是吧？"

"明白了，看样子您打算认真一回。"卫近宇完全搞清楚了。

"是的，这一回我的目标不是去找充气娃娃，而是要找到真爱。"冯慧桐挑挑嘴角有点自嘲地说。

"好的，那您就赌好吧，找到真爱这事儿我特别擅长。"卫近宇说着把了解到的情况一丝不苟地敲到电子档案里。

冯慧桐看着卫近宇认真地敲字，她忽然好奇地问："对了，他们都说你是这个婚介所里的金牌服务人员，你怎么个金牌法？"

卫近宇一边敲字一边礼貌地回答："金牌什么的确实不敢当，但是作为服务者，我会努力提供尽善尽美的服务，我的原则是：只有您想不到，没有我办不到。"

"这口号还不错，"冯慧桐听到这儿忍不住露出一丝笑容，她似乎是松了一口气地说，"卫先生，你说话确实上路，要是这个世界所有人的人都能这么尊敬钱，那该是多么美好的人间！"说完，她扭过头，声音高了一个八度用英文叫道，"Waiter,where is my coffee？"那声音尖而有力，打断了旁边的大提琴与钢琴的合奏，一下子钻到了很远……

卫近宇新的生活就这样开始了。

这个新生活的目标很简单，就是作为职业备胎，天天跟冯慧桐泡着，尽善尽美地为她提供服务。

因为是很多年的上班族，卫近宇一直保持着按时作息的习惯，可是冯慧桐的作息却毫无规律，她给他的指令十分简单，就是时刻准备着，一切听她的安排，卫近宇只好乖乖地等待着。

每当冯慧桐的电话一来，卫近宇就连忙开车出发，他被指令去的都是那些时尚女孩爱去的地方，去星星天地买衣服、鞋子、手包，去特别高档的饭店吃饭，去看各个时装发布会，去城市里最奢华的美容中心做美容，去各个艺术区域参加艺术活动，有一次卫近宇甚至还跟着冯慧桐连看了两天意大利歌剧。

就这样毫无目的地泡了一个月左右，卫近宇什么也不说，就是笑嘻嘻地跟着，有一天傍晚，当两个人开着车在城市里满世界找活动场所时，冯慧桐忽然扭过头问卫近宇，"老卫，你吃我喝我这么长时间了，连一个正经主意都没出，你不是来蒙我钱的吧？"

卫近宇一听，心中暗自一笑，他等这句话等得有日子了，这一阵他的策略就是观察，每天的工作不过是拿着他的笔记本电脑记录冯慧桐的言行、爱好以及她去了什么地方。

听了冯慧桐的抱怨，卫近宇一边开车一边说，"冯小姐，我不是正在一步一步深入您火热的生活吗？"

"那你发现什么了？给我汇报一下。"

"冯小姐想听实话吗？"

"你说吧。"

"冯小姐，根据我这一个月的观察，很显然你是一个富家千金的做派，它可以使你看起来很牛逼，它可以使你的生活看起来丰富多彩，但是它绝不会保证你能获得爱情。"卫近宇这时非常诚恳地说，冯慧桐听了不禁一愣。

"你参加的那些活动其实对你没什么意义，都是做给别人看的，英文叫作show；你遇到的那些人虚荣浮华、珠光宝气，他们只是生活的表演者。你无法从他们那里感受到任何情感，你感受的仅仅是物质的力量，但你恰好需要的是真正的情感！"

冯慧桐听了这话，显然有点憋气，她有些不高兴地说，"你怎么能跟我这么说话呢？知道吗，我可是你的雇主，你得尊重我。"

"我道歉，我道歉。我以后要更加尊重冯小姐！"卫近宇笑嘻嘻地喊着口号。

冯慧桐靠在椅背上，开始思考卫近宇的话。

卫近宇接着耐心地说："当然，物质没什么不对的，我只是想说它是中性的，它不能保证给你带来真正的情感和持久的快乐，像你现在的这种做派，只会让爱情这个大的买卖场上的一些人算计你，而让另外一些值得你珍视的人跑路。"

"你真的认为，爱情是个大的买卖场？"冯慧桐问。

"大部分时候是的，人们在这里锱铢必较，"卫近宇说，"但是有时，在极少的时刻，人们抛却了一切只为能获得永恒的真正的情感。"

冯慧桐不再说话，她想了一下，终于说："好吧，我觉得你说的貌似有点道理，那下面我们该怎么做呢？"

卫近宇听了冯慧桐的话，不禁竖起大拇指，"冯小姐果然冰雪聪明，能够审时度势，从善如流，不愧为金融专业的高才生。"

千穿万穿马屁不穿，冯慧桐听闻此言忍不住咯咯地笑了出来。

很快，卫近宇拿出了他的方案，这个方案是他深思熟虑之后为冯慧桐量身定做的，目的就是要让她重塑自我。方案中有两个原则，第一，他要让冯慧桐抛却浮华，变得简单朴素，不以奢侈为荣。第二，扩大生活圈子。根据卫近宇的观察，冯慧桐的生活圈子其实很窄，这有点奇怪，她不像一个富家千金那样因为家族的关系天生就拥有很广泛的人脉，实际上她朋友不多，与社会接触的也都属于浮皮潦草，卫近宇下决心要让她参与到广阔且毫不拘束的城市生活当中去。

卫近宇让冯慧桐把那一身名牌都换了，换成一种朴素的城市女青年的装扮，脸上精细的化妆一概不要，顶多略施薄粉，让人一看就是邻家妹妹的路子。卫近宇还一遍又一遍强调社会上哪些待人接物最基本的礼貌是必需的，比如，跟人说话要客气，不要颐指气使，好像所有人都是你的雇员。另外，即使不喜欢某人也要给人面子，不能一语不和掉头就走，耍大小姐脾气。冯慧桐一开始听了很不以为然，卫近宇向她解释说，冯小姐，在恋爱市场的博弈过程中低调是必需的，如果你太高傲，那你就是一条案板上的鱼，迟早会有别有用心的人投你所好，然后把你剁了。如果你要是懂得了韬光养晦，那你就可能是一条不显山不露水的鳄鱼，当看到一个合意的猎物到来时，你咔嚓一口就把他咬住了。

不得不说，卫近宇的解释相当到位，尤其是当卫近宇说到咔嚓一声的时候，冯慧桐忍不住又笑了起来，她觉得这说法太形象了，她在瞬间就同意了卫近宇的论点，并且感叹了一声："行啊，老卫，不愧是老江湖。"

演出就这样开始了，冯慧桐在卫近宇的指引下，投入到广泛的城市生活当中。卫近宇给她指向的并不是权贵与暴发户出没的场所，而是广大城市青年乐此不疲的生活。他让冯慧桐参与了网上发起的各种各样的活动，比如，团购，去一个老四合院吃一个老先生烙的馅饼；比如参加某个下午的集体朗诵；比如周末去美术馆听一堂有关现代派美术的讲座。当然也包括各种户外运动，跟驴族们一起划船、远足、登山，卫近宇还和冯慧桐参与了几次城市快闪，一次是关于音乐，一次是关于环保，还有一次是关于机械的安装。

为了让冯慧桐对这个城市的男人有个初步的了解，卫近宇把男人按大致的年龄段区分开来，然后带着她参加一些商务酒会、行业会议，以及一些纯属闲聊的酒吧聚会。他就让她静静地坐在男人们中间，听他们瞎聊，看他们或者奉承或者挑逗她，之后第二天，他会和冯慧桐待在一起，拿着他的笔记本电脑给她详细地分析男人们的类型，是不是靠谱，有没有钱途，还有对性的感兴趣程度。说实话，冯慧桐的社会经验相当有限，卫近宇给她展示的确实使她眼界大开，这个大千世界真是无奇不有，什么样的鸟儿都在飞。卫近宇发现，冯慧桐在他分析的时候会变得相当认真，她仔细听着，比较着，甚至能去粗取精，举一反三，卫近宇对此印象深刻，他还在冯慧桐的电子档案中，对她的学习能力给出了很高的分数。

渐渐地，由于卫近宇的认真指导，冯慧桐开始有了收获。她身边的男人多了起来，这些男人有江湖上遇到的，也有婚介所介绍的，还有误打误撞自投罗网的。冯慧桐与他们饶有兴趣地周旋起来，这些男人职业各异，有的搞金融，有的做IT，还有大学老师，也有生意人。冯慧桐每天都很忙，她轮流与他们见面厮混，看得出冯慧桐很享受这一状态，她正处在一种目不暇接的挑选中，而卫近宇冷眼旁观之中，也觉得有几个人选还是不错的，完全可以进一步发展。

约会了一段时间，两人开会总结，可是当卫近宇笑嘻嘻地问她是否最近感觉良好时，冯慧桐托着腮想了半天，却告诉卫近宇，她其实一个也不喜欢。

"为什么？"卫近宇一听就有点愣了。

冯慧桐特别坦白地回答说："我也不知道究竟是为什么，每次我跟他们聊天时一开始还好，可到了某种时刻，我的头脑中忽然会有一种闹钟的声音响起来，那声音特别刺耳，好像在警告我，他们靠不住，他们有可能是大灰狼。"

卫近宇一时无语了，他明白了，看来，她是不相信男人，要是不相信男人，那怎么找男朋友呢？

后来的谈话没有再往这个方向进行下去，他们聊起了冯慧桐最近看上的一款手包，可卫近宇心有旁骛，他暗暗想，这种不信任感可不是一时半会儿能治愈的，它的根源在哪儿呢？看样子，他之前把一切想得太简单了。

一个月之后，卫近宇奉命再次出游。

这一回，车是向西开的，穿过层层叠叠的立交桥，卫近宇驾车一路向西。初夏时分，天气开始暖和起来，植被慢慢变得茂密，一切似乎越来越欣欣向荣。车下了环路，向不远处的西山开去，道路开始蜿蜒起伏起来，到了一个十字路口，冯慧桐喊了一声向右，卫近宇随即向右转，路更窄了，但是两旁的树却越来越多，并且越来越高大，卫近宇开着车飞速而过，在不经意间，他看到林间的泉水从一些扑倒的树干中间悄悄流过，那种缓慢的优美让他在片刻间生出某种对于生活的感动。

在路的尽头他们停了下来，卫近宇和冯慧桐下了车，出现在卫近宇眼前的是两座相互凝视的建筑，右手边的如同一只即将振翅飞翔的蜜蜂，左手边则是一个菱形的蜂巢，蜂巢中拥有许许多多明亮的不规则的房间特别显眼，而两座建筑由一条锥形的空中走廊连接。

"这曾经是一个现代艺术馆，后来被人改成了一个餐厅，右边是酒吧，左边则是各种包间，到了晚上，开车过来的人能看到各个明晃晃的房间里人们的活动，就好像看到了整个城市的真相一样。"冯慧桐介绍说。

"真是别具匠心。"卫近宇不禁感叹一声。

"这个餐厅还有一个很好听的名字，叫作'酿蜜坊'。"冯慧桐说。

两人说话间走入酿蜜坊，冯慧桐订的包间在二层。一会儿侍者进门，递过来一份菜单，但那不是真正的菜单，而是一张已经打印好的A4纸，卫近宇看了觉得很奇怪。

"老卫，今天吃饭就我们两人，我专门请你，菜随你挑。"冯慧桐有些俏皮地说。

"哎哟，这可不寻常啊，无功不受禄，冯小姐有什么特别的指教吗？"卫近宇拍着马屁问。

"你先点菜，我之后指教你。"冯慧桐卖着关子说。

卫近宇依言拿起那张A4纸细看，上面写满了各种菜名，那些菜名相当古怪，卫近宇看了着实不知道它们都代表了什么。

此时，冯慧桐得意起来，她笑嘻嘻地说："没事儿，随便点，这些都是战利品，都好吃！"

"什么战利品？"卫近宇不明白。

冯慧桐说："还记得我跟你说要做一个实验吗？这就是结果。"

"冯小姐，您做的实验太多了，我还真记不住。"卫近宇坦诚地回答道。

"嘿，你怎么忘了呢？"冯慧桐说，"我不一直是这里的VIP嘛，有一天我突发奇想，决定以后每次跟男人约会都在这儿吃饭。每回我都会多点几个菜，然后让后厨别上给我留着，我就想看看何时能把酿蜜坊所有的菜都凑齐了。"

"哦，这个实验啊，我想起来了，确实太重要啦！"卫近宇昧着良心赞同道。

由于得到卫近宇的认可，冯慧桐开始向卫近宇娓娓道来，她如数家珍一般告诉他在什么时刻什么情景下，她和谁点了什么菜，说了什么话，谁那天晚上表现得淡定豪爽，谁又显得小气寒酸。卫近宇——回想着她讲述的那些男人，但是真的无法理解她这么做的乐趣在哪儿，可是他习惯了，他知道每个女人的思维都是一座秘密花园，男人只能尝试接受而不是去理解。

这时卫近宇终于看到菜单上一个名字最奇特的菜，于是他忍不住问，"这个菜是谁点的？"

"点这个菜的家伙你不认识，他特别二，而且相当有趣。"

冯慧桐看到这道菜兴致勃勃地说，"他是我前男友的一个朋友，上研究生时我们在酒吧里认识的，这家伙瘦瘦的，脸色苍白，戴着一副眼镜，看起来很斯文，他认识我之后就一直追我。据他说，每个周六八点他都会去我们认识的那个酒吧找我。有一天我特别无聊，就想考验一下他，我就把他追我的事儿告诉了我前男友，他听了当然气愤，趁着酒劲儿叫了几个哥们儿一起伏击了他，他让几个兄弟把这个家伙摁着跪在地上，然后使出吃奶的劲儿全方位地踹他。我那个前男友脚法相当好，他是校足球队的，他一脚又一脚飞快地踹他，可没想到那个家伙真扛打，他一边挨踹一边向我发誓说，他甘愿为我牺牲一切，吃尽天下所有的苦。"冯慧桐说到这儿忍不住哈哈大笑起来。

卫近宇面带笑容地听着，他看冯慧桐那么愉快，心里忍不住问自己，我靠，难道是我的理解力落伍了，这事儿有那么愉快吗？打人的被打的他哪一方也不理解。

"那，后来呢？"卫近宇装作有兴趣地追问道。

"后来，我前男友出国了，可他还是特别执着，前一阵，我们偶遇，他死乞白赖要请我吃饭，我只好答应了，于是我们就来了这个饭馆，这道最天外飞仙的菜就是他点的。"冯慧桐说。

卫近宇听到这儿，不禁长叹一声，"唉——，这真是浊酒一杯喜相逢，古今多少事，都付笑谈中。"

"你夸我呢？"冯慧桐一下子警惕起来。

"是的，没错。"卫近宇媚笑着坚决地说着谎。

冯慧桐盯着卫近宇看了一会儿，然后撇撇嘴，之后她清清嗓子，非常正式地说："好吧，老卫，我今天让你来，是要宣布一个决定的。"

"您请讲。"卫近宇说。

"鉴于你这一阵表现尚可，我决定提前结束你的试用期，并且跟你签订一年的长期合同，这一年我打算好好耍一下，你的任务是帮我把酿蜜坊的菜全都吃个遍，有信心吗？"冯慧桐问。

"太有信心啦！"卫近宇拍着大腿喜悦地叫了起来。

晚上，卫近宇在灯下拿出那份刚刚签订的合同，这是婚介所的标准合同，合同的甲方是冯慧桐，乙方则是婚介所和卫近宇本人。他这一阵一直在为这个合同奋斗，现在拿到了，总算如愿以偿。可是，卫近宇看着合同忽然想起某一个傍晚，那一回冯慧桐情绪不佳，她无缘无故拒绝了一个定好的约会而靠在一个酒廊的窗边闷闷地喝酒，在那一刻卫近宇忽然产生了一种想保护她的冲动，但是瞬间之后，他又把这个想法拿掉了，他告诉自己这就是一档子生意，千万不能产生别的想法。

卫近宇想着，打开笔记本电脑，他点开冯慧桐的档案，随即敲进去一些最近的记录，正在这时，他的电话忽然响了，他拿过电话一接，一个慵懒的声音传了过来，"卫总吗？是我，齐志。"

第二章 | 霾城之舞

　　秦枫一直对这个灰蒙蒙的世界提不起兴趣，他知道他不喜欢这个世界，而这个世界也不喜欢他。他认为他来到这里是个错误，当然这个错误是由他父母造成的，由于父母当年的奔放他被迫来到人世间走一趟，但这一趟的时间出乎意料地长，整个过程也相当无聊而且充满了无奈。

　　他父母后来离了婚，他跟了他母亲，他的父亲则不知所踪。母亲自此开始了改嫁历程，她结了好多次婚，没多久又都纷纷离了，到后来即使作为儿子，他也搞不清她到底换了多少男人，大学毕业之后，秦枫开始独自生活，他没有再回到他母亲身边，主要是因为他弄不清他母亲到底在哪里。他的母亲在最后一次见到他时，把他最后一年的学费给了他，之后长长松了一口气说：行了，宝儿，未来的日子就靠你自己了，我他妈也该过一下我的生活了，说完他母亲把烟蒂狠狠扔在了地上，然后掉头走了。

　　这个世界上没人对他负责，这是他从小就怀疑的、令他伤感的事实，自从母亲向他告别之后，他就觉得这个事实被他最亲近的人

22　·

证实了。他很疼，有一阵变得相当灰暗，他觉得什么事儿都没什么意义，他在这个世界上的唯一目标就是没有目标地活下去，只要让他活下去，让他干什么都行。

　　每天早上，当他醒来之后，拉开窗帘望着灰蒙蒙的天空，总忍不住骂道：操，怎么永远是这种抹布的颜色，而每当他看到天气预报里那些光鲜亮丽的男女们竟然恬不知耻地管这种天气叫作"晴"时，他就恨不得冲进他们的直播间，狠狠地扇他们一顿。他知道这是屌丝的想象，他根本无法把他们怎么样，但即使如此他也觉得这种想象充满了快感，在那种时刻，他会一边抽他们一边说：叫你们丫撒谎，叫你们丫撒谎，臭傻逼一辈子就知道撒谎，真他妈难为你们了。当然，时间长了之后，他也明白其实那些红口白牙说瞎话的人做不了主，他们不过是提线木偶罢了，这个世界从来没有真话，只是所有人都见怪不怪，抱着随他们去的想法罢了。

　　某一天闲来无事，秦枫心血来潮，决定去给自己挑选一个玩具。他在大街上逛了很久，终于在一个小小的路边店看到了一个布袋玩偶。当时它就躺在橱窗里，被其他玩具挤到了角落，它通体蓝色，有一颗黄黄的心脏，还有一双红红的嘴唇，它的头很大，两只手无力地摊开，像是对这个世界说：唉，我也没办法。秦枫反反复复看了它好几次，每一次都觉得它似曾相识，最终他断定它就是玩具世界中的自己，于是，他走进店中对老板说："喂，老哥，我要那个。"

　　"那个？"玩具店老板确认了一下。

　　"是的，我要那个。"他坚决地说。

　　老板把玩偶拿过来交给他，他接过玩偶，瞬间就决定给它起了个名字，叫作奇奇。他冲着奇奇一笑说：奇奇，我们回家吧，以后我们就一起混了。

奇奇回家之后，他们相处甚欢。他出去之后回来或者闲待在家里，只要偶尔看上它一眼，就觉得心里踏实，觉得有另一个家伙和他在一起。但是有一天晚上，他在蒙蒙眬眬的睡梦中听到奇奇说话了，它说我太孤独了，你去帮我找一个伙伴吧。秦枫迷迷糊糊起了床，他走到客厅，看到奇奇委屈地窝在旧沙发的角落里，他有点难受，蹲下来看着黑暗中的奇奇，发誓说："兄弟，放心，我一定给你找个伙伴。"

秦枫果然没有食言，第二天他又走遍了各种玩具商店，费尽心思给奇奇挑了一个伙伴：怪怪。怪怪是一个金发的娃娃，它有着大大的迷人的眼睛，吹弹可破的皮肤，还穿了一身蓝色白格的连衣裙。当秦枫把怪怪送到奇奇身边时，他觉得它都快笑开花了。果然，就在那天夜里，他似乎又听到了奇奇的说话声，它与怪怪聊得异常热烈。聊天中间，奇奇忽然对着里屋睡梦中的秦枫说：你也该找一个自己的怪怪了，要不然你会感到冷的。

奇奇的话对秦枫起了作用，在这个倍感孤独的世界里他太需要别人的陪伴了。拜受父母之赐，秦枫长得英俊高大，他在大学时曾是一名业余运动员，常参加一些短跑和三级跳的比赛，这使他练得非常健壮。他性格豪爽，因此赢得了不少朋友，他们常常聚在一起聊天、打牌、喝酒、踢球。可是朋友总有离开的时候，当众人散去，一种颇为慌张的冷清感常常油然而生。不过，秦枫不是一个细腻的人，他总是把这个感觉在下次聚会前忘到脑后，但是这一回奇奇确实点中了他的软肋，那种冷清如同一个具体的事物一样被拎出来显现在他的左右，他先是有点疑惑，之后他下定决心要去找到自己的怪怪，他大致给他的寻找定了一个标准，那就是，这个怪怪应该让他信赖，可以长久依靠，更重要的是让他感到温暖。

可是在这个社会寻找怪怪是有成本的，就是说得有点物质基础。由于缺少管束，以及母亲放荡不羁的遗传，他从小就养成一种自由散漫的天性。大学毕业之后，他对任何工作都提不起兴趣。他成天无所事事，就是在这个城市闲晃，今天在这个同学那儿蹭一次饭，明儿去找一个八竿子打不着的朋友喝顿酒。他开始时乐此不疲，到后来众人都为了生存自顾不暇时，他这才发现：如何活下去是他自己要负责的事情。于是，他开始琢磨此事，每个人为了生存寻找对策时都不会太笨，百般探寻打听之下，他终于抓住了一个偶然的机会。某一天，他发现了一个老旧小区的地下室正闲置无用，他找到房东经过一番恳谈，顺利地把地下室租到了手。然后，他借了同学的钱简单装修一下就开始招租，很快，租客们纷至沓来，不久，整个地下室就住满了，他因此堂而皇之成了备受尊敬的二房东，也随即有了固定收入——房租，那房租完全够他一个人的吃喝花销。

生存问题就这么轻易解决了，这让秦枫一下子放松了。他于是在他母亲给他留下的那套两居室里大摆宴席，回请那些曾经帮助过他的哥们儿。众狐朋来了，痛吃痛喝痛玩，之后众人昏昏沉沉地扶墙鱼贯而出，消失在城市的夜色之中。秦枫倒头就睡，两天后的上午，他醒了，他打开窗子，窗外清新的空气一下子涌进来，他望望天，那天竟然是真的晴了，蓝蓝的，没有一丝云。他从三层楼上望下去，看到干净的街道上，一个美丽的女孩正安静地走在马路上，她的裙摆随着微风飘动着，如同一只要展翅飞翔的蝴蝶。此情此景又让秦枫感到了优美之中的一丝孤独，他很奇怪，这种孤独似乎与生俱来从来赶不走，他不禁又想起奇奇的建议，他觉得是时候开始行动了。

秦枫很快就把他的怪怪定位为一个女性，他的口味是正常的，他要找到一个女人，这个女人未必漂亮未必夺目，但是她应该站在他母亲的对立面，她关爱他、在乎他、可以永远等待他，在他悲伤的时刻可以给予他欢乐，在他寒冷的时刻可以给予他怀抱。

于是，秦枫向城市中的各个舞场昂然进发，因为他听说舞场是找到女人的最佳场所。这个城市里舞场有很多种，分为高、中、低三档，低档的舞场是随便跳，就是群众喜闻乐见的男女搭配干活儿不累，不同异性抱在一起即可；中高档的舞场规矩多，有时还办专场，跳舞的人当中，有跳国标的，有跳拉丁的，有跳恰恰的，还有专攻芭蕾的；有一些慢摇吧适合累了一天的白领，一部分地方能喝酒，另一部分能用来跳舞；迪厅则比较适合年轻人，一上来全是迪曲，领舞的是清一色儿美女，空气中充满性的味道；还有一些俱乐部就更时尚，完全是锐舞或者街舞的天下，那里基本上都是一些专业玩家。

秦枫是以混不吝的姿态闯入各种舞场的，他不大会跳舞，但是去了不久，一般的舞步也就能自如地应付了，毕竟是练体育出身，身体协调性好，模仿能力也强。他去舞场的初衷本来很简单，但是如同众多年轻的菜鸟一样，当他一头扎入女人的海洋时，他马上眩晕了。这里什么样的女人都有，年轻的，年长的，文静的，泼辣的，想结婚的，不想结婚的；国内的，国外的；白色的，黑色的。

他眼花缭乱，完全看不过来，只能凭着男人天然的好色本能，从一群美女游荡到另一群美女，如同一条宠物犬逡巡着看到很多骨头一样。

由于缺少家教，他在对待女孩方面是简单的、笨拙的，甚至是粗鲁的，他因此遭了不少白眼。后来秦枫慢慢明白了，与女人相处得耐得住麻烦，作为男人必须得赔着小心，耐着性子，最好能一直哄着她们，如果他还能容忍她们时不时闹把情绪，满足她们永无止境的各种小要求，那样她们才会对他青睐有加。

可是学会如何与女人相处后，其他的问题随之而来，秦枫发现，当他真正靠近她们时，她们之中的大部分并不是像她们宣称的那样纯洁、善良、可爱、坚贞，她们其实相当自私，相当物质，不仅爱慕虚荣，更崇尚奢华，她们似乎更重视爱情之外的其他东西。秦枫因此怀疑起来，她们是他要找的人吗？这个世界上有纯粹的爱情吗？有人不是说过，爱情就是人类一个永恒的谎言，当人们拼命爬到山顶，得到的不过是一朵需要物质来称量的浮云而已？

秦枫迷失了，困惑了。但是没有过多久，他就被另一件事吸引了。那是一天晚上，他没跳两曲就被一个少妇缠住，她很直接地提出要跟他回家。秦枫看着这个少妇，她低眉顺眼，嘴角含情，一副对他相当钟情的样子。秦枫是个很正常的男人，正常男人是从不抗拒任何女人的主动进攻的。于是他答应了，他们一起回了家，之后迅速上了床，他们极尽缠绵之事，从夜晚到天明一直没有停止。

从此，如同一个充满汽油的油罐车被点燃了一般，轰的一声爆炸了。他觉得再为那朵叫作爱情的浮云去奋斗完全是不现实的，与其茫然地去寻找一个腻腻歪歪守在空中楼阁中的女人，不如直接去品尝那些如过江之鲫一般从他面前走过的女性的身体。他在不知不觉中走上了一条岔路，这条岔路与他的初衷完全相反。他不再去寻觅温暖，而只是去发掘那些能够激发他的肉体。他觉得在这个冰冷的世界里，温情从未出现，而做爱是唯一的替代品，他认为，只有这项运动才能让他感受到一点点生命的热度——他理解生命在于运动就是这个意思。

秦枫逐渐变得寡廉鲜耻起来，在与女人的不断纠缠中，他也变得更加熟练。在得到一个女人之前他学会了伏低做小逆来顺受，这一点让他在与女性的交往中占尽了优势。他总结了一套极其简单又极其有效的手段去俘获女孩。他先是在舞场上观察，看好一个之后就上去搭讪，一般女孩往往被他高大帅气的外表所迷惑，他一看有戏就开始套近乎，先随便说两句，接着他就对女孩进行毫无底线的吹捧，任何女孩都爱听甜言蜜语，况且那些话还出自一个帅哥之口，伴着迷人的笑容。几个回合下来之后，女孩们一般都酥了，这时在幽暗的灯光下，在轻柔的音乐中，他就用他坚实的臂膀紧紧搂住她们或粗或细的腰，在她们耳边，用非常有磁性的声音非常诚恳地说出那决定性的一句话：我喜欢你，真的，我一见你就喜欢上了。

有很多女孩就这么跟他走了，很干脆地找地方跟他一夜情，也有脑子稍微清醒一些，为人谨慎一点的，她们会有所犹豫，遇到这样的，他拿出对付她们的第二招，那就是第二天把她们约到那个老旧小区，指着地下室上面的一排底商恬不知耻地说："看，这些房子都是我的，我有的是钱。"

这样的话本来是相当粗俗与赤裸的，可现在这个社会的进步就在于，人们已经能把这些粗俗当作真正的高雅了，因此这部分有头脑的女孩一看完这些不属于他的底商，就毫不犹豫地去跟他上了床。女孩们如此果敢而简单的行动给了秦枫正面激励，他渐渐看出来了，在这个城市，女孩只分为两种，直接跟他走的和不直接跟她走的。第一种最简单最好办；第二种也没有多难办，她们不过是考虑一下未来物质上的可能性罢了，这类女孩更喜欢财富，她们似乎认为富人在这个世界里具有天然的正确性与合法性。对付这种女孩，他发现只要先冒充富人去冲击她们的灵魂，之后他就可以随意冲击她们的肉体了。

就这样，秦枫拥有了无数名义上的女朋友。不过，他并不珍惜她们，他与她们交往的终点就在床上，一次也行，两次也行，一百次也行，但是终点就在这里。他就像一个去西天取经的家伙，只是从她们千山万水的身体上经过而已，他喜欢那些千娇百媚的身体，喜欢各种各样的呻吟，喜欢那些颠鸾倒凤的场景，每当他发动进攻时，他就觉得整个世界就在他身下，它不再敢忽视他，看不起他，不再敢对他冷脸相向，而是向他全身心地开放。

可是，令他遗憾的是，他是错的。他这么做之后，他却更加空虚，更加寒冷，在他如此不遗余力地击溃种种女人之后，在他享受着性开放带给他无比的快乐之后，他还是对关爱的不曾出现感到怅然若失。他总是扪心自问，谁会真的关注他呢？关注他这个卑微的个体，以及他更卑微的灵魂——他不得不承认他的灵魂有时是那么的肮脏。

秦枫的疑问持续着，但是这个世界并不如人所愿地给出答案，它从来都有自己的逻辑，总是自行其是，就在秦枫肆无忌惮地向着各种女人冲锋时，这个世界终于杀了一个回马枪，他在不经意间走了麦城。

那是一天晚上，秦枫几个大学时的好友在酒后拉他去了一家叫作"金色时光"的舞厅，"金色时光"是专门跳"大舞"的，那里的舞客跳得比较规范，一举手一投足，全按国标的路子走，舞厅还常常举办各种专场，包括拉丁、爵士、salsa什么的。那天，秦枫他们进门时，舞会已经开到一半，气氛正处在高潮之中，整个舞场上人影攒动，红男绿女舞得正欢，空气中弥漫着一股浓浓的暧昧的味道，秦枫他们因为头一次来，就决定先到休息区喝点东西，同时也观察一下情况。

秦枫他们落了座，一个人要了一杯啤酒，哥儿几个一边聊着一边喝着。音乐如同潮水一般涌来，乔装打扮的人们卖力地跳着，他们动作夸张表情丰富，姿态相当浪荡，就好像明天都不过了一样，秦枫才喝了几口啤酒就被紧紧地吸引住了，他的眼睛直勾勾地看着那些狂放的男人与女人，这种快乐祥和、男女混杂的场面正是他所向往的，他很清楚他属于这里，这应该是他的世界。

"我操，太牛逼了，兄弟们这儿适合咱们，让我们去钓几条大鱼吧。"秦枫冲着周围的哥儿几个叫了一声，然后一口把啤酒喝尽，如同一个渔夫般地站了起来，那哥儿几个都不禁怪笑起来。

可是，当他站到场边时，他才发现舞曲换成了拉丁风格，他对拉丁舞不太熟，因此他没有贸然下场，而是耐心地等着。他知道舞厅中热烈的几曲之后，往往会有一两曲温柔的，一般来讲都是慢四（两步），在那个时刻灯光会变得幽暗，音乐会变得非常柔和，那可是"泡妞"的黄金时光，一般情况下女人在这种氛围中都会很放松，不自觉地没了警惕，往往是一阵普通的甜言蜜语就能说得她们意乱情迷。秦枫站在场边，色眯眯地巡视着，他打算先寻找一个合适的目标，等机会来了就下手，果然，他没费什么力气，就在人群中看到一个穿着红色短裙，露着小蛮腰的女孩。她妖冶丰满，性感妩媚，充满一种异域的风情，在人群的海洋中，她那双大大的眸子有些冷艳有些傲慢有些挑逗，似乎横扫着所有男人。秦枫看呆了，她波浪式的长发，鲜红而宽厚的嘴唇，还有那充满活力的胴体，没有一刻不吸引着他，"不错，就是她了，今晚一定要把她拿下。"秦枫在心里暗暗叫着。

可惜，那天晚上，慢四如同一个打算悔婚的新娘一般就是迟迟不来，秦枫一直耐着性子等着，一个小时后，他看到红裙女郎跳累了坐下来休息，正在擦汗喝饮料，他和几个同伴一商量，决定不再耽误工夫，而是上去用特别直接的办法展示一下自我。

他们走到红裙女郎的邻桌，动静很大地坐下，然后开始刻意而大声地聊天。

"哎，怎么样，最近那个女孩上了吗？"狐朋甲问。

"上了。"狐朋乙特得意地说。

"真的，一晚上几下？"狐朋甲问。

"不多，三下。"狐朋乙说。

"靠，才他妈三下，要是我，一宿都不会停的。"秦枫不屑地说。

"我去，吹谁不会。"狐朋乙说。

"不信吗？不信我现场给你们示范一下？"秦枫挑衅着说。

"来啊，来啊，现场搞——"大家一起起哄给秦枫搭梯子。

"来就来。"秦枫说着站起来，环视一下四周，看到旁边的红衣女郎果然被吸引了注意力，于是他俯下身趴在地上说："看着啊，五十个俯卧撑，数着。"

说完，他开始趴在地上做，旁边几个狐朋笑嘻嘻地看着，不一会儿，五十个俯卧撑做完，秦枫脸不变色心不跳地站起来，周围几个抬轿子的迅即掌声雷动，秦枫拱着手向四周得意地说："不好意思，不好意思，献丑了。"

此时，不仅是红衣女郎，就连周围的人都被吸引，这太不着调了，舞厅里最多是个争风吃醋，可很少有人做俯卧撑，红衣女郎看着秦枫，眼睛充满了笑意，秦枫正琢磨着这招看来管用了，是不是得上去说点什么，但见红衣女郎轻启朱唇，字正腔圆地说："再来五十个怎么样？我出一百。"

秦枫一愣，他周围的那帮狐朋一看马上乐不可支地说："行啊，行啊，再来五十，小姐，那一百我们这哥们儿挣定了。"

"我靠，你们丫看热闹不嫌事儿大是吧？"秦枫质问这帮瞬间反水的家伙。

"别废话，赶紧的。"大家一起说。

秦枫无奈，只好趴下又做了五十，这回他的速度就没那么快了，还好当年练体育的底子在，五十个好歹做完了，当他喘着气站起来时，红衣女郎镇定地喝了一口饮料，然后笑嘻嘻地说："这样，兄弟，我出五百，你再做五十个。"

秦枫僵住了，这时，越来越多的舞客围过来，红衣女郎不慌不忙地站起身，向周围说道："各位，娱乐一下哈，请大家下注，赌这位帅哥能不能再做五十个俯卧撑。"

舞客们一听这个真有意思，舞厅改赌场了，于是纷纷踊跃掏钱，不一会儿，两个面巾纸盒里就装满了钱。在众人的揶揄和狐朋的出卖下，秦枫只好再次趴下，但这一次他没能顺利地爬起来，他在做第三十七个时应声倒地，周围立刻爆发出哄堂大笑，秦枫趴在冰凉的地板上，他明白他这次的泡妞计划夭折了，他被别人泡了！此时，红衣女郎蹲在地上，拍拍他的脸，对他谆谆教导："兄弟，记住啊，在这个世界上扮种马是需要本钱的，你还差了点。"

他们就这样认识了，女孩子的名字叫季明蕊，她毕业于这个城市一所著名艺术院校的表演系。她不仅性感妩媚，而且极端聪明，她的聪明不在于数理逻辑，而在于与人打交道。她对人有一种天生的敏感，三两句话就能对对方的脾气秉性有个大致估计，该美女嘴极甜，见人说人话，见鬼说鬼话，再加上她的天生丽质，因此别说男人，就是女人见了也会心生喜欢。

不是冤家不聚头，秦枫与季明蕊的相遇应该是这个城市业余舞蹈界的大事。季明蕊其实早就艳名远播，她什么舞都会，一跳就是专业范儿，人又长得漂亮，所以在各个大小舞场都极受欢迎，而秦枫是出名的放浪形骸，外表一看就是高富帅，实则一无所有，完美诠释了什么叫"金玉其外败絮其中"。有一句话怎么说来着？"金风玉露一相逢，便胜却人间无数。"因此这两块料相遇之后，立刻不由分说地恶斗起来。

由于第一次秦枫被打了个出其不意，他怀恨在心，一直图谋报复。过了一阵儿，他又在舞场遇到了季明蕊，于是他主动邀请季明蕊改日在"紫色"酒吧小聚，算是交个朋友，季明蕊很爽快地答应了。小聚那天，秦枫处心积虑带了三四个能喝的去了，季明蕊却单刀赴会，晚上八点刚一落座，秦枫本想讲点场面话，季明蕊却简单明了地告诉他闲话少说，咱们直接喝，一人一瓶洋酒下去之后，季明蕊昂然出门接着跳舞去了，秦枫站都站不起来了。再次在舞场相遇时，秦枫换了打法，他打算来点柔和的，弄个曲线救国什么的。他开始口若悬河地跟季明蕊聊，天南海北，上天入地，本来一切还是挺顺利的，可是当秦枫肆无忌惮地吹嘘到自己当年各种运动会的战绩时，季明蕊听了马上一拍巴掌，说："走，咱去比试比试。"秦枫听了只好在诧异中跟着去了。两人在舞场附近随便找了一所大学，进去之后找到运动场，季明蕊放下坤包，甩掉高跟鞋，开始给秦枫表演单杠，什么单臂大回环、双臂大回环、秦枫头一次在现实中见识了电视中的各种体操动作，当季明蕊一个团身后空翻稳稳落地时，秦枫瞪得眼珠子都快出来了。最后一次，两人决定来场硬碰硬的决战，地点当然是在床上。两人鬼混了一段时间后，彼此都有了难以压抑的欲望，在秦枫的多次挑衅下，季明蕊下定决心给他点颜色看看。那一天，秦枫如同出山的猛虎一般，抖擞精神，咆哮而出，可是没想到刚一上阵就看到无数闷棍，前后左右漫天价打来，棍棍都像是用金箍棒打的，秦枫以不可思议的速度一泄如注，之后趴在床上再也动不了了。此时，季明蕊坐起身，用她玫瑰色的指甲轻轻弹着秦枫大汗淋漓的后背说："宝儿，你这小身板也太不禁使唤了。"秦枫听了这话眼泪都快下来了，这时季明蕊又说："你歇着啊，我先撤了，还一大哥心急火燎地等着我呢。"秦枫闻言，想死的心都有了。

就这样，秦枫彻底服了，他们成为半真半假的恋人。秦枫的服气是全方位的，首先他最仰仗的、最战无不胜的身体优势荡然无存，他们的性事完全说不上和谐，只能用无法匹敌来形容。她达到了他对女性身体的最大渴望，使他在性的征途中看到了一个无法逾越的高峰。其次，季明蕊交游广阔，朋友众多，三教九流都有人脉，她左手大把花钱，右手又能大把挣钱，这种八面玲珑对秦枫来说完全是神一般的手段。另外有一点令他没有想到，那就是她比秦枫更加放荡更加不羁更加自私，她严以待人，宽于律己，自己可以随时出轨，却不允许秦枫与别的女人眉来眼去。刚开始的时候，秦枫当然很郁闷，他既不愿意作为一个男人天天顶着绿帽子若无其事地活着，也不愿意自己的女人老想办法控制他，这和他自小就喜欢的自由自在格格不入。但是有一次秦枫的地下室生意遇到了竞争者，有人也想当二房东，并开始暗暗给秦枫下了绊。就在秦枫束手无策之际，季明蕊出面了，她很轻松地找了一个大哥，连钱都没花只是陪人睡了一觉，就把事情搞定了。那个大哥派了几个人，把觊觎秦枫生意的家伙揍得屁滚尿流，并且轰出了这个城市。秦枫终于不矫情了，他觉得季明蕊真是无所不能，她简直就是这个城市最伟大的交际花，她对他来说太有用了。于是，他心甘情愿地接受了现状，这是他作为一个生活中的草根学会的自我调节与自我解嘲，要是没有这种素质，这个城市的人简直无法活下去，而对于季明蕊的"只许州官放火，不许百姓点灯"般的管束，他是这么想，他觉得那是季明蕊对他的一种特殊的关爱，这种关爱不正是他一直寻找的吗？他虽然丧失了部分随意泡妞的自由，但是他得到的是这个城市相当稀少的一部分温暖。

很快，秦枫变得不以为耻反以为荣起来，他对季明蕊的行为不仅不阻拦，而且还给予了大力支持。季明蕊也相当对得起他，她的每次出轨都会给他带回丰厚的利润，她把大把大把的钱拿回来，然后让他随便吃随便喝，秦枫越吃越舒坦，越喝越上瘾，到后来他竟然认为这样的日子相当过瘾，完全是可持续发展的模式。

秦枫周围的那些狐朋狗友都知道他和季明蕊的事情，他们对这一对狗男女的做法叹为观止，每次，当秦枫开车送季明蕊去机场，跟某个大老板去某地欢度周末后，他都会来找那帮朋友喝酒。在席间，他毫不掩饰地说出那些商业上光辉灿烂的名字，甚至把季明蕊告诉他的那些香艳细节也一并转告给大家，众人瞠目结舌地听着，从头"我靠"到尾，一致认为丫就是一个当代活雷锋。

但是突然有一天，告别时分到了，季明蕊找到了最终的归宿——一个年过半百的富翁，她细细思索了一周，决定收山，和所有男人断了，然后跟富翁结婚。

分手的前一天，季明蕊来到秦枫家里和他挑灯夜战，大战三五个回合后，秦枫照例崩盘了，看着他兵败如山倒的样子，季明蕊伏在秦枫坚实的胸口上，发自内心地说："宝儿，你多保重，以后找女人要多长个心眼，别再为了一点小便宜就把自己卖了。"

"什么意思？"秦枫一听觉得有些不解。

"我打算从明天开始去做一个良家妇女，结婚生子，买菜做饭。"季明蕊坦然地说。

"啊，你什么时候决定的？"秦枫大吃一惊。

"就是刚刚，所以我今天特意来通知你一下。"

秦枫愣了，他没想到季明蕊会这么匆忙地离开他，他本来还以为这种日子能持续很长时间呢。

说完了要说的话，季明蕊起床去穿衣服。秦枫发现她的动作不像以前那么干净利落，好像心事重重。秦枫起身走过去，他从后面抱住季明蕊光滑的身体，此时季明蕊的眼泪忽然掉落下来。但是季明蕊迅速把眼泪一擦，回过头笑着对秦枫说："宝儿，别怨我不仗义，这是我最好的机会，我必须抓住它。"

"小季，我明白，该走走你的，我祝你幸福。"

"你也别老这么混下去，赶紧去找个正经归宿。"

秦枫一听眼泪也快下来了，但是他生生地忍住，他在季明蕊洁白的额头上亲了一口说："放心吧，亲爱的，我会好好的，以后混好了别忘了我。"

"绝对的，你有事找我，不帮忙是孙子。"季明蕊毫不犹豫地打了包票。

季明蕊穿好衣服走了，秦枫把她送到电梯口。当电梯门关闭的一刹那，楼道里黑下来，秦枫觉得整个世界的光都消失了。他的眼泪终于忍不住掉了下来。他忽然很难受，他知道他喜欢她，虽然她并没有给他最想要的那种东西，但是总体上来说她对他还不错。但是她突然而坚决地离去，把他打蒙了。他从最初的惊讶、麻木、假装大度变得沉重而伤心，他在瞬间就想明白了，季明蕊其实就是他母亲的翻版，她抛弃了他，他重新变得孤独了。他想，这也许就是他的宿命——如同青少年时代一样，他总是在人们的关注之外，人们弃他如敝屣。

季明蕊走后，秦枫隔了很长时间才恢复过来。他没有想到他是如此的孱弱，他以为他的没心没肺早已战胜了这个世界的恶毒与功利，但是他没想到当他与它们对敌时还是轻易地一败涂地。

不过他毕竟恢复了，选择忘记是他唯一的法宝。这个城市的人是不用劝慰的，他们最大的武器就是忘掉一切，无论时间的长短，当他们挥动这一法宝时，集体或者个体的灾难就离他们远去了，之后他们继续昂扬或者麻木地大踏步向前，几乎无视灾难是否会以另外的方式再一次拜访。

秦枫又出了门，虽然他已经有了暗伤，但他依然习惯穿梭于城市中的各个舞厅，依旧不忌口地与各种阶层、各种年龄的妇女打交道，他斩获颇多，也时常遭到唾弃。时光荏苒，几年过去了，秦枫一直过着既饿不着又有女人泡的日子，但是某一天，他在镜子里竟然发现自己有了白发，那几根白发隐隐约约藏在他的黑发中。

"我老了吗？"秦枫愕然地问自己。

"我就这么过下去吗？"秦枫又下意识地追问了一句。

这种追问对秦枫是不寻常的，他从不思考地活了三十多年，他一直得过且过及时行乐，但他面对悄然而逝的岁月时，也不禁有些迟疑了，他甚至还想起了季明蕊的临行忠告。

就在秦枫第一次思考人生时，吴爱红适时地出现了。

吴爱红原来是一名法官，她年轻时一直靠着能干、眼风好、姿色还不错升官，爬到某个位置后，她掌握了一定的权力，就按照官场上的方式大把大把地捞钱。女人有时比男人对物质更看重，因此吴爱红捞钱的手法既胆大心细又花样翻新，凡是过她手的事情，没有一件是让当事人全身而退的。由于她的不懈努力，她变得越来越有钱，而上天对此也给了她一些小小的惩罚，让她的身体越来越胖，直到某一天她成为一只行动的皮球。

吴爱红不断地升官，她的名声也变得越来越臭，被她盘剥过的人无不对她咬牙切齿，却又敢怒不敢言，于是人们选择了对她的身体特征进行攻击，他们管她叫作"肥胖的武则天"，简称"胖则天"，每当她一扭一扭地走向有求于她的人们时，他们总是满脸堆笑地捧着一沓人民币恭敬地等着，心里却暗暗骂道：肥猪，你早晚有二百斤的那天。

这就是吴爱红，她的一生都是对法律的讽刺，她对法律无尽的侮辱就是她功成名就的原因。几千年来，这个民族总是小人得志，坏人当道，她完美地展现了这一历史规律。

后来，吴爱红终于出了事，她实在干得太生猛，不出事也不正常。多行不义必自毙也是一条铁律，她同样很好地反映了这句话的精准。不过，吴爱红确实手段高超，出事之后她迅即开展了危机公关，她抖擞着一身肥肉，上下求告，处处打点，最终换来一个退职处理。

秦枫第一次遇到吴爱红是在一个极其普通的舞厅里，那是一个大众舞厅，出入的男女年龄都偏大，场地条件与音响条件都一般，它是由原来一个工厂的大食堂改的。那天秦枫兴致并不太高，他刚从一个朋友那儿玩牌回来，回家时开车经过一个老旧小区，偶尔看到路边有霓虹灯闪烁，就下意识地决定下车去看一眼。

秦枫进了门，要了一瓶饮料坐在靠近门口的地方，这是他的习惯，来了先观察一下，瞄好人之后再下手，要是没有的话就撤。此时，一曲伦巴响起来，会跳的人不多，秦枫抬起头，看见一个打扮有些艳俗的女人正轻快地跳着，她有四十多岁，身上的衣服搭配得特别难看刺眼，尤其是那身段简直惨不忍睹，但是她的舞步却十分娴熟，脸上洋溢着得意的笑容。秦枫虽然不忌口，但是老女人对他的吸引力毕竟还是小很多，秦枫看不下去，就掉过了头，向另一侧踅摸，企图找几个看着顺眼的。可惜，那天不知怎的，看来看去就是找不着，就在秦枫准备起身走时，一个厚实的身躯忽然挡在了他眼前。

"兄弟，跳个舞行吗？"吴爱红用她细如少女的嗓音嗲嗲地问道，大大的金鱼眼直勾勾地看着秦枫。

秦枫先是吓了一跳，接着一股冲鼻的香气扑面而来，秦枫上下打量着吴爱红，她穿着一身粉色的上衣，一条红裤子，脖子上挂了一条很粗的金链子，秦枫瞬间就涌起一种特别想吐的感觉。

"对不起，我不会。"秦枫头一次高傲地说。

"就跳一曲，慢四，就是两步，很容易的——"吴爱红含情脉脉地说，她的眼神直放电。

"大姐，我到这儿就是来听音乐的。"秦枫淡淡地说，同时摆出一副凛然不可侵犯的样子。

吴爱红幽幽地叹了口气说："兄弟似这般良辰美景，奈何辜负了它——"她说着，伸出胖胖的佛手轻轻地按在秦枫的肩膀上。

此时旁边一个男舞客"咣"的一声摔倒在地，秦枫知道他实在听不下去了，是被恶心着了，他转过头看着那哥们儿乞求的眼神，只好站起来硬着头皮走入舞场。他本想跟她应付一曲就走，但是当他们踏入舞池的那一刻，她就如同一块膏药一样贴在了他身上，自此他走到哪儿她就跟到哪儿，他明白她是看上他了，这种贪图他外表的女人他没少遇到过。

秦枫非常无奈，但是出于他超强的适应性以及无底线，几曲之后他变得相对适应了，也不那么反感了，当他们跳到第十曲时，秦枫看着陶醉般伏在他怀中的吴爱红，非常感叹地问："大姐，咱歇会儿行吗？要不你跟别人跳跳？"

"不换，能跟你这样的人在一起，简直是生活对我的恩赐，我要享受生活。"吴爱红柔柔地说，秦枫听了不禁又一阵作呕。

事情本来应该到此为止了，秦枫与吴爱红的偶遇在他看来不过是一次事故而已。但是两周之后有了转折，那是一天夜里，秦枫和一帮狐朋狗友喝完酒之后散场回家，那天他喝得很多，一开始还没事儿，强撑着把众人送走，他刚走到车旁，正想打电话找个代驾，就忽然一头栽倒在地不省人事了。苏醒后，秦枫的脸贴在硬硬的柏油马路上，瓢泼大雨从他的身上、眼前掠过，他再次感到了冷，而且开始担心自己会不会在这个长期没有下水道的城市里被淹死。

再次醒来时，他躺在吴爱红的怀里，吴爱红喘着粗气，淋着大雨，抱着他坐在马路牙子上。

"怎么回事？"秦枫晕晕乎乎地问。

"你说怎么回事，你他妈给我打了一百多个电话。"吴爱红骂道。

"我没死吗？"秦枫又问。

"有我在，你死不了。"吴爱红抹了一把脸上的雨水说。

秦枫在大雨中忽然有点感动，他想起母亲、季明蕊还有其他的女人，之后就又在吴爱红的怀里睡着了。

这件事过去以后，秦枫曾经认真查过他的手机。的确，吴爱红说的没错，他自始至终都在给吴爱红打电话，他猜测是不是自己按错了，但是他翻查时却发现他没有给任何其他人打电话。他为什么会在自己最为难的时刻给她打电话呢？他思考之后认为：第一，他没有可以打电话的人，即使他打了也没有人肯为他出来；第二，他的潜意识一定认识到吴爱红对他来说是非常特别的。

除了这件事，促使秦枫往前又跨了一步的是另一次偶然，这次就没有那么"湿意"了。那天秦枫和地下室的大房东闲聊，那个家伙是个玩玉的，他们漫无边际地聊了一阵儿，秦枫忽然想起了什么，他把手机里吴爱红的照片给他看，大房东当然没有看脸而是认认真真看起了她胳膊上的绿镯子，很久之后他说："仅仅从照片上看我觉得这像是老货，很值钱。"

秦枫听了心里一动，他想，难道她真是一个富婆吗？

秦枫这回猜对了，后来他发现这个女人腰缠万贯，吴爱红对这一点既不炫耀也不隐瞒，秦枫确认这一发现后，头一次对自己的未来进行了考虑，这还是季明蕊的告别语起的作用，他想如果我跟着她，能就此过上好日子吗？他听说过许多大款的劣迹，什么始乱终弃，什么色衰而爱弛，这让他很是担忧。

于是，他决定找人去问问，他给季明蕊打了电话，他觉得这事儿她轻车熟路经验丰富必有真知灼见，季明蕊一接电话特别高兴，马上答应见面。

两人见了面，旧情相遇，分外火热。两人一通拥吻之后连快捷酒店都不找，就直接去季明蕊的宝马车里玩车震，也许是久别重逢，也许是他们共同想起了过去的好时光，反正两人激情四射。许久之后，才喘息着罢了手，秦枫俯视着季明蕊那秀美的脸，深情款款地说："操有钱人的老婆就是爽啊！"

季明蕊听了嘎嘎嘎地笑起来，她说："唉，情人还是老的好！"

然后两人起身穿衣服，秦枫一边穿一边问季明蕊，嫁个有钱人到底好不好？

"当然好了。"季明蕊回答道。

"我有个机会，对方是个有钱人，我从还是不从呢？"秦枫这时又问。

"从了吧，我希望你找到一个好归宿，我希望你幸福，宝儿。"季明蕊特别诚恳地说，"一句话，你要是有钱，这个世界都是你的。"季明蕊最后总结说。

秦枫听从了季明蕊的建议，决定开始与吴爱红进行长期的掺和。但是他的目的不像季明蕊那样明确：要结婚要建立家庭什么的。他只是模模糊糊地想，要不就先从他最熟悉的吃软饭做起，未来再看看有什么结果。于是，秦枫一改无可无不可的态度，主动投怀送抱。吴爱红果然给予了他积极正面的回应，她送给秦枫的定情之物是一辆二手豪车，之后带着他出头露面，转战于种种高大上的场合。秦枫的英俊潇洒使女人侧目，也使得吴爱红赚得无数羡慕嫉妒恨的闲话，而秦枫也见识了有钱人的神通广大，无所不能，见识了那种令他叹为观止、可望而不可即的生活。可是，吴爱红并不白给，她可不是什么纯情少女，她异常老练地守着她的底线，那就是秦枫可以和她一起消费，但是他不能从她那里直接得到钱，就好像让他隔着一个水族箱看一大群美丽的热带鱼一般，只能看捞不到。

两人就这样泡着，慢慢越来越深入地混在一起，他们很少谈论未来，就好像这个世界没有未来一样。不过，秦枫并不会在这个方面苦恼，而是在另一个方面感到了吃力，那就是性，如果把季明蕊比作夏天的狂风暴雨，那么吴爱红就是绵绵秋雨。刚开始，秦枫并没把吴爱红当回事，他对那一坨厚实的肉实在没多大兴趣，每次他都当作例行公事，但是，后来他发现吴爱红简直索求无度，她腻腻歪歪，慢条斯理，但不断地去而复返，潮退又潮起，潮起了之后还能再起。"靠，就是马超与张飞打架，也有休息的时候。"秦枫有时想，可是他就没见过吴爱红休息过，直到最后他才明白吴爱红根本不想休息。

渐渐地，吴爱红也变得难以自拔起来。她对于秦枫的迷恋使她对他慢慢展开了一切，她不再把底线摆得那么清晰。秦枫看得出她是真的喜欢他，这一点让他出乎意料地感动。但是吴爱红随即也暴露出女性那种特殊的弱点，她非常黏人，希望秦枫能时时刻刻陪着她，而相比于其他女性，她的黏人中还有一种霸气，她以一个武则天的姿态纵横捭阖，舍我其谁地霸占着秦枫的时间和肉体。秦枫觉得自己正在向一个面首发展，这不禁让他想起季明蕊，他觉得吴爱红的能量远高于他的旧情人，他被控制的程度以及自由丧失的程度都超过了季氏王朝，他奇怪自己怎么一直是这种命。苍天啊，人长得帅有什么错？他有时很憋屈地问自己同时还总是回想起当年自由自在的青春时代，但是他的追问一点操守都没有，两分钟之后当他端起吴爱红命令保姆给他熬的参鸡汤，美美地喝着，被烫得吸溜吸溜的异常舒坦之时，他就会想，妈的，管那么多呢，什么面，什么首，先活着再说。

但是生活总是有但是的一面，随着秦枫与吴爱红接触得越来越深，秦枫却变得越来越不安了。

吴爱红平时居住在郊外的一套豪宅里，可她在城市里的房子不知有多少套。秦枫并不清楚这些房子是怎么来的，直到吴爱红揭示了她的前法官身份，他这才大吃一惊，才理解吴爱红为何如此黑白通吃，左右逢源。秦枫慢慢了解到，吴爱红虽然从原来的位置上退了下来，但她一刻也没有停止捞钱，她的方式很简单，就是通过她过去的人脉，进行法律方面的交易。按照她的话讲这叫"运作"，参加运作的人很多，方方面面，从左到右，从上到下，他们都希望从别人的灾难中捞到让他们感到幸福的钱。

常来找吴爱红的一个家伙总是穿着官衣儿，他细高挑，长了一张黑而瘦的马脸，他不苟言笑，眉宇间总有一股戾气。每回他见到秦枫就是爱搭不理地咧咧嘴，然后直接去吴爱红的书房，关上门谈运作的事儿。时间久了，秦枫品出来这家伙很可能是吴爱红的大内总管，负责处理吴爱红与外界的联系，他听吴爱红讲过，她对他有知遇之恩，而他这些年升官所需的钱财都是她提供的。

秦枫本来是不想涉及他们之间的烂事的。他才不管钱是怎么来的呢，他只负责吃饭喝汤。但是有时他们谈话中的一些片段飘出来总是往他耳朵里灌，他不听也得听，耳朵又堵不住，可是听了之后，他就不禁皱了眉，他觉得这帮人也太予取予求了，太不把人当人了，他们翻手为云覆手为雨，今天让人活，明天让人死，一切全都根据他们自己的利益。

有一次他偶然听到黑脸总管和吴爱红谈事儿，言谈之中他们说了一个名字——吴蕾如，他当时也没当回事儿。可是下午时分，当他睡醒午觉后，忽然想起了这个名字。他认识她，那是一个女孩子，是他在舞场上轻易钓到的。她二十出头，社会历练很少，也似乎没什么学历，那一天，她轻易被秦枫高大帅气的外表所迷惑，于是被秦枫带出了舞场，这个小姑娘本来希望有一个浪漫的玫瑰之约，但她没想到秦枫要直接把她法办。小姑娘因此不干了，她如同一头受惊的小鹿一般，在秦枫的房间里四处奔逃，秦枫则像一条发情的公狗一样在后面狂追，他一次又一次把小姑娘按倒，一件又一件地把她的衣衫剥下，最终把她办了。完事之后，小姑娘抱着光光的身子大哭，她哭得十分委屈，她说，这是她的第二次，第一次是为了挽留前男友，可前男友要了之后还是毫不留情地走了。她说，男人没有一个好东西，都是动物。

这个世界就是这么小，这一回这个小姑娘又犯在了吴爱红手中。秦枫本来想把他听到的事儿忘掉，但是没想到，他就是忘不了，而且吴蕾如那张楚楚动人、痛哭流涕的脸不断出现在他的眼前，他感到了少有的心痛，他为自己还有良知、还有心痛感到彻底的羞愧，他悄悄地用手抽自己的脸，偷偷地骂自己："傻逼，叫你丫装孙子，叫你丫有良知。"

打完之后，他发觉没用，他自己的良知依然还在，于是他这辈子第一次做出了有担当的事情，他决定去找吴蕾如，给她通风报信儿。

秦枫知道吴蕾如是舞场的常客，她平时总去那种简易的平民舞场，秦枫找了几个舞场，问了几个熟人，很快他就逮到了她。那天晚上，八点多，吴蕾如刚进舞场，还没坐一会儿，秦枫就走到了她面前，她一看秦枫脸就白了，她想起了那次痛苦的经历。

刚想躲，秦枫就一把按住了她。

"你放开，要不然我喊了。"小姑娘满脸通红地说。

秦枫看看四周，然后问她："你们家最近还好吧？"

"你什么意思？"吴蕾如不明白。

"我来就是告诉你，有人要算计你们家那套祖宅，你小心。"秦枫说。

吴蕾如愣了，她的身体一下子僵硬起来，她迅速变得有些惊恐，眼睛瞪大起来，"真的吗？"她不信地问。

"真的。"秦枫说。

"那，那怎么办？"吴蕾如下意识地问，她如同每一个草民遭遇侵害时一样，第一时间就阵脚大乱。

秦枫被问住了，他哪里知道怎么办？他连自己的生活都不知道怎么办呢。但是他想了想，说出了一句连他自己都没有想到的话，他说："抗争，你要抗争，不要向他们低头。"

吴蕾如听了不说话，秦枫松开手转身就走。吴蕾如呆了半天然后在音乐声中站起来，她看着走出人群的秦枫，眼中泛起泪光，她诚恳地在他的背后喊了一句："谢谢你，大哥，你是个好人。"秦枫头也没回地挥挥手，他心中第一次有了一种伸张正义后的伤感，他想：操，这个王八蛋的世界，连我都成好人了，还有什么希望呢？

秦枫不知道吴蕾如的事情后来怎么样了，但他后来遇到了更刺激的事儿。那一天，他和吴爱红吃完午饭，然后开着二手豪车送吴爱红去西环广场谈生意。到了西环广场已经下午三点了，秦枫停好车，吴爱红走下车，一扭一扭去了对面的写字楼。秦枫在车上待了一会儿，抽了根烟，正准备去哪儿消磨一下时间，这时，一个身穿黑色运动衫，头戴运动帽的家伙走了过来。他低头看了看车牌，然后很和善地敲了敲车窗，秦枫按下车窗问，"怎么着，有事儿吗？"他以为是收费的。

"你是车主吧？"那个人问。

"是啊。"秦枫随口承认道。

那个人听了忽然狰狞地一笑，从身后拿出一根巨大的棒球棍，指着他大骂，"黑哨，可找到你了，叫你收钱，叫你瞎吹——"说着就要作势欲劈下来。

"等等——"秦枫听了马上大叫，"大哥，搞错了吧，我是搞房屋租赁的。"

那人一愣，棍子停在了空中，他扭过头向后望了望，这时另一家伙跑了过来，他也穿着一身同样的运动衫，那家伙一边跑一边从口袋里掏出一张纸，他看了看，指着秦枫说："拆迁的，勾引黑社会欺压老百姓。"

秦枫一听再次大叫："大哥，错了，我不是，我就是一个二房东。"

那两个人愣了，互相看了一眼，然后指了他一下说："你等着——"之后，扭过身跑了。一分钟之后，秦枫还没缓过神，三个人又一同跑到了他面前，他们每个人都是一样的打扮，手里都攥着一根棒球棍，领头的一个五大三粗，满脸横肉，一颗秃脑袋锃亮锃亮的，另外两个刚才他见过。

"狗法官，狗法官——"领头的胖子用东北话说，"你们这些狗法官吃了原告吃被告，干了坏人干好人，天天贪赃枉法，欺负窦娥，放走潘仁美，今天就要你好看。"

秦枫知道他们找对了，但是好汉不吃眼前亏，于是他再次特别冤枉地否认道："不是啊，兄弟们，我就是一个体户。你看我像法官吗？我那么不像人样吗？"

"没错，我们核对了车号，就是这辆车。抵债回来的。"带头大哥蛮横地说。

"我真不是法官，我是一法盲。"秦枫都快哭出来了，"这车是我借朋友的。"

那三人终于没词了，互相呆呆地看着，就趁这个工夫，秦枫启动了车，一打方向盘，一踩油门，飞快地跑了。

这一次经历，使秦枫受的刺激大了去了，他意识到跟吴爱红在一起是有代价的，他是可以好吃好喝，但是他必须面对某种随时可能到来的危险，这是他没想到的。他本以为凭着自己英俊的外表、健壮的身体，他只要侍候好了吴爱红一切就都OK了，说不定未来还能捞上一票，可是树欲静而风不止，吴爱红的所作所为使他明白，她那种玩弄法律于股掌之上的生意实在是风险巨大的，她早晚是要遭报应的。

于是，思来想去，秦枫尿了，他觉得不值，决定跑。

可是，怎么跑呢？秦枫想，他可不能就这么跑了，他在她身上比在任何女人身上花的力气都大，原来季明蕊对他是真仗义真给钱，可吴爱红虽然对他关怀备至，但钱上一直没让他占到便宜，这恐怕也是她的精明老辣之处。不行，不能便宜了她，要不然面首白当了。苦思一阵，秦枫终于想出了一个主意，他要开办交谊舞学校。这个主意可以说是对症下药，首先交谊舞是吴爱红熟悉的、热爱的，其次，她非常清楚这个城市人们学舞的热情，当男人因为舞步失当无法泡妞，女人因为舞步笨拙而无法被泡时，那种心急如焚的状态她异常明白。为了让吴爱红投资，秦枫让他的老搭档季明蕊帮了忙，他当着吴爱红的面儿，以不经意的方式接了季明蕊的几个电话，季明蕊在电话中夸张地运用了表演方式，向秦枫吹嘘了办舞蹈学校的好处。秦枫故作犹豫状思索再三，其实他的手机声音很大，吴爱红完全能听得到他们在说什么，季明蕊的演说相当动人，几次之后，吴爱红果然动心了。因此，当秦枫再次接到电话后，向她征求投资舞蹈学校的意见时，吴爱红马上就答应了，她的想法很简单：第一她觉得这是一笔好生意；第二，她真的喜欢秦枫，她也想为秦枫做点什么，所以她没有意识到秦枫竟然会骗她。

为了让戏演得更逼真一些，秦枫力邀季明蕊再次出山，季明蕊特别义气，一听秦枫张口，就立刻答应了。季明蕊非常富有创造力，她在离城中心很远的郊外租了几间学校的教室，然后她的几个同学扮演舞蹈老师，又找了一帮群众演员当学员。某一天吴爱红和秦枫兴致勃勃地去了，当时，演员们正在教室里热火朝天地练着，吴爱红他们进了门，但他们没有惊动大家，而是在一旁默默站着看着。一个美丽的舞蹈教师正辛勤地培训着大家，她的脸上挂着汗水，嘴里不停地说着口令，过了很久，舞蹈老师季明蕊不经意地转过头看到了吴爱红，秦枫这时非常夸张地提高嗓音说："老师们、同学们，这是我们的校长吴爱红女士。"季明蕊听了，幸福而夸张地叫了一声"校长——"之后，带领众学员潮水一般涌过来，吴爱红被演员们围在中间，掌声四起之际，她环视四周，不禁涌出一种主人翁的自豪感。

"校长，给我们讲两句吧。"此时季明蕊贴心地叫起来。

吴爱红听了微微一笑，她伸出胖嘟嘟的手，指着舞蹈教师季明蕊说："你好好教——"然后她又回过头指着学员们说，"你们好好学，争取都能在舞场上找到真正的爱情，就像我一样。"她的话音一落，掌声雷鸣般响起，一个公鸭嗓男生使出吃奶的力气叫道："谢谢你了，校长。"

这事儿就这么成了，吴爱红开始给秦枫投资，她毫不犹豫地把钱一笔笔打入秦枫提供的账号里，秦枫迅速而心安理得地转走了这些钱，并且非常守规矩地按时向吴爱红提供有关舞蹈学校建设的虚假报告。吴爱红由于忙于其他草菅人命的业务，一直没有时间过问此事，当吴爱红的投资金额达到几十万时，秦枫开始策划他的逃跑方案，他先是让季明蕊接手他的二房东业务，其次他着手挑选能够躲避的城市，最终，他把目光落在一个偏僻的南方小镇：南汀。

秦枫跑了，为了让这趟旅程有意思一点，秦枫并没有急着赶路，而是坐着火车在江南大地上优哉游哉地边走边玩，到了一个地方如果感觉好，就随即下车，玩两天再走。一开始，秦枫还是玩得挺爽的，但是某一天在某一个小镇，当他痛饮之后面对即将落下的夕阳时，他再次感到了那种与生俱来的冷。他其实不冷，他只是又孤单了，他发现自己又开始怀疑和惆怅，他再一次质疑这一辈子是否能找到一个纯粹的给他温暖的人。他对这个人的理解比原来深了，她可以爱他，但是不能总想着占有他、控制他，他毕竟不是一个宠物而是一个拥有最起码自尊的人。

秦枫从来没有意识到吴爱红会去追他，但是吴爱红就这么做了，她本身是这个社会丛林中一条威风凛凛的母狼，从来都是她弱肉强食，怎么能容忍别人从她的身上咬下一块肥肉？当吴爱红知道她受骗时，她第一时间展开了追击。半个月后吴爱红轻松地把秦枫活捉，直到这时他才明白这一趟是真正的"文化苦旅"。

那天晚上，秦枫刚刚逛完街，酒足饭饱之际回到旅店，他打开房门时，赫然看到吴爱红正跷着二郎腿，抽着烟坐在房间的沙发上。

"姐，你怎么来了？"秦枫大惊之下颤颤巍巍地问道。

吴爱红抽了一口烟，然后把烟圈喷向空中，接着她晃动着白白的大腿哀怨地说："你都来了，我为什么不能来？"

"能来能来——"秦枫赔着笑脸说。

"小枫，我对你不好吗？"吴爱红有些委屈地问道。

"没有，没有，好得很。"秦枫一边说一边虚汗都下来了。

"那你为什么这样啊？我真的不能理解呀——"吴爱红说着眼圈都红了。

那天晚上吴爱红逼着秦枫上了床，她高高在上，无限幽怨地骑在他身上，她一边掉眼泪一边晃动着山一般伟岸的身躯，无穷无尽地摇动着，秦枫听着她粗粗的喘气与呻吟声，感到异常无奈和屈辱，他觉得她就像一个感冒发作却依然作威作福的主人一般趾高气扬，而他则如同一条狗一样敢怒而不敢言。

秦枫被押回了城市，但是，没在城市待几天，秦枫脑子一热又跑了，但是这一回吴爱红有了经验，她不慌不忙地开始了她的再次追击。就这样一场无休止的赛跑开始了，接连很多次，无论秦枫跑到哪里，吴爱红都能准确地出现在他的身边，斗争了很久之后，秦枫才知道吴爱红的能力是超强的，她似乎织成了一张无边的大网在任何一个角落等他，而秦枫却永远粘在网上。

吴爱红不再悲伤，在这场逃与捕的斗争中，她也渐渐适应了，不仅如此，她还把这件事慢慢做出了喜感，她把自己当作猎人，秦枫当作猎物，心中充满一种把玩的激情。每当她抓到秦枫，她就逼迫他去找当地的舞厅，然后一起去跳舞，跳完之后就回来长时间地做爱，直到秦枫求饶为止。有一天，她告诉秦枫别怕，她是不会要求秦枫退钱的，但她会把这笔钱折算为陪伴费，她的目的就是让秦枫永远陪着她，成为她终生的性伙伴。秦枫听了简直痛不欲生，他明白他已经成为传说中的性奴了，他深切地感受到这是生活不动声色的对他的报复，谁让他曾经长期毫无底线地嘲弄生活、嘲弄女人呢？

　　但是秦枫并没有屈服，他下决心进行最终的反抗，没有人愿意被迫在另一个人或者另一群人的意志下生活。他找到了所有能找的人，请他们出主意想办法，最终一个混过黑社会的胖子对他说："你可以去日出城堡试试，听说那里是这个城市最牛逼的一个骗局，据说在那里，所有的富人都有可能把钱输光直至完蛋；而一个穷光蛋却有可能变得腰缠万贯，获得最终的自由。"

第三章 | 充满落英的投影

齐志的出现是卫近宇没有想到的，他显然是被人派来的。他以前是钱媛的同事，还曾经追求过钱媛，不知什么原因未遂，但这段经历却坚定了两人的友谊。卫近宇第一回见齐志，是有一次下班去接钱媛，那是下午五点半，卫近宇远远地看见在他们高大的办公楼下，钱媛正和一个人聊天，钱媛穿着西装，一头短发，打扮得职业、干练，手提电脑包，她对面的家伙胖胖的，戴着眼镜，也是西装革履，正笑容可掬地向钱媛说着什么。

卫近宇把车开过去，在他们两人面前停下来，钱媛和齐志告别，然后向卫近宇介绍说："我同事齐志。"卫近宇摇下窗户向外面打了声招呼。齐志连忙挥挥手说："卫总是吧，幸会，幸会啊。"

这就是卫近宇对齐志的第一印象，说实话很不错，后来又听说他对钱媛言听计从，联想到他之前追求钱媛的事情，他就觉得此人心地宽厚，不计前嫌，应该可交，于是后来他们就成了朋友。

周六的上午，齐志很早就来了，卫近宇刚刚睡醒，正躺在床上琢磨着是否睡个回笼觉，门铃就响了。卫近宇不情愿地起了身，他睡眼惺忪地走过去打开门，门一开，齐志就如同自家人似的大大咧咧地走了进来。

"什么味？都臭了——"齐志一进屋就叫了起来。

"刚起，没通风没透气，齐总您将就吧。"卫近宇打了个哈欠说。

齐志走进客厅，前后左右打量着，只见沙发上堆满了衣服，茶几上是各种速食品、感冒药、饮料罐，屋子里显得异常凌乱。齐志找了半天才好不容易在沙发上找了一个地方坐下，他刚一坐，那沙发就塌了腰一样陷了下去。

"卫总，我打听一下，这是人过的日子吗？"齐志坐下之后问。

"齐总，经济不好啊，活着就不容易了，还那么讲究干吗？"卫近宇在一旁的沙发上边也找了一块儿地方坐下。

"弄点茶喝呗，不会连高沫都没有了吧？"这时齐志又说。

卫近宇闻言只好站起身到厨房烧水，过了一会儿，水开了，卫近宇给他沏了一杯龙井，齐志接过玻璃杯一边吹着茶叶一边小口地喝着。

"齐总，听电话里的意思你是被派来的？"卫近宇看齐志喝了会儿茶才试探着问他。

"没错，明人不做暗事，我确实是被派来的。"

"那有何贵干呢？"

"贵干就是来拯救你，让你过上崭新的生活。"

卫近宇听了不屑地一撇嘴说："就你，拯救我？"

"那，你想见钱媛吗？"这时齐志抛出了杀手锏。

卫近宇听了一愣，他不相信地问："怎么着，难道真是她派你来的？"

"答对了！只要你听我的，我就让你见到她。"齐志说。

卫近宇语塞，他的心扑通通直跳，他确实没有想到钱媛会来这么一手，他的心中涌起一股无限复杂的情绪。钱媛走后一直杳无音信，她似乎完全忘却了这个世界一般，卫近宇曾经非常痛苦，他愤怒、怨恨，充满一种被抛弃的颓丧，他还特别想破罐破摔从此放荡人生。但是他毕竟是一个商人，在多年的磨炼中他学会了以理性的态度面对任何事情。慢慢地，他变得平和了，他如同接受各种外来的灾难一样来接受自己生活的灾难。他开始反思他和钱媛生活中的点点滴滴，思索她为什么不告而别，自己到底做错了什么。但是很遗憾，他没有找到什么明显的原因。他只是在深入的思索中，发现了他曾经忽视的他们之间的种种不同：他总是以稳定性为原则，而钱媛却爱突发奇想；他是平淡的、平和的，而钱媛是时时奇绝的，有时还语出惊人；他就像稳妥的原木，而她则是可以变形的金属或者玻璃；一句话，他倾向于在地上，在现实的琐碎的生活里，而钱媛却总想飞。

逐渐地，那种负面的情绪渐行渐远，而怀念开始充斥了他的生活。他变得非常想见她，有一阵这种念头完全挥之不去，钱媛的面容就像潮水一样生生不息地向他扑来。他特别想问她所有的问题：她对于他们过去的生活如何评价？她为什么要离开？她去了哪里？她过着什么样的生活？可是他没有机会问，她就像不存在一样，异常坚决地消失在他的生活中。

"看样子，你还爱她？"齐志这时看着沉默的卫近宇问。

"当然，我依然深深爱着她。"卫近宇尽量平静地说。

"那我们成交？"齐志问。

卫近宇点点头，然后暗暗深吸一口气说："好的，就这么着，我一切听你的，你让我见钱嫒。"

从此，齐志就算正式掺和进来，卫近宇过上了一种具有"双打"色彩的日子。他每天都要出去指导一个小女孩如何对付男人，回来之后又会被一个前妻派来的胖子指导如何生活，这使得他曾经孤单的日子马上变得热闹起来。

令卫近宇没有想到的是，齐志对他的指导竟然也是有计划的。首先，齐志从改变他的生活环境开始，他强烈要求卫近宇把家里的壁纸、装饰画都换了，接着他又让卫近宇把家里的旧家具也扔了，买回了一套新式的北欧家具。

当家里呈现出一派欣欣向荣的气息后，他又督促卫近宇多做家务，每天收拾屋子，洗衣服做饭。卫近宇一开始也就是对付，可是时间一久，他竟然在烦琐的家务劳动中体会到了某种快乐，尤其是当家里收拾得一尘不染时，他的心情是那样难得地舒畅！

齐志的第二步，是逼着卫近宇去锻炼，他自己不减肥却给卫近宇买了一个计步器，他要求卫近宇每天都要抽出时间去家附近的森林公园慢跑或快走，每天的最低标准是一万五千步，卫近宇知道这个要求对他来说是很高的，完成起来相当有难度，但是他还是硬着头皮答应了。

某一天清晨，当卫近宇锻炼回来，洗完澡，换完衣服，坐在自家干净明亮的客厅，给自己沏上一杯绿茶时，他忽然感觉到了一种从未有过的神清气爽。风从窗外吹进来，把客厅中间那串从南印度洋买回来的贝壳风铃吹得叮叮直响，新的家具，新的器物，一切都是新的，此时卫近宇终于承认齐志的到来果然改变了他的生活。

改造计划取得了初步成功后，齐志变得非常得意，他更不把自己当外人了，常常不请自来突击检查卫近宇对他的指示的贯彻效果。有一次，他发现了卫近宇新买的窗帘。新窗帘有两种，一种是白色为底主题是牧童放牛的水墨风格，另一种则是淡雅清丽的蓝色小花，纯然的居家风格。他在仔细审视了窗帘之后，嘴角露出意味深长的微笑，他对卫近宇说："行啊，卫总，你已经开始变得有情调了。"然后再次发出了新的指令，他认为卫近宇应该恢复他曾经的业余爱好，比如弹琴、养鱼、养花。

卫近宇对于齐志的进一步要求特别痛快地全盘接受了，因为他也发现这种新生活的方向是对的。齐志走后，他立刻来到阳台，翻箱倒柜找出了好久不用的那把老式木吉他，他认认真真地把琴擦干净，把弦调好，又费尽力气找出一些泛黄的乐谱，准备照着谱子恢复一下手艺。练了两天琴，卫近宇去了一趟家附近的花鸟鱼虫市场。他买了一个椭圆形的鱼缸，一个珊瑚，还有五六条红色的小鱼，顺手抄了几盆花草。回到家，他把鱼缸放好，把花草布置在家里的各个角落，于是他宁静的家立刻灿烂了起来。

他还觉得缺点什么，想了半天终于明白了：应该添点活物。于是他又从市场上拎回两只看好的金青，那两只小鸟体量不大，背部是青色的，腹部金黄，它们的叫声十分清脆，只要一开口，在家里的任何一个角落都听得到。

卫近宇的个人生活就这样变得丰富多彩起来，齐志又非常有计划地关注起卫近宇的工作问题。他和卫近宇长谈了一次，卫近宇把他这几年的从业状况一一汇报了，齐志对卫近宇辞职后从事的各种工作都不甚满意，尤其是当他听到卫近宇正在干着一份"职业备胎"的活儿时，他脱口而出地问，"这也太不健康了，不是色情服务吧？"

"想哪儿去了，齐总，那是正规交友网站的正规工作。"卫近宇解释说。

"算了，以后我帮你找活儿吧，保证绿色环保！"齐志说。

"行啊，找吧。"卫近宇说。

卫近宇继续陪伴着冯慧桐寻找着她心目中的男人，冯慧桐继续如同一条鱼一样在城市中充满男人的地方漫游着。

耐心，要耐心一些；寻找，要充分地寻找。这是卫近宇常常告诉冯慧桐的基本准则。他还说，在爱情的菜市场里要想占便宜脸皮一定要够厚。

"这有必要吗？"冯慧桐对这种通俗的招法常常是不屑，这与她高端大气上档次的生活方式完全不符。

"当然有，"卫近宇非常自信地说，"自古以来，脸皮厚吃个够，脸皮薄吃不着，爱情其实就是一种竞争，面子什么的最不重要了。"常常，冯慧桐会把这些经验听进去，但是在实践中她又总会很快发现问题。比如有一次，她就问卫近宇，"寻找到何时可以告一段落呢？有没有一个标准？总不能寻找一辈子吧？"

"寻找到最好的那个呗。"卫近宇说。

"那你如何肯定你现在找到的这个就是最好的？"冯慧桐接着

提问："好比去一个琳琅满目的水果超市，你只有有限的时间穿过它，但是你需要发现那里最好的一只苹果，你怎么办？"

卫近宇思索着：是的，这是一个复杂的问题，他从未仔细想过。

可是几天之后，在城市的一条步行街上，在明媚的阳光下，冯慧桐告诉了卫近宇答案，她说："是这样，你先看够足够多的苹果，找到它们的平均水平，之后当你看到另一个超过平均水平的苹果时，你就把它拿过来，虽然这未必是最好的苹果，但这大致是一个相当不错的苹果。"

卫近宇听到这个答案非常佩服也非常诧异，这是一个相当缜密的回答，充满着计算的理性。他不禁奇怪地问："你是怎么想出来的？"冯慧桐此时得意地一笑，她伸出手拍拍卫近宇的肩膀，神清气爽地说："老卫啊，回去好好学学博弈论吧，你别说不知道啊，那可弱爆了。"

卫近宇听完有点惭愧，这回明显是徒弟给师父上了一课，看来教学相长是必需的。

还好，冯慧桐只搞了那一次学术研究，其他时候还是聚精会神奔赴各种安排好的约会。卫近宇依然一丝不苟地扮演着他应该扮演的角色。他渐渐发现，由于朝夕相处，他和冯慧桐之间的关系慢慢变了，他们从陌生人，变成了朋友，然后又变成了相当好的朋友。卫近宇很清楚地知道：无论他如何商业，他自己都逐渐喜欢上这个开朗聪明的女孩子了，她的青春靓丽，她的充满活力似乎是无敌的，她的存在使卫近宇自己的生命时钟向更年轻的方向调整了。

不过，因应着他们关系的发展一些令人头疼的地方也展现出来。一开始他只是一个爱情顾问，他们之间就是工作关系。但是随着冯慧桐对卫近宇越来越信任，卫近宇的角色大大拓展了，他慢慢变为生活参谋、业余帮闲，然后混到类男闺蜜。从某一天起，冯慧桐开始肆无忌惮地指使卫近宇去干各种其他无关的事情，比如买吃的用的，缴费，去银行取钱，订机票。有一次，当冯慧桐让他顺路替她买几包卫生巾时，他明白自己已经彻底沦为她的私人助理了。

"妹妹，我原来只是你的爱情顾问啊。"有一回卫近宇拎着大包的卫生巾抱怨说。

"我付你钱没有？我说过没有，只要你干得好，我按月给你涨工资。"冯慧桐以一个老板的姿态相当坦然地说。

卫近宇听了完全无语，他曾经是一个好的商人，他知道冯慧桐实际上在跟他谈论一个最基本的商业原则：所有的事情都是有价格的，只要价钱好，什么都能干。

他们就这样愉快地泡着，有时竟然漫无目的，她并不是一定要去约会，他也不一定每一刻都在帮她分析男人。他们之间变得更信任，待在一起也更轻松。功夫不负有心人，在不经意间一条不错的鱼上钩了。

这条鱼来得相当偶然。卫近宇有个习惯，就是没事儿的时候炒点小股，他觉得炒股是个有意思的事情，可以使人对这个世界一直保持着兴趣。每年年中，各个券商总有一些策略报告会，卫近宇是常客。今年他照例去参会，有一天冯慧桐无聊，一定要跟着他去转转，结果就在报告会的会场，她看上了一个搞证券的小伙子。

小伙子姓刘，叫刘欣，他仪表堂堂，口才很好，在证券公司当投资顾问。冯慧桐几乎是一眼就看上了他，两人当场聊了很多，然后互留了电话，不久就开始了约会。

作为旁观者，卫近宇也对小伙子印象不错，他英俊，打扮得衣冠楚楚，待人接物也非常得体，而且他从事的这个行业也是一个朝阳行业。冯慧桐对自己捞到的这条鱼相当满意，他们连续约了好几次，关系快速升温，每回约会结束，卫近宇都按照习惯询问冯慧桐有关情况，冯慧桐的回答都是相当正面的。有一次卫近宇听了忍不住调侃道："妹妹，不容易啊，看来你已经芳心暗许了。"

冯慧桐头一次有点羞涩地说："你瞎说什么，我们还没开始呢！"

"怎么算开始？"卫近宇又问。

"这你还不明白？"冯慧桐反问，脸上罕见地升起一阵红晕。

卫近宇看着冯慧桐认真的表情，不禁哑然失笑。但是此时卫近宇忽然产生了一丝警惕，这种警惕来自于他商场上吃过的亏，在商场上，对于这种表面上特别优秀的家伙是最小心的。有一个原则是这样：没有缺点的人往往是可怕的，而有缺点的人常常是更可以信任的。卫近宇当然没有把他的这个想法告诉冯慧桐，他又没有证据，而此时的冯慧桐多半听不进去。

冯慧桐与刘欣又一次约会，这一次两人约在一个饭店见面。卫近宇照例当司机带她赴约，到了之后，他这一次决定观摩一下，于是，他就坐在一个离冯慧桐不远不近的地方等着，不一会儿，刘欣也到了，两个人坐在落地窗边，每人点了一杯冷饮闲聊。整个大堂吧的氛围很好，安静、拥有柔和的音乐，冯慧桐打扮得很朴素，她双手托腮一副清纯外加倾听的样子，卫近宇远远看了肚子里暗笑，她现在这种绿茶妹妹的状态，已经完全具备一种捕食者的气质了。

他们一直在聊，似乎相谈甚欢，看样子冯慧桐着实对他感兴趣。卫近宇百无聊赖之际，点了一罐苏打水喝，很快他喝完了，他又点了一罐，喝到第三罐时，只见两人站起来，手挽手向前台走去，卫近宇有点不明所以，但见两个人迅速在前台开好房，之后非常自然地向电梯走去。

卫近宇马上给冯慧桐发了一个微信问她："你想好了吗？"但是冯慧桐没有回，卫近宇一时无措，他有些无奈地看着窗边那两个空空的位子，心想：这就算开始了吧？似乎快了一点。

时间过得很慢很慢，房中一日，大堂千年，卫近宇不知喝了多少罐苏打水，他们依然没有踪影。此时，不经意间，有一个人出现在卫近宇面前，他瘦小，面色苍白，戴了一副眼镜，眼中充满了某种忧郁，他上身穿一件白色的T恤，下身穿一条发白的牛仔裤，头发凌乱。

"你是冯慧桐的男朋友吗？"眼镜男伸过头来问卫近宇。

"您是哪位？"卫近宇反问。

"我叫耿译生，是冯慧桐的朋友。"耿译生声音尖细地回答道。说到朋友时，他非常不自信地降低了声调。

卫近宇愣了一下，他又上下打量一下眼镜男，小心地问："那您有何贵干？"

"我找她有事，本来看见她了，可一转眼，她就不见了。"耿译生异常失落地说。

卫近宇看着耿译生失魂落魄的样子，他想了一下，忽然想起一个人，于是他试着问："您是在酿蜜坊给冯慧桐点过大菜吗？"

耿译生木然地点点头，卫近宇一下子明白了，这就是那个冯慧桐的持续不断的追求者，他再次打量一下他，他瞬间就清楚了，冯慧桐一辈子都不会爱他，但她却能永远吃定他。

"兄弟，我是她的雇员。"卫近宇这时非常恳切地说，"她去办点事儿，你要有口信我可以捎给她。"

耿译生听了瘪瘪嘴，几秒钟之后他忽然哭了，卫近宇一下子手足无措起来，这也太文艺范儿了，看着他那种孱弱如屌丝的样子，卫近宇的恻隐之心如滔滔江水一般泛滥起来，他连忙摇着手对耿译生说："别，别，兄弟，别哭，一切好说。你看我有什么能帮你的吗？"

"哥，我能喝罐苏打水吗？"耿译生这时一边哭一边问道。

"行，没问题，那咱一起喝。"卫近宇迅速答应道。

于是耿译生和卫近宇坐到了一起，卫近宇都不用开口问，小伙子就如同见了亲人般向他交了底，他说他一直跟着冯慧桐，今天刚想鼓起勇气再次表白，可一转眼她人就没了。卫近宇问他一共表白了多少次，他说他也记不清了。卫近宇又问他，如果她已经有了男朋友，那他怎么办？耿译生听了坚决地说："我不会退却的，我习惯她有男朋友的日子了。"

卫近宇听了心中又是感叹又是黯然，他想，可能在这个世界上就是有人上辈子欠另一个人的。此时耿译生接着狂喝卫近宇的苏打水，然后开始了他的回忆，根据他的描述，他是上学的时候认识冯慧桐的，某一天傍晚他去了一家叫作"紫色"的餐吧，他本来是被人介绍去认识一个在那里打工的学妹的，但是那天他一进屋，就看见了一个坐在酒吧里听歌的女孩子，他立刻被那个女孩子听歌时的表情吸引了，他觉得她是他这一生见过的最美的女孩子。

耿译生从此坠入了情网，他毫无理由地爱上了冯慧桐，可是冯慧桐并不买账，她的大小姐脾气使她非常讨厌别人对她的任何一点强迫，哪怕是善意的。她多次想摆脱耿译生的纠缠，甚至使用种种最过分的办法驱赶他，可耿译生就是坚持不懈，最终，反而是冯慧桐放弃了，她不再轰他离开，而是听之任之，任他在她身边游走。

　　"前一阵，我因为家族生意的原因，去了多佛尔，在这一段时间里我异常思念她，我明白我的生命里不能没有她，于是我决定回来之后再来表白一次。"耿译生说着，从口袋里掏出一个黄黄的圆圆的柠檬，他把它托到卫近宇面前说："这是我给她从多佛尔带回来的。"

　　卫近宇看看柠檬，它金黄，圆润，形状可爱，但是他又看看眼前这个懦弱而溃败的loser，不禁长叹了一声说："兄弟，我不得不说，你是不会成功的。"

　　"我知道，大哥，我就想用我的贱，战胜这个世界的高贵，战胜人们对我的鄙视。"耿译生托着那颗金黄的柠檬坚定地说。

　　卫近宇被耿译生的话噎住了，他觉得他说了那么多屁话，唯有这一句耐人寻味，无可辩驳，这也许就是当一个屌丝最有价值的地方。两人就这么一直聊着，谁也没有发现冯慧桐已经与刘欣走了出来，他们在大堂门口礼貌而客气地告了别，之后冯慧桐折返回来，她的表情很平静，似乎什么也没有发生，当她看到这两人坐在一起时不禁奇怪地问："你们怎么会认识？"

　　卫近宇一听冯慧桐那脆脆的声音，才想起还有别的事儿，他马上回过头问她，脱口而出："完事了？"

　　"我能有什么事儿？"冯慧桐面无表情地说，然后她转向耿译生，"你不是消失了吗？你又来干什么？"

"我是来表白的。"耿译生站起来颤颤巍巍地说，然后，他把那颗鲜黄的柠檬递到冯慧桐面前说："这是给你的，从多佛尔带来的。"

冯慧桐接过柠檬顺手掂了掂，它金黄金黄的，有一种诱人的鲜嫩，冯慧桐几乎被它显现的生机所吸引了，但她看了一会儿忽然抬起胳膊抡圆了把柠檬向大堂门口扔了过去，那颗柠檬划了一条优美的弧线飞过空中，之后在大堂门口落了地，它弹了几下，就骨碌骨碌地滚出了门。

"好啦，你可以走啦。"冯慧桐此时吩咐耿译生说。

"好的，小桐，我们下回见。"耿译生听了冯慧桐的话，异常坦然地转过身乖乖地向大门口走去，一旁的卫近宇看得瞠目结舌。

十分钟之后卫近宇与冯慧桐也走出大堂。在回去的路上，冯慧桐一直闷闷地靠在车窗上想心事，完全不像刚刚兴奋过的样子，在一个路口等红灯时，卫近宇忍不住问她："怎么了？"

冯慧桐听了哼了一声说："那个刘欣把我气着了。"

"是吗？"卫近宇有点惊讶，"你们不是刚刚开始吗，怎么着，不满意？"

"靠，说来真是搞笑，在滚床单的时候，我刚来点情绪，没想到他竟然向我推荐一款理财产品，我一下子就没兴致了。"冯慧桐异常郁闷地说。

卫近宇也无语了，他马上想起自己的警惕感，看来那种他长期锻炼出来的商业直觉还是准确的，它对应在这个点上。这个刘欣应该是个嗅觉非常灵敏的生意人，他肯定是从蛛丝马迹中看出冯慧桐是一个有钱人，因此想尽办法要抓住这个机会。

"你说这个城市的男人是不是太爱钱了，他们永远把利益放在第一位？"这时冯慧桐闷闷地问。

"也许吧？"卫近宇不置可否地说，"可是这个城市的人谁不是这样呢？"

"那你说，我能找到一个真正爱我的人吗？"冯慧桐充满困惑地问。

"能啊，刚才那个送你柠檬的家伙不就是吗？"卫近宇随口说。

冯慧桐听了忽然爆发了，她扭过头，冲着卫近宇尖叫一声："他不算，他是个二逼，天底下没有人会爱他！"

卫近宇听了，愕然闭了嘴，他没想到她会发那么大的火儿，心里暗暗自悔失言。

卫近宇的新生活持续着，齐志没吹牛，这厮着实神通广大，不久他果然给卫近宇推荐了一份活儿，是去一个文化馆的老年之家给老人做电影赏析的讲座，卫近宇去了两次，效果不错，老人们还是蛮喜欢他的。

卫近宇变得比较愉快，至少他比原来活得更正面，生活似乎有了另一个出口，尤其是当他想到在将来也许还能见到钱媛时，他就有一种拥有希望的感觉，要知道当钱媛独自离去时，他的内心有一段时间是多么的惶恐，他觉得整个世界都要抛弃他了。

齐志再次光临指导时，卫近宇邀请他去阳台看那两只新买的小鸟，那对小鸟叫得非常卖力气，似乎遇到了什么特别高兴的事情一样，齐志看着两只小鸟在笼子里活蹦乱跳地嬉戏，他颇有感慨地说："卫总，你瞧人家小两口多快活，你就这么孤家寡人待着？下一步你是不是该找个女朋友了？"

"我现在一人吃饱全家不饿，多轻松。"卫近宇看着小鸟说。

"可是钱媛的意思是希望你找一个。"齐志说。

"真的吗？"卫近宇听了这话抬起头问。

"没错，她曾亲口说过，当你们再次见面时，她很想看到你和你的新女友在一起，这也是她设置的见面条件之一。"齐志非常确定地说。

卫近宇一时无语了，他的心中顿时有些黯然，那早已平静的伤口瞬间针扎一般疼了一下，他原来的某种隐隐的奢望看来是不现实的，他明白，钱媛如此费心地安排他的新生活，就是为了可以和他名正言顺地告别。

但是这一回卫近宇恢复得很快，他几乎是三十秒钟之后就不那么难受了，毕竟他经历过一次惨痛的告别。第二天，卫近宇经过认真思考决定照办，他明白钱媛的想法，那就是她希望他的生活能够继续，卫近宇认为她的想法没有错，而同时他自己目前的目标也很明确，那就是先想办法见到她再说。

卫近宇于是给婚介所负责人打了一个电话，请求负责人帮他找个同行，一个女性的职业备胎，负责人听了爽快地答应了。

周日，卫近宇睡了个懒觉，他起床之后洗脸刷牙吃早点，然后给自己泡了杯茶，坐在阳台上开始喝。这是个美好的上午，清新的空气从窗子里涌进来，天气异常晴朗，树叶上似乎还带有昨夜的雨滴，他可以看到不远处森林公园大片大片伸展的树林。

十点，门铃响了，卫近宇走过去，打开门，只见门口站着一个很斯文的女士，她个头适中，长发，戴着眼镜。

"是卫先生吧？"她很恬静地笑起来。

"是我，你是哪位？"卫近宇礼貌地问。

"我叫苏菲，你的同行。"女士很安静地说。

"太好了，我一直在等你，请进。"卫近宇说着把苏菲让进了屋子。

苏菲走了进来，她左右环顾一下房间，然后很客气但也让人感觉很真诚地说："卫先生，你的房间真漂亮。"

"谢谢。"卫近宇笑着回应道，然后把苏菲让到沙发上。苏菲落座之后，两人略略寒暄后就谈起了合同，由于是同行，他们沟通得很顺利，卫近宇大致告诉了她基本任务以及需要扮演的角色，苏菲仔细听着都一一心领神会。合同条款谈完，他们开始互相介绍一些个人的基本信息，卫近宇讲了目前自己的状况，苏菲则告诉他，她是一个单身母亲，有个女儿叫点点，她还拿出照片让卫近宇看，照片中一个四五岁的小女孩快乐地笑着，但她少了一颗大门牙。

看着照片卫近宇也不禁乐起来，他觉得小女孩太可爱了，他对苏菲说："今日真是幸会，未来我们要一起工作，不如我们今日一起吃饭吧，就在家里做，咱们也多接触一下，互相多了解一些。"

苏菲欣然答应，离吃饭时间还早，她很主动地走到厨房，给卫近宇做饮料喝。她向卫近宇要了一瓶红酒，打开醒了一会儿，又从冰箱里找出一瓶黄桃罐头，然后从厨房的后阳台挑了两样时令水果，她把它们切成丁儿，把所有东西全部放进一个大玻璃器皿里，然后把红酒和冰块也放了进去，不一会儿，一大瓶五颜六色的水果酒做成了。焖了十分钟之后，她倒出一杯递给卫近宇，卫近宇一喝觉得味道超棒。

"好喝！"卫近宇叫了起来，"你真是出手不凡。中午我来做饭吧，也露两手，我西红柿炒鸡蛋做得天下无双。"

苏菲一听就说："好啊，西红柿炒鸡蛋是天底下最好吃的菜了。"两人一起愉快地笑起来。

两人就这样很快熟络起来，可惜，渐入佳境之际，搅局的准时来了。中午时分，正当两人深情款款地长谈完，卫近宇穿上围裙准备大显身手时，他的电话响了，一接是冯慧桐。

"干什么呢？"

"在家呢。"

"你现在跟我出去一趟，我要吃饭逛街。"冯慧桐不容置疑地说。

卫近宇一愣说："你不是今天上午有约会吗？"

"别提了，遇到一个特别猥琐的家伙，人长得像个鞋帮子，可他从头到尾都在跟我讲对女生的要求，要如何温柔如何顺着他，我听着特想抽他，他凭什么啊，我咬牙忍了半天，后来趁着去洗手间的工夫溜了。"冯慧桐抱怨着。

"这个谈恋爱吧，确实什么鸟都遇得上，你现在也做得很不错了，不过，我建议你还是要忍到最后。"卫近宇耐着性子对付着。

"我才不忍呢，我没让他们忍我就不错了。"冯慧桐严词拒绝。

卫近宇一看一两句打发不走她就只好坦白，他压低声音说："妹妹，今天吧，我确实有点不方便。"

"你又没有大姨妈，你怎么不方便？"冯慧桐奇怪起来。

"唉，直说吧，我女朋友来了。"卫近宇说。

"什么，你有女朋友？我怎么没听说过，不行，我得过去看看。"冯慧桐立刻叫了起来。

"哎哟，千万别，小姐，我们刚谈上，正酝酿情绪呢，您可别过来搅和，您一来准出事。"卫近宇连忙拒绝道。

"凭什么我来了就得出事？告诉你啊，今儿是领导考察工作，你天天跟我吹牛教我谈恋爱，光纸上谈兵了，我得看看你实际操作怎么样，这有关你的薪水啊！"冯慧桐说完就撂了电话。

卫近宇放下电话，简直快痛心疾首了，他知道这回是秀才遇到兵了，于是他马上跟苏菲打了招呼，他告诉她有另一个女孩要过来，她和他也是客户关系，但她是甲方，苏菲听了马上明白过来，她善解人意地一笑说："我理解，都是干这行的，客户的要求就是命令。"

半小时后冯慧桐拍马赶到，来了之后她就热情地跟苏菲握手寒暄，然后上上下下打量苏菲，苏菲表现得礼貌而周到，特别有分寸。冯慧桐直说嫂子真优雅，苏菲温和地笑着也不解释。冯慧桐没有来过卫近宇的家，她没想到一个单身男人的家会这么干净整洁，她参观了一圈，在里屋时她借机问卫近宇："这姐姐看着还不错，你什么时候泡上的？"

卫近宇含糊地应付道，"最近，最近。"

参观完，冯慧桐问中午吃什么，卫近宇简单地汇报了一下菜谱，冯慧桐一听就都给否了，她说都太普通了，卫近宇听了就说，咱只能做点家常便饭，不能跟外面的饭馆比。

"那不行，我要求吃好的。"冯慧桐喧宾夺主地强调道。

这时苏菲主动说，"那妹妹你点吧，我来做！"

冯慧桐毫不客气地点了几个刁钻古怪的菜，苏菲一点停顿都没有就说她会做，卫近宇无奈之下只好把围裙交给苏菲，苏菲就去厨房忙乎。卫近宇看冯慧桐无事可做，就让她和他一起收拾屋子，她很爽快地答应了。两人开始干活儿，很显然，冯慧桐眼里完全没活儿，她只是尾随着卫近宇，擦桌子，扫地，墩地板。最终，阳台上的两只金青引起了她的兴趣。卫近宇把鸟买回来之后，特意给两只鸟换了一只大鸟笼，那是一只竹制的鸟笼，笼门笼圈都是古典雕花，笼里布了四只青花小缸，用来装水和吃食，一条横梁架在鸟笼中间，两只金青站在上面既舒适又自得。

冯慧桐主动去打扫鸟笼，卫近宇则去书房擦拭各种摆件，这个城市的灰尘太多，只要一周不擦就哪儿都是土，卫近宇一边擦，一边打开音响，一首耳熟能详的歌剧片段传来，在音乐声中，他抬起头看见两个女人各自忙碌着，他的心中有那么一种异样的感动，这是一种朴素而宁静的生活，也是一种需要选择的生活，这个房间到底需要什么样的女主人呢？他想。此刻，冯慧桐在不远处也听到了音乐，她也正若有所思，一个男人，一个让她信任并且让她依赖的男人在不远处收拾屋子，这太平凡了，但是这种平凡对于她有一种无法抗拒的诱惑，她记得很多经过岁月洗礼的女人通过书本告诉过她：这样才是好，这样才是生活本身。

冯慧桐一边干活一边心有旁骛地想着，她打开鸟笼门，想把一只青花小缸拿出来清洗一下，可这时，一只小鸟忽然机灵地跳出了笼门，之后它向上一蹦，一展翅从打开的窗户中一下子飞了出去。

"糟了，鸟飞了！"冯慧桐大叫一声，卫近宇和苏菲听了连忙都跑过来，果然只见笼门大开，里面只剩一只金青了，卫近宇奔到窗口向外眺望，可只看到小区中绿树成荫，哪有另一只金青的影子？

一个小时之后，苏菲把饭做完了，可冯慧桐因为等得不耐烦外加有点惭愧却在沙发上睡了。卫近宇看她睡得很香也就没叫醒她，苏菲挑了一部分菜出来，把其余的留好，然后和卫近宇坐在阳台上静静地吃，他们一边吃卫近宇一边看着窗外。

"你还不开心呢？"这时苏菲笑着问。

"当然了，养了挺长时间，有感情的。"卫近宇颓丧地说。

"你的客人都这么难弄吗？"这时苏菲朝沙发努努嘴。

"唉，遇人不淑啊，这就是一爷。"卫近宇苦笑一下。

苏菲听了也一笑，她抬起头望向远方的森林公园，很久之后，她叹了一口气说："咱们这活儿是不好干，要不是收入还不错谁干这天天赔小心的差事。"卫近宇听着苏菲叹气，觉得她的话里有不少难处。

过了两周，卫近宇给齐志打了电话，他在电话里直接告诉他，"我有女朋友了。"

"什么情况，怎么这么快？"齐志有些吃惊。

"一见钟情知道吗？我们俩就是这个路子。"卫近宇扬扬自得地说。

"屁，一见谈钱还差不多，我还不知道你？"齐志说。

卫近宇一听嘎嘎笑了起来，他说："反正我有了，怎么样，该让我们俩双双去见钱媛了吧？"

"别扯了，你觉得我有那么傻吗？我得考察考察。"齐志说。

经过商量，两人决定在天伦王朝的二层大堂吧见面。去之前，卫近宇向苏菲详细地介绍了齐志，他说齐总这人比较善良，但是狡猾世俗，因为多年转战商界所以见多识广，江湖经验丰富，因此要想把他蒙住确实得有点出奇的招儿，讨论了半天，两人商量好准备攻击齐志的弱点：他过于小市民化，要用高大上把他打蒙。

见面的那天，天气有点阴雨。苏菲穿了一袭白色的长裙，领口被花瓣状的蕾丝包围起来，腰肢细细的，她戴了一副精致的眼镜，整个人看起来轻盈而典雅。她的这身打扮让卫近宇相当惊艳，卫近宇目不转睛地看着她，苏菲拎着裙摆舒展地转了两圈，如同雨天里的一只白蝴蝶，卫近宇情不自禁鼓掌叫好，他想齐志这家伙必是瓮中之鳖了。

他们到达天伦王朝二层的大堂吧时，齐志已经坐在了那里。双方互作介绍之后落座。几句寒暄完毕，齐志就开始查户口，苏菲一一从容应对，她说她是海归，在国外学的是珠宝设计，刚刚回国不久，现在打算自主创业。珠宝设计是个相对冷僻的行业，齐志显然没有太听说过，苏菲就拿出手机，让他看手机里的一些图片，那些图片都是一些珠宝的设计草图；还有一些相当漂亮的成品图片，模特们戴在手上或者胸前，五颜六色异常璀璨，齐志看着看着眼睛就直奔模特去了。

一会儿，服务员来上茶上汤力水上点心，苏菲趁机向服务员要了一张白纸一支铅笔，她飞快地画了一张红宝石项链的草图，那张图很奔放，简直就像一只振翅欲飞的凤凰。苏菲说，如果齐总太太喜欢的话，将来她可以为她免费设计，比如这一款，特别适合一个资产阶级家庭的太太，齐志看了连连说喜欢喜欢。

卫近宇端坐一旁冷眼旁观，他心中暗暗叹服，没想到这苏菲真有两把刷子，连齐志这种老江湖都被她三言两句套住了，聊了一阵，苏菲站起来去洗手，齐志看着苏菲的背影，不禁称赞道："行啊，卫总，这姑娘不错，温文尔雅，谈吐不俗。"

"这就叫修养，这就叫文化，人家在国外受过教育的都这么温和有礼貌，这你应该清楚啊，你混过外企不是？"卫近宇说。

齐志听了很惭愧地说："外企那套范儿吧，我也就知道个大概，我待的时间不长，有些事情还真不大清楚。"

一会儿苏菲回来了，她坐下之后，温情脉脉地看了卫近宇一眼，然后又主动说起了她在国外上学时的情景。她说她是在加拿大上的学，她的大学坐落在一个城堡里，城堡的名字叫作飞鹰城堡。她用散文诗一般的语言描绘了那里的春夏秋冬，那里丰富多彩的生活以及各种有趣的故事。说到动情处她不禁又站了起来，走到大堂中间的钢琴旁坐下，然后行云流水一般地弹起一首莫扎特的钢琴曲，琴声宁静而优雅地传来，一波一波的，几乎能把周围的空气都荡漾起来，坐在桌旁的齐志越听嘴张得越大，最后就像一条陆地上快被晒死的鱼。

"我靠，卫总，这太文艺了，这也太浪了。"齐志忍不住连连感叹道。

"差距吧，这就是差距，咱们这个城市就知道当官挣钱，有人家这层次吗？做人差距怎么就这么大呢？人家才知道什么是生活的真谛呢！"卫近宇情绪有点激昂地说。

"牛逼，弄着这么一个妞，真牛逼！"齐志由衷地伸出了大拇指。

"所以，能不一见钟情吗？这样的女孩儿哪儿找去？"卫近宇非常恳切地说，看他那样子恨不得马上要娶苏菲似的。

"可我怎么看她有点眼熟啊？"这时齐志像忽然想起了什么。

"什么眼熟？你是不是一见好女孩就都觉得眼熟？"卫近宇特别不屑地说。

"不是不是，我真觉得她眼熟，就是想不起来了。"齐志拍着他肥肥的脑袋说。

回去的路上，卫近宇与苏菲高兴坏了，他们带着胜利的喜悦决定去吃饭庆祝一下，齐志肯定是服了，整个就都没轮着他讲什么话，苏菲以其文艺范儿、散文腔，从头到尾把齐志修理了一遍，聊到最后，齐志都差不多要为自己的粗俗和无知自绝于这个城市的人民了。

"哎，默契，真是太默契了，我刚刚想到的事情或者话，你马上就做了或者说了，要论表演咱俩真是珠联璧合，不愧是同行。"卫近宇一边开车一边夸赞道。

"卫先生，专业不是我们公司最极致的追求吗？像飞鹰城堡那样的段子我这儿有几百个呢。"苏菲斯斯文文地说。

卫近宇听完放声大笑，他想起齐志被捉弄的样子，觉得生活真是有意思极了。

晚上，当整个城市安静了下来，卫近宇坐在书桌前，又打开了自己的电脑，这回在他的工作档案中，他打算为自己写点什么。这一天的经历十分有趣，也让他陷入了思考。他非常认真地想起了自己的道路问题，自从钱媛走后这是他心中最重要的问题之一，在未来，他要走什么样的路——他跟谁一起生活？过什么样的生活？这都是需要答案的问题，但他一直相当迷惘，他回顾了现实生活中他身边的女性，很可怜只有两个，一个是雇主冯慧桐，一个是同行苏菲。苏菲的出现似乎给他打开了一扇意想不到的门，让他脑中又充满了男人的幻想，身体上又感受到了和一个陌生女人相处的兴奋；而冯慧桐呢，这个美丽、聪明、有时任性有时刁蛮的女孩子让他感受复杂，不得不说，在他的心目中她已经不完全是客户了，这是他心底的秘密，也是他一直压抑而不愿意承认的秘密。卫近宇想着女人的问题，忽然觉得他之于她们就像一颗卫星之于几颗行星一样，他在她们之间穿行，表面上是漫无目的地游荡，但是她们对他的吸引力就如同潮水一般时涨时落，令他不时恍惚。

隔了一阵齐志又打来电话，卫近宇带着胜利者的骄傲问道："齐总，又有什么指示啊？"

"怎么样啊，卫总？这些天一定在跟你的新女友男欢女爱、日夜缠绵吧？"齐志阴阳怪气地说。

"那是，齐总你都首肯了，我不得抓紧时间操练操练，加深点感情？"卫近宇相当得意地说。

"唉，卫总啊，你犯的错误就是以为我是猪，你觉得我真的看不出来吗？"齐志这时怪声叫了起来。

"什么意思？"卫近宇听了一愣。

"你以为你们文艺就能蒙得过我去？还记得我说你那个新女友眼熟吗？"齐志问。

"记得啊，怎么了？"卫近宇有点不祥的预感。

"这女的上过一个特别著名的相亲节目，她是职业女友，在节目中相当受追捧！"齐志说。

"啊——"卫近宇终于自己也叫了起来，他想这次可真是搬起石头砸了自己的脚！

毫无疑问，这一回卫近宇彻底被抓现行了，他只好连连认错表示甘愿受罚，齐志显得非常得意，他几乎认为自己就是孙悟空，既有火眼金睛又有江湖经验，他对自己进行了全方位的吹捧，认为自己对于社会表面现象和深层次的问题都有清晰的观察与判断，一句话，他觉得自己就是这个社会肚子里的一条蛔虫。卫近宇艰难地忍受着，那感觉就好像小姐被嫖客逼着说爽一样。在经过半个小时的自我表扬以及打击报复之后，齐志最终总结道："小卫啊，要树立正确的恋爱观，虽然我理解你要见钱媛的心情，可这事儿来不得半点假冒伪劣啊。"

"是是是，齐总教训的是。"卫近宇在电话那头不停地说，心里已经开始盘算如何再度欺骗这个生活总管了。

"另外，钱媛同志也是对你用心良苦，她希望你有个新的归宿，希望你开启新的生活，你也不能瞎对付嘛。"齐志接着说。

"是啊，谁说不是呢，我真是辜负了钱媛同志的殷切希望。"卫近宇痛心疾首地说。

"那好吧，这回就原谅你了，你要踏下心来，认真找一个好的带给钱媛同志看，一定不要着急。"齐志最后又说。

被齐志看破，这是卫近宇没有想到的。他想，这个城市真是太怪了，有时人们都是猪，可有时人们又都是猴。他们常常面对某些人生的最基本的问题时显得愚昧、麻木、冷漠，但是面对另一些鸡毛蒜皮的小事时又猴精猴精的。

卫近宇琢磨着接下来怎么办，真去找个女朋友吗？可是去哪里找呢？他发现此时自己竟然面临与冯慧桐一样的问题，这真是滑稽，就好像生活特意给他的惩罚似的：你不是扮演爱情教练吗？那你就真的谈一把恋爱试一试？

卫近宇考虑了两天，他没有选择地找到一个号码拨通了。苏菲很快接了电话，两人略略寒暄了两句，卫近宇就再次发出了邀请，他还是邀请苏菲周末来家里吃饭，不过这一回，他强调是作为朋友而不是客户，苏菲听了很意外但是很高兴，她想想说，她周末确实有事，但是她能想办法过来。

周六，卫近宇起了大早，他先去菜市场买菜，然后回来收拾屋子。他又去电脑上查好菜谱，他决心这回认认真真给苏菲做顿饭，把上回冯慧桐搅局的损失给夺回来。

万事俱备只欠东风，可惜，十点多钟，东风出问题了，卫近宇接到了苏菲的电话，她很着急，说孩子发烧了，得去医院，来不了了。卫近宇马上说，那孩子要紧，你先带孩子看病，咱们改日再约。苏菲又说了几句道歉的话就匆匆把电话挂了，放下电话，卫近宇心中一片黯然，他颓丧地溜达到厨房，看着那些准备好的菜，心想，到底有谁可以来赴午餐呢？刚才他还幻想他和苏菲假戏真做弄假成真呢，可是瞬间现实就给了他一个大大的不字。

午餐当然没人来，整整一个白天，卫近宇的家中安静极了，如果他不走动就几乎没有声音。卫近宇感到一种从未有过的孤独，他想，如果我哪天就这样完蛋了，也不会有人知道的。

傍晚，卫近宇午睡醒了，他坐起身再次想起齐志的要求，看来生活就是这样，以真情待之反遭嘲讽，那还不如继续暗度陈仓呢。主意一定，卫近宇没有选择地拨通了另一个号码，冯慧桐半天才接，电话那头相当嘈杂，怪异的音乐一阵阵响着。卫近宇问她："妹妹，玩呢吧？"

　　"是啊，正嗨呢，一会儿赶下一场。"冯慧桐说。

　　"能帮我一个忙吗？"卫近宇说。

　　"好啊，什么事儿？"冯慧桐问。

　　"你先忙，有空见面说，这事儿有点说来话长。"卫近宇说。

　　令卫近宇没有想到的是，冯慧桐很快就来了，一进屋，她看到卫近宇正在做晚饭，就到厨房帮忙打下手，两人通力合作，一个小时之后，卫近宇用最高水平做了一顿晚饭，一共四菜一汤，西红柿炒鸡蛋、青椒肉片、榨菜肉丝、西芹百合，还有丸子汤。一切停当之后，两人上桌，卫近宇满头是汗先喝了一大杯水，一抬头看见冯慧桐手里拿着一杯红酒正炯炯有神地看着他，等着他说事儿呢。

　　"看样子我有点事儿你相当兴奋？"卫近宇有点难以相信地问。

　　"那是，如果我没猜错，肯定是八卦，我就爱听八卦。"冯慧桐笑吟吟地说。

　　"唉，你们这帮女人啊。"卫近宇无奈地笑笑摇摇头。

　　"快说啊，还卖什么关子？"冯慧桐催促道。

　　"是这样，你哥吧走了一次麦城。"卫近宇叹了口气说，然后他就娓娓道来，把自己如何与苏菲巧妙配合欺骗齐志，但是最终被识破的事情和盘托出。

冯慧桐听了嘎嘎地乐起来，之后她说："过程倒是真精彩，只可惜功亏一篑，那接下来你的B计划呢？"

"我的B计划本打算真的去找一个，但是我后来转念一想，那多没意思，我也不能就这样咽了这口气，不如我接着去骗他！"卫近宇说着阴险地笑了起来。

"有气魄！"冯慧桐一听不禁拍起了桌子。

"所以，我的请求是，请你冒充我的女朋友，我们再去骗他一次。"卫近宇说。

冯慧桐听到这儿，乐不可支地说："好啊，这太好玩了！"可是她马上又想起了另一个问题，她问："哥哥，齐总还会上同样的当吗？"

"很有可能，"卫近宇分析着说，"你想啊，他肯定在想这一回我会用别的方法去骗他，可是咱们反其道而行之，给他来个出其不意，他必然上当。"

冯慧桐最终爽快地答应了卫近宇，但是她并没轻易饶了卫近宇，她提出了自己参与这件事的一个小小的条件，这条件很简单，就是让卫近宇在这个城市最繁华的街道上背着她走一圈。卫近宇没有犹豫就答应了，因为他现在没有别的选择，况且他年轻时干过这种事儿，背女孩子驾轻就熟。于是，这个夜晚就忽然变成了一个特别兴奋特别难忘的私人夜晚，两人痛饮了两瓶红酒之后，来到了这个城市最繁华的地方——月亮港湾的中央大道上，在无数红男绿女涌动中，在各种灿烂的灯光下，在喧闹的欢叫的包围中，卫近宇背着冯慧桐奋勇奔跑起来。冯慧桐像个将军一样指挥着，卫近宇如同一匹歇了很久终于勇往直前的野马一般左冲右突，人们惊讶地看着这一对不靠谱的男女，发现他们的欢乐确实发自内心。在这个时时充满悲情的城市，这种没心没肺的精神是特别被赞赏的，而对于卫近宇与冯慧桐来说，这本来只是个玩笑，但他们俩谁也没想到这个夜晚似乎成为了一种意外的新的开始。卫近宇的身上涌动着年轻时的激情，他好像回到了永远奔跑的青春时代，冯慧桐轻盈的身体伏在他身上，她柔软的胸部紧紧贴着他的后背，经过长久的摩擦，卫近宇身体里那种无法阻止的最原始的力量悄悄被激发了起来，他几乎难以克制自己的某些欲望。冯慧桐也很高兴，她感到这个夜晚十分不同，它来得如此偶然，如此不经意，她伏在一个男人身上，而这个男人给予她的正是她寻找了很久的一种可靠、踏实、值得依赖的力量。

不久，卫近宇就又给齐志打了电话，他先跟他闲扯了半个钟头，然后特别诚恳地告诉他，"那什么，齐总，我又有了。"

"又有什么了？"齐志不明所以。

"女朋友啊——"卫近宇特别坦然地说。

"我靠，你丫真够快的。"齐志相当惊讶地感叹道，"又去哪儿租了一个？"

"不是，就是大街上捡的，现在这个城市大街上晃荡的女孩子太多了，一扫一大片。"卫近宇厚颜无耻地说。

"还是一见钟情？"齐志不相信地问。

"绝对的——"卫近宇脸不变色心不跳地说。

"我去——，你当我傻啊，"齐志叫了起来，"等着啊，小测验又来了。"

很快，齐志就有了回信儿，他通知卫近宇，这一回的面试地点定在郊外的一个度假村。某个周六，卫近宇带着冯慧桐赴约，去之前，他和冯慧桐商量好，无论这回齐志搞什么花样，他们尽量将戏演得逼真一点、深情一点，他要什么就给他上什么，怎么肉麻怎么来。上午十点，卫近宇开车出发了，穿过拥堵的城市，他好不容易开上了高速公路，盛夏时分，万木繁茂，车穿过起伏的山峦，绿色令人神往地舒展着。开了一个多小时，卫近宇下了高速，七拐八拐后，一个偌大的农庄豁然出现在眼前，进了农庄，沿着林荫道中间的石子路一路前行，很快就开到一大片低矮而绵延的建筑面前。

　　"太棒了！"车刚一停下，冯慧桐就大叫起来，她推开车门，飞奔向建筑群后面的那一片树木掩映的翠湖，卫近宇也下了车，他走到建筑群前细看。这些建筑形状奇特，看起来很像变形的植物，很容易让人想起白雪公主和七个小矮人的童话，他透过大大的落地玻璃窗能看到里面充满现代感的大堂，种种装饰让人感到惊奇不已。此时，齐志正舒服地坐在门外休闲长廊的一张木制长椅上，手捧一杯加冰的威士忌，得意扬扬地笑着。

　　"怎么样，不错吧？"齐志问，"苔藓式建筑，这个城市第一例。"

　　"牛，还是齐总会享受，这地方依山傍水，风景绝佳，建筑也相当独特。"卫近宇说。

　　"刚弄到手的？"齐志指着远方穿成花蝴蝶一般的冯慧桐问。

　　"不好意思啊，刚刚上手，就是小姑娘稍微嫩了点。"卫近宇特得意地说。

　　齐志听了一阵怪笑，说："唉，卫总，对于你的这种做派我好有一比啊。"

"什么？愿闻其详。"卫近宇笑嘻嘻地说。

"你的所有行为就像一根赤裸裸的鸡巴，既丑陋又明显，而且来得快也去得急。"齐志断然说。

"粗俗，粗俗，"卫近宇连连说，"当着人家小姑娘的面儿可别这么糙啊。"

他们接着又特别庸俗地聊起一些有关性的话题，齐志夸赞卫近宇老当益壮老不正经老牛吃嫩草，卫近宇则假装谦虚实则炫耀般地说自己只是抖擞精神勉为其难而已。说话间，冯慧桐离开湖边，踏着青青的深草一步一步向回走，两人抬起头色眯眯地打量着这朵盛开在夏日的鲜花，只见她的长发挽在脑后，额头上架了一副宽大的墨镜，身上穿了一件露着双肩的碎花连衣裙，她慢慢地走着，当她行动时，让人觉得整个世界都充满希望。

"这女孩子相当正点啊！"齐志感叹一声。

"你不觉得她似乎是这个世界中最让人疼爱的那个部分吗？"卫近宇发自内心地说。

"我靠，果然恋奸情热，词句相当讲究啊！"齐志说着脸上又露出一股坏笑，"这样吧，卫总，为了让你好好疼爱你的小心肝，我给你们预订了一个套房，请你和你的梦中情人进屋欢度美妙的一天，房间钥匙我都准备好了。"齐志说着，从口袋里拿出一把黄灿灿的铜制钥匙，他大大咧咧地晃着，那把钥匙在阳光下闪闪发光。

卫近宇一看这钥匙就是一愣，他心想：我靠，这可是一个没有想到的考验，敌人怎么这么狡猾？

齐志看着卫近宇有点犯蒙，他益发得意，"卫总，我知道你现在牛逼，手里有资源，什么样的女友都租得到，但我也知道，那些女友是有规矩的，她们不会陪客户上床。所以，记住啊，从进了大堂开始，24小时内不能出酒店，我就在外面看着，我倒要看看你是憋死还是爽死？这我可分得清。"齐志说到这儿淫荡地大笑起来。

在齐志的笑声中，冯慧桐走到两个男人面前，卫近宇向她介绍了齐志，冯慧桐表现得礼貌而有点腼腆，就好像一个刚毕业的大学生一样。齐志也很有礼貌地站起来说着常用的客套话，但是看得出丫那双贼眼一直没闲着，卫近宇明白对于成年男人来说，年轻就是美，漂亮是女人的第一美德，闲话说完，齐志转过头对卫近宇说："卫总，别浪费时间啦，麻烦你的宝贝儿当着我的面，对你说十声我爱你，然后我就祝你们性生活愉快。"

冯慧桐听了齐志的话，不好意思地伏在卫近宇的肩头笑了起来，她的脸迅速红了，那种娇羞的状态似乎更加可人。卫近宇看在眼中，肚子里快乐翻了，他心想，女人就是天生的演员，妈的演得真像。

"快啊，宝贝儿，别光笑啊，抓紧时间，你卫哥都等不及了。"齐志色色地催促道。

冯慧桐看起来有点无地自容，她犹豫了好一会儿，才在卫近宇的耳边悄悄说了一句，"我爱你——"

"什么，我没听见？"齐志探过头来，那肥脑袋都快挤到两人中间了。

"我爱你——"冯慧桐提高了一些声音。

"什么，我还没听见？"齐志毫无廉耻地接着喊道。

"我爱你——"冯慧桐终于大声喊了出来。

卫近宇和冯慧桐走进了酒店，他们相挽着走入大堂，穿过摆满金属装置和简约式沙发的楼道，登上厚实的木质楼梯，他们走过安静的楼道，然后打开房门进了屋。房间很干净很宽敞，装潢得简洁明快。房门一关上，两人同时松了一口气。

"怎么样？我表现得怎么样？"这时冯慧桐回过头问。

"精彩，你演得相当无邪。"卫近宇不禁夸赞起来。

冯慧桐听了忍不住伸出双臂抱了一下卫近宇，卫近宇很近地看到了冯慧桐鲜红欲滴的红唇，还有雪白的肩膀，鼻子闻到了一股诱人的香气，卫近宇的身体中不禁涌起一股燥热。

一会儿，卫近宇主动走到窗边，打开窗户，窗外是翠绿的草地，不远处就是那一片安静的湖水，此时冯慧桐脱了高跟鞋，坐在床上说，"我们真得一起泡24小时吗？"

卫近宇回过头说，"恐怕是，齐总是条好狗！他会一直看着我们的。"

卫近宇说完，走到写字台边，他找到一本厚厚的度假村简介，就翻了起来，耳中听到冯慧桐在床上翻身的声音。看完介绍，卫近宇建议两人出门去酒店里逛逛，他们于是携手出门，一起打电游、游泳、吃饭，而齐志果真就像一棵该死的消息树一样，伫立在酒店的大门口，淫邪地笑着注视着他们。

当所有的消遣都被消遣过之后，终于万籁俱静的夜晚到了。

两人再次走到房门前，当卫近宇把铜钥匙放进锁眼里时，他的心怦怦地跳了起来。他们走进了房门，屋子里很黑，卫近宇伸手去摸灯的开关，恰好冯慧桐也在摸，他的手正好摸到了她的手，楼道里幽暗的灯光射进来，她几乎就在他的怀里，他呼吸着她的呼吸，感受着她无比接近的身体。卫近宇再也克制不住了，整整一天他其实什么都没想，他就是在与身体中涌动的欲望作着无尽的斗争，但是此时，他终于崩溃了，那种欲望如同天上的河水一般倾倒出来，他一把抱住冯慧桐，冯慧桐顺势扑了过来。无论如何这是他曾经幻想，曾经渴望的一刻，这种拥抱是置于理智与规则之外的，但是它真实地存在着，只属于世界某个隐秘的角落，某个将来会被刻意忘却的时光。

卫近宇踢上门，把冯慧桐抱进房间，他把她轻轻放到了床上。冯慧桐伸手打开台灯，灯光下她妖媚而挑逗地笑着，卫近宇俯下身，毫不犹豫地吻了她。他感到她柔软、湿润的舌头灵活地动着，她的呼吸渐渐粗重起来，卫近宇知道那个时刻到了。

卫近宇已经很多年没有那么激动过了，在半明半暗的灯光下，冯慧桐光滑的皮肤、细嫩的面容，就是一种青春的挑衅，它无声却坚定地告诉卫近宇，年轻就是美，年轻就是无敌。最特别的是冯慧桐的那对乳房，它们非常坚挺，也非常张扬，它们几乎就是暗夜中的王者，作为男人，卫近宇曾偶然瞥见过几次，但都很快地克制住想要继续探究的欲望，这一次当他看到它们的真容时，他确实感到一种美的震撼，一种生命的力量。

他们持续了很久，直到两人都大汗淋漓，瘫软如泥。

深夜，卫近宇醒了，冯慧桐在沉沉地睡着，整个身体呈弓形弯向他，卫近宇贴近她，轻吻了一下她的额头，然后悄悄爬起来，他穿上衣服，从冰箱里拿了一瓶啤酒，走出了房门。

夜很悠长，夏虫在不停地鸣叫，卫近宇走过长长的走廊，下了楼梯，来到了室外。齐志完全没有踪影，这棵消息树看样子是倒了。卫近宇在木制长椅上坐下，不远处有一盏弱弱的地灯，剩下的就是层层叠叠无尽的黑暗。卫近宇喝了一口啤酒，他回忆着一天以来所发生的一切，在他们接受齐志的安排走进房间之前，他们似乎还有其他的选择，那就是投降，坦白真相；而在他们走进去之后，他们就别无选择。卫近宇问自己是不是可以不对冯慧桐做什么，但是答案是否定的，抛弃各种遮掩各种伪饰，对于男人来说，性其实是完全无法阻挡的，在人生的很多时刻，男人从来都是服从下半身的需要的，这是上帝的安排，这是他赐予男人的动物本能，完全无法用道德来抑制。不知过了多久，卫近宇似乎听到了一点动静，他侧过头只见冯慧桐穿着睡衣，散着头发从黑暗中走了过来，她走到他身边，坐下，然后把头靠在他身上，卫近宇伸出手揽住她的腰，他们共同望向深深的黑暗。

"你怎么跑了，刚才我一翻身，一摸你没在，吓了我一跳。"冯慧桐打了个哈欠说。

"习惯，很多年了，我每天晚上都会醒一阵。"卫近宇说。

"是失眠吗？"冯慧桐问。

"也不是，我只是每天夜里都会想一些同样的问题，比如，生活的意义是什么？"卫近宇说，冯慧桐听了一笑，她继续靠在卫近宇肩头，慢慢闭上眼睛。

"那边是有一片大大的树林吗？"卫近宇这时问。

"嗯——"冯慧桐闭着眼点点头。

"我们去树林里走走吧。"卫近宇在冯慧桐耳边说。

"嗯——"冯慧桐再次很乖地点点头。

冯慧桐又假寐了一会儿，然后睁开了眼，他们站了起来，周围的夜依然深沉，他们慢慢一起走入夜色。他们走向草地，草地湿润清凉，他们走入树林，沿着林中的小道依偎而行。听酒店的工作人员说，这条小道叫作情人小道，那是长年累月到来的情人们创造的。他们听到潺潺的流水的声音，知道那是一条小小的溪流穿过林间。在水流声中，卫近宇不经意地想起了他的青春岁月，想起了那些无拘无束无忧无虑的日子。他总是认为那样的日子已经远去了，但是就在今晚，他好像在某一瞬回到了过去，当他紧紧拥抱住身下那个散发着无限活力的年轻的身体时，他发现自己有一种回归，一种重生的感觉，一种活在最好的时光里的感觉。冯慧桐彻底清醒了，她也被周围的环境所吸引，在这个黑黑的夜里，在树林包围以及溪水的流动中，她似乎产生了某种幻觉。她觉得此刻就是一个魔法时刻，在这一刻，整个世界只有他们两个，一切是那么宁静，时光悄悄停止，生命中的依靠无限广大，她感到安详感到幸福感到踏实，感到她追寻了很久，终于可以停留下来，享受那种纯粹的喜悦和安宁了。

在小路的尽头，他们发现了一棵大树，于是，他们做了一件白天想都不会想的事情，他们爬了上去。大树饱满而广大，它的枝杈竭力地向外向上伸展着，他们爬得很轻松，在手脚并用之中，他们爬到了大树上最大最高的一根枝杈上。抬眼望去，世界被黑暗包围着，零落的灯光静静地闪烁，好像人类偶尔醒来的思想，草地，湖水，之后是万籁俱寂，他拥抱着她，她也拥抱着他，在这一片没有开头没有结尾的天地里，他的心中充满了获得了本质的感动，而她的心中则充满了澎湃的幻想。

很久之后，他们第一次认真地向对方聊起了自己，他们都把心底最深的秘密告诉了对方。卫近宇向冯慧桐讲述了他人生中最慌张最惊惧的时刻，那就是当他确认钱媛抛弃他时，他几乎快崩溃了。他本来一直是生活中被动的参与者，他被生活推着一步一步地走着，他没觉得有什么不好，因为别人也是这样过日子的。但是，当钱媛离去时，一切自欺欺人的假象粉碎了，他忽然发现他实际上是被这个世界抛弃了，根本没人在乎他，没人关注他，他只是这个世界可有可无的下脚料而已。

"你真的那么难受？"冯慧桐在黑暗中非常心疼地问道。

"真的，我当时怕极了。男人其实就是一个孩子，他永远离不开母亲，钱媛在某些时候就像我的母亲。"卫近宇说到这儿，他下意识地靠紧冯慧桐，他好像还能感觉到那些时刻的寒冷与悲伤，冯慧桐用力搂住他。

后来，冯慧桐也讲了她最隐秘的故事，她从小就过着极好的物质生活，很少被人认真地管束过，她对这个世界充满了好奇，只是从没有人给她耐心地讲解，她只好以自己的方式不断探索着这个世界。她说起她的第一次性经历，竟然是跟了两个人。那是一对魔术师的双胞胎兄弟，有一次，他们在她面前竟然凌空飘浮了起来，他们一前一后，在她面前不紧不慢缓缓地转动着，如同她小时候在西式的钟表中看到的报时小人那样。之后，她被两个兄弟带进了房间，他们三人在房间中待了一天一夜，她一直处在疼痛眩晕迷幻的状态中，但她很快就体验到了高潮的感觉，在高潮不断冲击的时刻，她觉得她自己像他们一样飞了起来，飞到一个充满快感、享受，不受拘束的世界里。

他们一直在说，心无芥蒂，心无城府，他们觉得彼此可以倾诉一切。周围被静谧与黑暗笼罩着，他们的所有话语如同伞骨撑住了整个天地一般，在持续的谈话中，卫近宇又做了一件小事，他忽然在某一刻，把冯慧桐身上仅有的一件睡衣也剥了下来，他把那件睡衣丢下了树枝，让它自行坠入黑暗。衣服飘落下去，它的哀叹声从树杈中次第传来，而卫近宇紧紧抱住赤裸的冯慧桐，尽情地抚摸着她的臀部、腰肢、乳房，在这一刻，他是绝对自私的，他觉得这一段的时空只属于他自己，而她就是上帝赐给他的那枚最鲜嫩的果实，他必须好好享用她。

他再次进入了她，她的一阵阵轻叫传到了很远很远。之后，他们终于困了，在树巅上相拥着沉沉睡去，完全没有看到太阳不久从东方升起。

他们在第二天下午决定回城。路上两人都腰酸腿疼，昏昏沉沉的，卫近宇强打精神开车，冯慧桐迷迷瞪瞪靠在副驾驶上打瞌睡，车里放着很早以前的老歌，轻柔舒缓。

很久，方才开到城里。又过了很久，车开到冯慧桐的楼下，下车时冯慧桐和卫近宇拥抱了一下，然后打着哈欠对卫近宇说："哥哥，等我睡醒之后再给你指示哈。"

"没问题。"卫近宇看着她疲惫地一笑。

回家之后卫近宇立刻躺倒了，他昏天黑地地睡了起来。两天之后，卫近宇终于苏醒过来。他已经很长时间不熬夜了，没想到熬一次这么难受，看来把黑夜当白天过也是一种年轻的权利。他又静坐了一个下午，方才完全清醒。

他打开手机，手机马上就往外蹦微信。他一看，一二三四五都是冯慧桐发给他的，看来她醒得比他早。最后一条微信，她是这么说的："哥哥，为了让你更好地照顾我、服务我，我决定，即日起你搬到我家里来住，这也有利于你的工作不是？"结尾是个笑脸。

卫近宇看着这条微信有点发愣，他开始觉得事情变得有些出乎他的意料了。正思索着，电话响了，他一接是婚介所的同事，这个同事是服务监督组的，专门负责跟踪调查公司人员对客户的服务情况，他很详细地问了卫近宇很多问题，卫近宇一一恳切地回答了。监督员的语调不冷不热，完全是一副公正中立的样子。卫近宇知道这是他们的岗位要求，但是他的心里还是有个小算计，等到调查快结束时，卫近宇忍不住探问了一声："麻烦问一下，没什么别的事情吧，客户还满意吗？"

调查员一愣，他说："卫哥，你这是违反规定啊，你知道我不能告诉你。"

"是是是，是我不对。"卫近宇马上说，"我不过是比较在意客户的评价，总希望能有的放矢提高自己的服务质量。"

调查员一听显然是被卫近宇的敬业打动了，他想了想说："卫哥，你一直是咱们公司的金牌备胎，我想未来你还会是的。"

调查员说完挂了电话，但是他的例行公事却让卫近宇相当触动，他想起了自己真正的角色——一个婚介所的雇员，他是在从事一项高端的服务工作。

卫近宇彻底冷静下来，他开始认真评估起在度假村发生的一切。从生活的角度看，这本来是个游戏，齐志出题，他给了答案，两个人的行为都很正常。但是从商业角度看，无疑，他犯规了，他把客户拉入了自己的私人时间，而在这段时间中，他的下半身很必然也很不幸地战胜了上半身，破坏了他赖以生存的商业原则。

卫近宇细思着他和冯慧桐的关系。冰冻三尺非一日之寒，他和她确实经历了一个不易察觉的转变过程，他们不再是某种纯粹的客户关系，他们早已成为了朋友，现在又变得比朋友更亲密更暧昧。那一晚的纵情缱绻，原因绝不是单一的，有齐志的外力撮合，有冯慧桐的巧言低笑，也有他作为男人长久的对冯慧桐隐秘的捕食欲望，他们最终抵挡不住诱惑在一起尽情释放了人类的天性，那种感觉特别美好，特别值得回味。但是从冯慧桐的后续反应看，这事儿变得有点棘手了，卫近宇只顾沉浸在男欢女爱中，他忘了，对于女性而言，身体的前进意味着关系的前进，冯慧桐明显要把这件事推向纵深。卫近宇随即想起自己的道路问题，他问他自己，冯慧桐是他未来的道路吗？回答很明确，她显然不应该是，她和他相去甚远，从年龄到爱好到认知到三观都不一样，虽然他承认她的身体对他有着无可抵挡的吸引力。但是靠身体的吸引力是不能持久的，这是一个快四十岁的男人心知肚明的，看来这一回是他自己弄巧成拙了，他犯了低级错误。

想到这儿，卫近宇有一种说不出的懊悔，他真的希望自己当时能打退堂鼓，他已经不再是那种不问因果，就可以和任何女孩子睡觉的年龄了，他学会了权衡，也懂得了生活的代价，可惜，在那种关键时刻，总是男人的本能占上风。

就在卫近宇激烈的思想斗争的时刻，冯慧桐正兴致勃勃地走在街上，她这天下午的购物计划相当饱满，她打算给卫近宇买些东西，有西服、男士内衣还有洗漱用品，她还想把床上用品换了，她在要不要换家具上拿不定主意，因为这件事她完全不懂，但是她很欣慰她现在可以有人去问。她想象着当那个男人进入她温馨的小家时，她开始定时有饭吃，他们每天一起打扫房间，听音乐，看电影，有人可以对她嘘寒问暖，她倒是不在意他们彼此的名分，朋友也好雇主也好都无所谓了。

冯慧桐一直沉浸在各种丰富多彩的想象中，她的电话响了很久，她才接了，一听是卫近宇。

"妹妹，在哪儿呢？"卫近宇小心地问。

"在街上，我在逛街，"冯慧桐说，"你怎么才给我回电话？"

"累了，一直在睡觉。"卫近宇说。

"差劲，你战斗力实在不行啊。"冯慧桐讽刺地笑起来。

卫近宇也不好意思地笑起来，他的心里头相当发虚，他琢磨着下面的话怎么说。

"有事吗？没事儿出来陪我？"冯慧桐一边抬起头来回看着街边的店一边问。

"没什么事儿，不过我想向你道个歉。"卫近宇说。

"道什么歉？"冯慧桐不解。

"就前两天的事儿，是我不好，不该拉你去度假村蹚那趟浑水，我想我们将来还是保持业务关系为好。"卫近宇异常艰难地说。

冯慧桐一听就愣了，她的心一空，耳中听到轰隆一声，心中刚刚建立起来的新世界立刻轰然倒塌了，她呆了很久，不管电话里面卫近宇再说什么，她什么也不想回答，就把电话挂了。

十分钟之后，冯慧桐信步走进一家高档女装专卖店，她颓然坐在专卖店的休息椅上，望着满屋昂贵的衣服，心中充满了对这个世界深深的失望。度假村那件事对她的影响确实是巨大的，这种影响甚至使她幻想她即将要面对一个新的、她一直渴望的世界了。但是，就在刚才，在瞬间，所有的一切烟消云散。

作为一个女性，她一直茫然地穿梭于男人们当中，而作为一个保护者，卫近宇则对她效忠、尽责、勤勉。这些行为最初都来源于一种纯粹的商业关系，但是，人毕竟是有感情的，他们相处久了之后，利益与算计淡然了，他们慢慢成为不错的朋友，冯慧桐发现他其实是她接触的男人中最值得信赖与依靠的。尤其是在那次大街上的奔跑之后，她觉得他们之间的关系发生了质的改变，他似乎不再是一个旁观者、一个配角，而正在隐隐成为她寻找了很久的那个主角，她为这个发现既感到惊奇又暗自窃喜。最终在度假村，在那个只有他们两人的夜晚，他们彼此拥有了对方，而世界也似乎因此被他们拥有了。

但是卫近宇冷静的道歉打破了这一切，他粉碎了她正在自我编织的自欺欺人的肥皂泡。她感到愤怒和羞辱，她觉得这个世界上的男人不是动物就是懦夫，要不就是市侩的功利主义者，他们要的时候死乞白赖，但是当他们结束的一刹那，他们就开始计算这件事的利益得失了，如果是这样，这个世界会有男人值得她爱吗？那些男人会真的爱她吗？

"小姐，您有什么需要吗？"这时，一个专卖店的女店员走过来笑容可掬地问冯慧桐。

冯慧桐抬头有点茫然地看看她，她正殷勤地笑着，她花了几秒钟看看她身后的那些衣服，然后说，"嗯，是这样，你们这儿的衣服都很好，我全要了。"

"全要了？"店员重复了一遍。

"是的，全部的夏装。"冯慧桐懒懒地说。

半个小时后冯慧桐走出了专卖店，后面所有的店员都亦步亦趋地跟着，她们大包小包地拎着，购物大厦外面已经有一辆大号的送货车在等着，那是专卖店专门帮她叫的。等到所有衣服装好之后，她的电话又响了，这回是一个恭谨而低沉的男声，他客气地问道："小姐，您又花了一大笔钱是吗？"

"是啊。怎么了？"冯慧桐漠然地说。

"根据规定，您这个月再次大大超支了，如果您不能给出合理的解释，您未来一个月的费用会被减掉三分之一。"男人说。

"你随便吧，你们爱怎么办就怎么办。"冯慧桐说着就挂了电话。

冯慧桐回家之后什么事情也做不下去，她看着堆积如山的衣服，心里完全是空的，她感到了疲倦，回来之后她一直有一种莫名的兴奋，并没有好好地休息，于是她睡了，囫囵吞枣一般整整睡了一天，直到第二天下午，她才醒来。清醒之后，她下了床，走到梳妆台前坐下，镜子中映出一个头发蓬乱、睡眼惺忪的女孩，但是她的皮肤依然光滑，她的眼睛依然明亮。

"就没有一个人爱我？"她心里有些哀伤问着镜中的自己。

"不可能，这不可能吧？"镜中的她柔弱无力地反驳道。

她打开手机，很快七八个微信跳了出来，都是卫近宇找她，她看了一眼就把手机扔到床上，之后又继续端详自己。天生丽质，美玉无瑕，这是她常常听到的关于自己的评价，她回想着她遇到的形形色色的男人，虽然他们常常对她谀辞如潮，但他们都太自私了，他们只关注跟她在一起是否对自己有利，或者只关注她能不能跟他们上床。冯慧桐一直渴望能把握一份真正的情感，她希望那份情感能长久地持续下去，但是，这个世界冷漠而冰凉，它摸起来没有丝毫的温热，她觉得这些日子她的那些爱情课白上了，她什么也不懂，什么也把握不了，连教师都是一个骗子。

最终，她决定给刘欣打电话，这是一个无奈的决定，她虽然对这个世界讨厌极了，但更要命的是她已经不习惯在这个世界里一个人过，她需要有人围绕，有人恭维，有人给予哪怕是最虚伪的掌声。

电话很快打通了，刘欣很高兴也很意外，他满口答应见面，约好地点之后，冯慧桐开着她的红色跑车上了路，傍晚，路上还是很堵，天气也热，污浊的空气、嘈杂的喇叭声让人心情烦躁。冯慧桐不耐烦地开着车，这时电话响了，是卫近宇，冯慧桐一看就撅了，可卫近宇坚持不懈地打，电话响了十几次之后，冯慧桐只好接了，她冲着电话大叫一声，"你烦不烦啊——"

"妹妹，别生气，我就想请示一下我有什么可以效劳的？"卫近宇笑嘻嘻地问。

"我想找个鸭子鬼混一晚上，你能效劳吗？你有资格效劳吗？"冯慧桐说完，愤怒地把手机扔在副驾驶上，可就在这时，她忽然听到"咣"的一声，抬头一看，自己的车已经追上了前面的一辆宝马。

冯慧桐僵住了，这时一个脑满肠肥的胖子从前面车上走下来，他摘下墨镜，冲着冯慧桐嚷嚷道，"怎么开的车，怎么开的车？"

冯慧桐抬起头，若无其事地看着他问："多少钱？"

"你什么态度，光是钱解决得了吗？"胖子说。

"多少钱？"冯慧桐又问。

"不行，你得先道歉。"胖子一副义愤填膺的样子。

冯慧桐看看胖子，白了他一眼，问他："你真的需要道歉？"

"我需要，天底下应该向我道歉的人多了，你们凭什么不道歉？"胖子气不忿儿地说。

"好，你等着。"冯慧桐说完给一个公关公司打了电话，她说把你们最能说小话儿的和最能骂人的员工都找来，我这儿有业务，先道歉半小时然后再破口大骂一小时，我出高价，之后她又给她的汽车俱乐部打了个电话，她让他们来定损理赔修车，然后她把车扔在桥上，独自走了下来。

她穿着一双高跟鞋，在闷热的天气中走着，她异常沮丧，她有时真是恨透了这个世界，它为什么会那么糟糕地对待她呢？在半天前，如果她遇到类似的事情会有一个家伙飞快地过来处理，但是半天之后他却不再是她想说话的人了。冯慧桐走得累了，她把高跟鞋脱了下来，柏油路很烫很脏，也有石子扎脚，但是她强忍着，在这种时刻她只能让肉体的疼痛暂时替换她心中的哀怨与伤感。

天渐渐黑了下来，冯慧桐走下环路，她在手机上查了很久，然后打算去一个电影院散散心。

那个电影院在城市比较偏僻的地方，它盖得像一个高大的宫殿一般，据说，这个电影院是这个城市里最好的，它门口的巨幅广告语只有两个字：做梦。冯慧桐到达时，电影院的门口异常冷清，她走上宽大的台阶，推开厚重的大门，只见大厅宽敞明亮，巨大的古典欧式吊灯垂直而下，四周是各种中世纪的人物肖像画，大厅里静悄悄的，只有售票的地方站着一个穿着职业装的清秀的服务生，冯慧桐抬头看看周围的环形屏幕，那上面密密麻麻地列满了各种各样的电影名字，多得让冯慧桐无从选择。

"这是这个城市最大的电影院吗？"冯慧桐这时站在大厅中间，声音清脆地问道。

"是的，我们这里有200多个放映厅，全天24小时放映电影。"服务生恭谨地回答道。

"你可以向我推荐一些电影吗？"冯慧桐仰头看着各种电影介绍问。

"小姐，我向你推荐所有的电影，它们都很好看。"服务生礼貌地说。

冯慧桐听了点点头，伸出手臂，从左到右指着环形屏幕说："那这样吧，我买三天的票，你给我随意搭配电影，安排场次，另外我需要一个能休息的地方，并且随时要有服务。"

"好的，小姐，愿意为您效劳。"服务生再次恭敬地说。

果然，按照冯慧桐的要求，她得到了顶级的服务，服务生向她提供了一个可以休息的干净的房间，冯慧桐先认认真真洗了澡，吃了点东西，然后就去看电影，她连续看了三部上个世纪八十年代的电影，凌晨时分她回到房间倒头就睡。第二天起来，她先去下边餐厅吃了早点，回来之后又去游泳池游了一个小时，然后她又去看电影。

她走进八十五号放映厅时，里面依然是空空荡荡的，"做梦"的客人其实并不多，因为在这个城市很少有像冯慧桐这样有钱有闲的人，她在一个最好的位子上坐下，即将放映的片子是一个经典的爱情片，她原来看过，只是大部分情节她忘掉了。就在电影马上开始前，一老一小两个人大摇大摆走了进来，老人中等个儿，身材瘦削，满头白发，穿着休闲而得体，而小孩七八岁，大大的眼睛，圆头圆脑的，一看就相当机灵。

"老大，一会儿什么片子？"小孩问老人。

"《她和他可能会爱在深秋》。"老人回答道。

"没意思，怎么老是爱情片？"小孩皱着眉抱怨道。

两个人说着，就在冯慧桐前面第三排落了座。电影开始了，从第一秒起，这一老一小就议论起来，他们俩显然是对这个电影特别熟稔，他们对电影中的任何细节、人物、场景都评头论足。他们的声音一开始还比较小，后来就越来越大，两人纵横捭阖、引经据典、滔滔不绝地探讨着，直到后来冯慧桐再也听不下去了，她使劲地"嘘"了一声，那一老一少听到嘘声一愣，然后同时回头向冯慧桐那个方向张望。

"老大，什么情况？"小孩这时问。

老人仔细盯了盯黑暗处，然后审慎地摇了摇头，说："老二，没人。"说完，两人一齐回过头又接着聊开了。

冯慧桐气得按了座位上的呼叫器，一会儿，一个服务生从黑暗中出现在她面前，冯慧桐指着前面很不高兴地说："怎么回事啊，那两个人那么不自觉，一直在聊天？"

服务生听了不禁笑了笑，他赔着小心小声地说："抱歉，小姐，那两人长期这样，但是在这个电影院里没人能管他们。"

"为什么？"冯慧桐问。

"他们是本电影院最重要的VIP，他们俩买了我们电影院从开

100

始到现在的所有场次的电影票，他们的条件只有一条，他们必须有言论自由，就是评论任何电影的自由。"服务生说。

"这不是神经病吗？"冯慧桐一听不禁脱口而出。

服务生听了淡淡地一笑，然后好脾气地说："小姐，我同意您的意见。但我建议您不妨试一试跟他们相处一下，我们的一些客人一开始也不喜欢他们，但是后来就慢慢习惯了，因为他们有一个特别有趣的地方，那就是他们什么电影都知道。"

"什么意思？"冯慧桐没明白。

"就是说他们对于过去、现在、未来的电影都了如指掌。"服务生说。

冯慧桐听到这儿很惊讶，服务生的这句话让她有点意外，于是她马上选择了不生气，而是开始仔细倾听这两个人的对话。果然，到了第三天，当冯慧桐准备看一部新上映的大片时，她彻底被惊着了。冯慧桐看的是早上的第一场，开演前，一老一少准时走了进来。两个人没有让她失望，电影开始一秒钟之后两人就毫不犹豫地议论了起来，他们一直在探讨着影片中情节的合理性，也一直在议论着人物的命运，他们真的如同服务员所言什么都知道，直到影片结束前的最后一秒，他们连演职人员表都没有说错。

电影结束了，冯慧桐什么也没有看进去，放映厅的门打开了，老人站起身出去放松一下，而那个小孩则缩在椅子里耐心地等待第二部片子开演。

冯慧桐走出放映厅，她买了两个冰激凌回来，径直走到那个小孩面前，把其中一个冰激凌递给他。"弟弟，这个给你。"冯慧桐笑嘻嘻地说。

"为什么给我？"小孩看着冰激凌奇怪地问，并且咽了一下口水。

"不为什么，我喜欢你。"冯慧桐说。

小孩闻言接过冰激凌毫不客气地大口大口地吃起来，冯慧桐看着他努力吃着，然后她说："老二，问你个问题行吗？"

"问吧。"老二边吃边说。

"你说我应该看什么电影呢？"冯慧桐问。

老二抬起头，他的嘴上都是冰激凌，他看了一下冯慧桐，又吃了一口冰激凌，非常随意地说："你去看《骑云旅行记》吧，那个是治愈系的。"

冯慧桐听完，毫不犹豫地起身离开，她找到服务员，要了一个私人小厅，把《骑云旅行记》找出来独自看完，那是一个异常牛逼却很少有人知道的电影，它讲了一个小孩骑着一匹骆驼穿过无尽的沙漠去寻找他的父亲以及父亲的情人，那匹骆驼的名字就叫"云"。影片很长，也很震撼，冯慧桐看完之后痛哭流涕，她想起了很多，想起了她孤独的年少时光、无奈的青春，以及种种可望而不可即的情感。她从小声哭泣变为号啕大哭，还好那个空间是她私人的，她的哭声可以不被打扰。她尽情地哭着，尽情地发泄着她对生活的不满，她觉得有时孤独也有它优越的地方，那就是只要一个人真的需要孤独，就可以孤独到死，绝不会有人来分享孤独本身。

第四章 │ 被抢夺的海伦

楚维卿从长相上看，是一个特别平凡的女人，她很瘦，眼睛长而细，嘴唇很薄，唇边有一颗轻描淡写的痣子，眉宇之间有一股淡然的味道，让人一看总觉得她不太高兴或者对这个世界没什么兴趣。

确实，她的生活当中令她高兴的事情实在不多。从小她的家庭就不幸福，自打她记事起，父母的关系就没好过，他们天天恶战，为所有的事争吵，好像他们来到这个世界的目的就是为了成为对方的敌人一样。但是那个时代的保守氛围，使她的父母从未想到过离婚，似乎离婚就等同于全民公敌，不过这种社会氛围上的钳制并不能完全阻挡人们私下里的行动，特别是对她的父亲。她父亲是个懒人，他从四十岁起就办了退休，之后就一直在家里待着，家里面吃喝穿用的事一概不管，但这不妨碍她父亲有着天然的女人缘，她父亲趁着她母亲忙里忙外，一直与其他女人秘密来往。她母亲当然不傻，作为一个女人她很快就发现了丈夫的无耻行径，但是因为社会原因使她无法与他彻底决裂，因此她非常痛苦，她每一天都要与一些或明或暗、或存在或不存在的女人做着坚决的斗争，她用全部精力来捍卫的不是爱情，而是在这个世界上独自恨他的权利。

可以说楚维卿就是看着他父亲偷情长大的，她从小的家庭经历使她成为一个沉默且异常封闭的孩子，由于母亲的痛苦以及她常年对男人的诅咒，楚维卿对于男人没有信任感，他父亲的行径也让她对于这个男人统治的世界有一种深深的恐惧，他们是那样的不负责任，那样的恣意妄为。少年时代的她非常孤独，她常常把自己关在屋子里画画，一画就是一整天，她的父亲很少管她，有一天他路过她的房间门口时，看到了她正在画的一幅画，画面中全是黑色的巨大的岩石，但是在岩石的压迫下，一朵红色的小花顽强地伸展出来，几经周折开出热烈而灿烂的花朵。她父亲看着那幅画忽然哭了，他的眼泪毫无节制地掉落下来，他甚至还想起自己年轻时也热爱画画，也热爱那些斑斓的颜色。

于是，他父亲破天荒地决定给她聘请一个绘画老师，不久老师找到了，他是她父亲年轻时代就认识的一个熟人，但是这个老师声名狼藉，他一直被周围的人认为是一个不可救药的疯子，只有她父亲认为他是一个不可多得的天才。老师看了她的画非常惊讶，他不能想象这是一张少女的习作，他决定试试她。

楚维卿第一次见她的老师时，是在老师的家里，老师的家很简单很朴素，但是非常干净，几乎一尘不染。老师穿了一袭白衣，长了一张长脸，他的皮肤雪白，也是完全不苟言笑的样子，脑后还披着长发。父亲把她带来之后就迅速走了，外面还有女人在等着他，老师把她领到一个画架前，然后把各种作画工具一一交给她，就让她开始画。

楚维卿在画布前站了很久，然后回过头问："画什么？"

"随便画，你想画什么就画什么。"老师声音尖尖地说。

楚维卿开始画，她一画就画了六个小时。在这六个小时之中，老师就在她旁边坐着，一言不发。等她画完之后，她把画递给老师，老师拿着画看了半天，然后终于微微抬起嘴角笑了一下说："宝贝儿，我等了你很久了。"

从此楚维卿开始正式学画，她没日没夜地画，几乎把所有的空余时间都投入到学习当中，老师异常认真地教她，但是他对她也异常严厉，他很少夸赞她，从来都刻板而面无表情地批评着，她每次交作业，他大多皱着眉头摇摇头，简单地说一句：不好；只是在极偶尔的时候才会点点头说一句：还不错。但是当他说不错时，他表情中那种一闪即逝的难以抑制的愉悦与幸福，楚维卿看得清清楚楚。

楚维卿持续努力着，她的目的变得很简单，她就是要让老师说不错，让老师说好，老师的赞许对她来说就像世人总要去攀登的那座雪山，人们去那里是想证明自己的存在，而楚维卿是想向老师证明她值得他珍惜。不过，老师就是老师，他是古怪的，他的想法远超楚维卿的预料，他用另一种方式向她表达了他对她真实的看法。那是一个傍晚，老师喝了一点点酒，他在楚维卿身后站着，楚维卿正在冥思苦想对付一池塘菏叶。这时，老师忽然从身后搂住了她，楚维卿一惊，她的全身一下子木了，完全动弹不了，老师的手随即摸了进来，它们轻轻地缓缓地，在楚维卿薄薄的双乳间游走着，楚维卿感到了恐惧，战栗，还有一丝丝虽然细微却刻骨的欣慰。

"宝贝儿，记住，这个世界上总会有人欣赏你，有人爱你的。"老师说。

楚维卿跟老师学了很久，她的老师对得起她，他把他所有的本事全都传授给了她，似乎像爱他自己一样爱她，楚维卿对于老师的感激大于她对老师的厌恶与反感，甚至后来老师那种时不时对她身体的侵犯使她产生了某种难以启齿的眷恋感。在耻辱与恐惧中，这种眷恋感一直不能磨灭地生长着，她说不清楚这是为什么，直至这种情感战胜了其他感受，让她彻底闭嘴。

后来，楚维卿的老师死于自杀，这样的社会渣滓早晚得自绝于人民，他死之前没有和任何人告别，看来他认为这个世界一点都不值得留恋。楚维卿在追悼会上很好地继承了老师泰山崩于前而面不改色的风格，她一点也没哭，把眼泪全流到肚子里。她很郁闷，老师就这样不管不顾地走了，她觉得她并不被老师真的需要，老师对待她就如同对待一支画笔那样无可无不可地爱着。她认为他不管她了，他以一种极端的方式放她走，再也不要她来烦他。楚维卿想到这些简直有点恨她的老师，同时她第一次暗暗地，但是不太清晰地怀疑起自己存在的价值。

在这种压抑的环境中，楚维卿慢慢长大。她学会了逆来顺受，学会了镇定地对待痛苦与扭曲的生活。后来她平静地结了婚，成为一个沉默而平庸的贤妻良母，她的丈夫能力很一般，只是一个政府部门的小职员，他最大的爱好就是研究如何拍马屁如何点头哈腰如何会做人进而升职。他们之间完全没有爱情，他对她比对普通人好一点，但最多也就是把她当作一件家具来爱，习惯性地放在某处，习惯性地不放弃。他们的日子过得很拮据，两人几年后生了一个孩子，生活就更加拮据，他们平时话很少，即使说也就是说孩子的事儿。这样的家庭生活似乎证明了楚维卿年少时的想法，她的确是没有价值的，男人们爱她就像爱某种器物，她有一种明确的绝望、麻木，她认为自己看透了世间的事，她有些病态的淡然，内心一片死寂。

万青喜欢别人叫他青哥，他甚至喜欢整个城市都叫他青哥，他认为这是一种尊重，还带有一种承认的亲切，甚至有点忘掉了阶级差别的味道。

万青为这种尊重几乎奋斗了半辈子，年轻时他只是一个体力劳动者，经过千辛万苦，跌宕起伏，甚至九死一生，到了四十多岁时他终于成为这个城市里最有影响力的人物之一。他的重要并不在于他常常出现在什么光鲜亮丽的场合，而是在于这个城市的很多事情都有他的参与，他能施加合理的影响力。

青哥个子不高，胖瘦适中，白净的脸上总戴着一副无镜框的眼镜，表面上看去文质彬彬的，像一个受过很好教育的书生。他总是穿着高端定制的银灰色缎面唐装，嘴角时不时叼着半根雪茄，他很爱下象棋，也特别喜欢音乐，与别人谈事儿时，总是直接约在音乐会的现场，中间休息时他会和客人简单地聊几句，把事情的原则定下来之后，他就继续进去听音乐，剩下的细节交给他的马仔们。

没人知道青哥原来是黑的还是白的，但是众人都知道他现在表面上很白，或者说白得发亮。青哥是有原则的，他是一个天生的生意人，他的原则就是一切为了利益，一切都可以谈，可以交易，他有一句名言被周围的人广为传颂，他说："我只认钱，不认父母。"很少有人知道，青哥当年发家的职业是拆桥，后来他发现实际上什么都可以拆，比如房子、夫妻、生活，因此他就把他的"拆行"越做越大，越做面儿越广，一句话，他是靠大规模破坏这个世界来挣钱的。

唯一能显现青哥缺点的是他的那一口牙，他的牙不好，细碎、凌乱，还有点发黑，他的很多朋友都曾劝他去治治，但他都拒绝了。他说："就这样吧，让它们保留一点自我吧。"

这就是青哥，一个物质至上的时代里，隐秘而真实的城市英雄。

楚维卿与青哥的相遇是非常偶然的，他们看起来应该不是一个阶层的人，但这个云谲波诡、快速变化的时代使一切都捉摸不透，一切都变得可能。

有一天，楚维卿跟丈夫吵了架，由于无处可去，她决定去对面的洗脚城。这个洗脚城虽然开了很久，可楚维卿从来没有进去过，因为她没有兴趣，她对生活中一切不必要的东西都不感兴趣。洗脚城的小姐热情接待了她，把她让到一个雅致的房间坐下，然后就去叫服务员，楚维卿在等待的时候感到了漫长的孤独和痛苦。她在短短的瞬间对自己的一生做了一个飞快的回顾，她觉得自己的一生空虚无奈，自己的生命毫无价值可言，自己曾做的每一件事都不值一提。就在这时，青哥恰好从门口经过，他刚刚从一个酒局出来，甩掉众人后他让司机开到洗脚城，打算洗洗脚按摩一下去去酒气，当他走过楚维卿所在的屋间时，他一眼就看到了她。当时，楚维卿刚刚把鞋脱了，露出一只白白的小巧的脚，青哥看到楚维卿那沉思的面容不知为什么心忽然一动，他犹豫了一下，然后非常冒昧地走了进去。

楚维卿正在等服务员，忽然发现一个陌生的男人站在她面前。这个人不高而白净，文质彬彬的，戴了一副眼镜。她下意识地往回缩了一下，把脚放了下来。

　　"你的脚很漂亮。"青哥随口说。

　　楚维卿看着他没说话，她不知道说什么，尤其是不知道面对男人如此唐突而不着边际的赞扬说什么。

　　"你常来吗？"青哥问。

　　楚维卿听了默默地摇摇头。

　　"你总能说话吧？"青哥像想起了什么一样又问。

　　楚维卿听了终于忍不住一笑，青哥看她笑自己也笑了起来，他看着她洁白的牙齿瞬间想起了他年青时代的一个情人，她很像她。

　　"这样，你看啊，我没什么恶意，我们谁也不认识谁，如果你愿意我们就随便聊聊，说说话，聊完之后，我们各走各的，如何？"青哥说。

　　楚维卿抬起头，认真地看了面前这个男人一眼，她不反感他，相反她还觉得他有点意思，他与她周围那些死气沉沉的家伙不一样，他看起来坚定、自信，似乎对生活更有把握，而且这个城市能在一起说说话的人其实很少，不知为什么她的心中忽然涌起一股想倾诉的欲望，她想了想终于点点头。

　　那天晚上，两人聊了很久，楚维卿这辈子很少说那么多话，她把什么都说了，有关她的家庭、父母、她的老师、她的男人，青哥一边听一边点头。后来，轮到青哥说，青哥很坦诚地讲了一些他人生中让他难忘的重大选择，比如当年他抛弃他的情人时的犹豫与痛苦几乎让他毁灭。

他们一起聊了五六个小时，青哥虽然阅人无数，但他觉得楚维卿真的很特别，他说不出她为什么会触动他，但是她给他带来的感受是利润带不来的。青哥觉得楚维卿就像一个开关，使他自己回想起早已忘却的某些情感，而楚维卿也觉得青哥不一样，他不张扬但是有力量，他好像可以把握这个世界一样，而她自己对这个世界则是无能为力的。

他们就这样开始不断地在洗脚城遇到，实际上是他们都有意无意地去等，青哥是因为新奇，楚维卿则是因为模模糊糊的希望。他们从不相约，只是特别偶然地去碰，碰到之后，他们把彼此的一部分秘密告诉对方，然后再分头离开。

楚维卿在这种秘密交谈的状态中停留了很久，有一天晚上，孩子病了，发了高烧，她和丈夫把孩子送到了医院。虽然很晚了，医院中还是人满为患，挂号、看病、取药，折腾完回来已经十一点了，孩子烧得小脸通红，丈夫忙着弄湿毛巾给孩子冷敷，楚维卿也很累，她看着丈夫忙碌的背影忽然有些内疚，此时她问自己：我是不是该结束了？

一切都弄完之后已经十二点了，楚维卿正在犹豫是否再出去一趟，可这时，对她从来不闻不问的丈夫忽然出乎意料地问她："你今天不出去行吗？"

楚维卿看了一眼丈夫那张从来都木讷，今日却有点乞求的脸，她想想说："我很快会回来，以后我就不出去了。"

楚维卿说完就出了门，她来到洗脚城，果然青哥已经在等她了，青哥今日因为高兴喝了不少酒，他刚刚得到一笔拆散一对富豪夫妻的大生意。很巧，当事双方都慕名找到了他，他们为了要在离婚过程中得到更多的财产，都希望找到对方在婚姻中出错的证据，青哥很好地领会了双方的意图，分别为对方安排了职业"狐狸精"和"鸭子"，他很清楚人性都有弱点，将来双方的证据会半斤八两，而坐收渔人之利的只有他，这一笔生意他是赚到了。

楚维卿走进包间时已经准备好了，她打算简洁、清晰有力地结束他们之间其实并没有开始的一切，可是她错了，今晚青哥兴致很高，还没等她开口，喝了酒的青哥就一把把楚维卿按到了床上，楚维卿反抗了。她想把话说清楚，然后走人，但是她越反抗，青哥越兴奋，他要的就是这种反抗，这个城市能够反抗他的女人已经不多了。楚维卿抓他，并且喊叫，但是毫无作用，终于，楚维卿被击溃了，她在屈辱、难过与某种战栗的快感中哭了，她掐着青哥的肩头嚷道："为什么，这个世界为什么要这样对待我？"

而青哥此时正在楚维卿的肉体与酒精的刺激中享受着，当他听到楚维卿哭喊的问题时，就带着酒气醉醺醺地回答道："闭嘴，这个世界是我的，我想怎么样就怎么样。"

楚维卿那天晚上没有回家，她一宿都在痛哭，她的思绪纷乱如麻，她想到过去、现在和未来；她想到家庭、孩子、丈夫和生活；她想到作为一个女儿的悲伤，作为一个女孩子的孤独和作为一个女人的凄凉；一切的一切如同潮水去而复来，她知道她面临的是什么，她也明白她早就忍受够了，怎么办，她问她自己，人生往往就是咫尺天涯，一步向左，一步向右，就是两种完全不同的天地。

清晨，当她要起身回家时，睡梦中的青哥迷迷糊糊地叫了她一声"小楚——"

"怎么了？"她哽咽着回头问。

"别走，我需要你。"青哥说，之后又无声无息地睡去。

楚维卿在黑暗之中感到了一点点震撼，从来没有人对她说过这样的话，她非常主观地认为这是有人认为她是重要的，她再次想，两种选择决绝地摆在她面前，要么被需要，要么回到那种垂死的生活，我该怎么办呢？

她走出了洗脚城，天刚蒙蒙亮，路上没有行人，只有空驶的出租车飞快地划过，她走过人行横道回了家。屋子里丈夫和孩子都在睡着，她一直在门厅坐着，早上八点，她丈夫醒了，他起来上厕所，而她看到她丈夫的头一眼就说："我出轨了。"

她丈夫看她一眼，说："我要去上班，你上午看孩子。"

"我出轨了。"她再次强调。

"做早饭去——"她丈夫不耐烦地说。

她闭嘴了，她丈夫直接去了卫生间，这时她走到客厅，扯下桌子上自己最喜欢的桌布，拿出剪子把它细细地剪碎，之后她走进卧室深情地看着正在熟睡的孩子并且长长地亲吻了他。

一个月之后，她和她的丈夫离婚了，他竟然文明得连一个耳光都没有给她，她的判断是对的，他完全不爱她，只把她当作一件家具来对待，谁见过一个人对家具发脾气呢？她由于离婚变为了孤家寡人，孩子判给了丈夫，房子也给了他，她一无所有，于是她没有选择地投入了青哥的怀抱。

日出城堡对青哥来说意味着一切。

一百多年前，在城市的东北高地上，为了防止外敌入侵，当时的人们修建了一座中西合璧的古堡，多年战乱之后，经过改建、扩展、攻打，古堡变得既悠远绵长又破败不堪，青哥当时接到的那单生意，就是来拆掉这个城堡。他很清楚地记得，在一个清晨他和他的人在薄雾之中登上了高地，他们穿过两边的树木，跨过一条溪水还有一座宽宽的锈迹斑斑的铁桥，那座古堡就出现在他的面前。

青哥在薄雾中认真盯着它，它宏大、广阔，正中间是城堡主体，两边是长长的环形城墙，青哥想，它当年不知道有多么巍峨，多么坚固，但是现在它已经面目全非，城墙基本坍塌，中心要塞已经消失了一半，而城墙四角的箭塔早已无影无踪，大门洞开，如同一张没有牙的嘴。

"这里是不是打过很多仗？"青哥问。

"是。"他周围的人说。

"我们来到这儿的目的就是为了拆掉它？"青哥又问。

"没错。"人们回答道。

青哥听了，头脑中忽然涌起一个从未有过的想法，他想，为什么总是要拆掉一个世界呢？为什么不能建立一个新世界呢？青哥沉思着，此时太阳慢慢升起，它远远地从薄雾中钻出来，青哥眯起眼看了朝阳一眼，然后他做出了一个决定，他盯着那些残垣断壁果断地说："买下它，我们让它重现昨日的辉煌。"

就这样，青哥得到了它，在以后的十多年里，青哥花费了无数钱财和心血，努力建设日出城堡，他修缮、扩建、增添，最终使得日出城堡变为这个城市最无与伦比的梦幻世界。

楚维卿离婚之后，就在这个依山傍水的城堡开始了她的新生活。

这里与她原来局促的鸽子窝完全不是一个世界，城堡的外面是森林、河流、草坪和鹿群，城堡的里面则是一个物质无限丰富，应有尽有的销金窟。每天，城堡里都是熙熙攘攘、灯火通明的，大批的客人到来，大批的客人离去，他们把他们的欢乐、癫狂、财富、秘密都留在这里。她曾亲耳听到一个客户经理对一个刚刚到来的年轻客人殷勤地说："疯狂吧，先生，我们能保证的只有一点，在这里您想要什么样的生活我们都能提供。"

虽然感到新奇，不过物质生活的改变不是楚维卿最关心的，她最关心的是，在新的生活当中她与男人拥有怎样的关系。青哥当初对她的青睐让她觉得自己竟然是有存在价值的，是被需要的。于是，她断然出走了，只是她的成本太过巨大。很可惜，青哥对她没有什么承诺，离婚也不是青哥要求的，但是青哥表现得很仗义，他坦然接受了她的投奔，让她在城堡中开始了衣食无忧的生活。

还好，青哥对楚维卿的身体是感兴趣的，他常常来找楚维卿做爱，对于一个男人来说，这是他的动物本能，每一个女人都是新鲜的，每一个女人都是一次新的冒险，这种冒险可以在一生中进行无数次，男人们总是通过各种手段抵达性的目的地。但是对于女人来说，这一切就太不同了，她们往往是通过性追寻情感本身，由于青哥频繁的造访，楚维卿慢慢产生了一些复杂的幻想，她很主观地认为她是被爱了，她幻想着自己的城堡之旅会有意想不到的美妙的结果，她拥有的男女关系能够变得更紧密、更温暖、更彻底、更永恒。可是很不巧，青哥的步伐并没有应和楚维卿的企盼，他很忙，有许多生意要打理，有许多的事情要处理，他每一次来的时间都不那么固定，整个过程也比较匆忙。青哥有自己的原则，他从不过分关注所谓的情感，他最关注的只有利益，可楚维卿并不清楚这些，因此在她的眼里，青哥不知什么原因在离她不远不近的地方停了下来。

　　每当楚维卿想到这些，她就变得有些难过，但是当她冷静下来时，她又告诉自己一切需要等待，等待中也许会有变化。由于青哥的忙碌，楚维卿因此拥有了大把的时间，往往是整个白天她都待在自己的房间里完全无所事事，她坐在落地窗前看着外面的绿荫、街道、城墙、森林、河流，如同一座活动的钟表一般表面上一言不发，内心又一刻不停。终于，某一天，为了抵抗生命中的那种孤寂，楚维卿决定拿起她久违的画笔，开始画画。

　　她先是画素描、静物，她的对象就是她居住的总统套房里的一切，玻璃杯、盘子、苹果、烛台，还有壁炉，接着，她又开始画风景画，她从城堡中心走出来，去看周围的草坪、花园、人工湖，她又走出环形围墙去看外边的森林、河流以及天空中的云朵。她先把心完全放空，然后一点一点回忆着、练习着，力争让那些少年时的技巧再次回到她的手中。楚维卿的做法卓有成效，她的技巧不仅恢复得很快，而且重新感到了绘画的自由与幸福。她渐渐开始享受整个过程，她的画面越来越明快，颜色越来越鲜艳，绿色的山峦，玫瑰红的城市，金黄的落日，蓝色的河流；在颜色的交汇中，她的想象力被激发了，所有的现实存在开始在她眼中变形，伸展。有一天她很偶然地感到城堡有一阵明显的颤动，她当时正背着画夹站在城堡的广场上，她抬起头看到城堡复杂的尖顶正在阳光的照射下变幻着颜色，它们从淡黄变为粉色再变为浅蓝，她迅疾地捕捉到了这一特殊时刻，并且立刻拿起了画笔，她画下了这一切，当她最后一笔收手时她发现自己已经远远地深入到城堡的内心当中。

青哥一开始并没有关注到这件事，他只是觉得那个用来做爱的房间比原来有生气了，他顶多是在每次完事之后随意地观赏一下那些随手摆放的习作，直到某天深夜，他忽然发现楚维卿的画面中出现了城堡。那不是现实中的城堡，现实中的城堡是规范、宏伟、符合几何原理的，色彩是有限而拘谨的，但是她画面中的城堡却是活动的、开放的，它色彩鲜艳，充满了想象力，如同大海深处一只舞动的七彩章鱼，这个画面给了青哥很深的印象。第二天，他拿着这幅画给了他手下两个顶级设计师一看，那两个人大跌眼镜，一致认为那画面太鲜活太有张力了。

青哥敏感的商业神经立刻被挑动了，他马上召开了一个有建筑师、平面设计师、画家参加的秘密会议，这些人长年为青哥服务，正是他们刻苦而疯狂的工作使得城堡一点点伸展扩大，慢慢成为城市中一个宏伟的梦幻型建筑。会上，艺术家们发言踊跃，他们虽然并不知道画的作者是谁，但他们一致认为画家本身是个天才。

"我有个问题，如果我们按照她的思路来建设我们的城堡，那它未来会无与伦比吗？"青哥问。

"没错，会的。"大家异口同声地说。

青哥听完，忍不住得意地笑了一下，他的内心不禁叫了一声：这真是踏破铁鞋无觅处，我等这一天很久了。

青哥的感叹完全是可以理解的，他做过很多行，几乎拆遍了整个世界，但是他后来发现只有建立一个世界才是他永恒的事业，因此他对日出城堡寄予了所有的希望，投入了几乎全部金钱与精力，他的光荣与梦想都在这里，他生活的全部意义也在于此。

自此，青哥开始密切关注楚维卿的绘画创作，每当她画完一幅有关城堡的画，他都会抽空把画拿出来给他的设计师团队看。他让他们认真研究讨论，把楚维卿画中一些天才想法提炼出来，然后融入到团队的整体设计当中，之后再在扩建中一一体现出来。就这样，楚维卿无形当中成为了日出城堡的总设计师，青哥也彻底明白了楚维卿对他的商业意义，他为自己无意中做了一笔好买卖感到非常得意。

但是，任何生意都是有成本的，青哥不久就发现，如果把楚维卿当作一个不挂名的城堡总设计师，那他就必须忍受总设计师的某些癖好。很显然，总设计师目前正处于追求某种情感的过程中，她觉得自己恋爱了，但是因为她从未有爱与被爱的经验，再加上青哥的忙碌，就使她有些疑惑，所以她必须不断确认自己这种关于恋爱的认知。因此从某一天起，楚维卿除了作画，她开始给青哥写信，她会把这一天发生的事，以及她对他的等待，密密麻麻写满宽大的信纸，然后装在信封里交给青哥的手下。青哥的雇员们每天都会把这些信交给青哥，青哥不爱看字，他这辈子很少读书看报，他就让秘书念给他听。他第一回听觉得新鲜，第二回觉得有趣，第三回开始觉得有点乏味，到第四回就觉得有点麻烦了。但是，青哥是这个城市里最好的生意人之一，他虽然不能理解楚维卿的行为，可他却很清楚他必须接受或者说忍受这一切，他明白只要楚维卿保持这种幻想状态，她就能创意无限，唯其如此，他在现实中的城堡才会不断地发展壮大，直到美轮美奂，光辉灿烂，他人生最大的一笔生意才能可持续地发展下去。因此，每当青哥听到楚维卿在每封信的结尾强烈要求他回信的言语时，他就想，谁来回信呢？我吗？我肯定是不行的，这是一个问题，也是一个严肃的任务。

第五章 | 秘密点缀日子

卫近宇与冯慧桐的和解来得并不晚。

由于环境的改变以及幻想的力量，他们突破了契约关系，这是事发的缘由。在失掉契约的短暂的时间里，他们都迷失了自己。卫近宇首先醒悟过来，他在这个世界上被训练得更久，因此也就更功利更实际，他明白他与她之间的契约关系是一种最合适的关系，如果不是因为职业备胎这档温情脉脉的买卖，他和她完全不在一个轨道上，他们的年龄不同，观念不同，生活方式也不同，他们只是因为某种偶然，拥有了一段共同而隐秘的时光罢了。但是无论再怎么冷静，卫近宇也无法否认，他已经开始喜欢她了，她的青春、热情、可爱而略带骄纵的气质都深深吸引着他，他是一个严谨而乏味的人，生活从来都是平静的，他需要更多的变化和色彩。卫近宇有时也非常矛盾，他很希望生意能做下去，但是他又忍不住奢望他们会有一种不同的暧昧的情感关系。

显然，冯慧桐在这次"犯规"事件中走得更远一些，毕竟，每个女性都具有丰富的幻想特质，她们几乎都想要一种轰轰烈烈的情感，哪怕仅仅是一场梦。可现实往往是冷淡的，它并不应和任何梦幻，它见怪不怪，从不在对的时间给出对的答案，它就那么温吞水似的，不紧不慢地淡着、耗着那些充满渴望的人们，直到那些渴望消失，化成一种沉默的哀怨。

还好，时间是解决问题的最好办法，没过多久，冯慧桐也冷静下来了。她发现卫近宇未必是错的，现实与人们的想象有着相当大的差距，这个世界并不像她想的那样，她想要什么，它就给什么，因此她必须耐心，也必须学会等待。还有一点是她发现了一个事实，那就是习惯的力量，到现在她已经无法离开卫近宇了，他为她做了太多的事情，她的生活似乎到了必须有这个职业陪伴者才可以进行下去的地步。

人同此心心同此理，冯慧桐感受到的事实，也正是卫近宇感受到的，他发现，实际上在他的生活里，冯慧桐是最接近他的人，她每天的各种无理要求就是他的动力，没有她的吆五喝六，他完全不知道自己要做什么，这很贱但是已经贱得很自然了。

卫近宇不停地给冯慧桐打电话，可冯慧桐一直不接，卫近宇知道冯慧桐的那种脾气，她曾经声称，她从不会向人道歉，也不轻易给人台阶下，他耐心地坚持着，他想，她早晚会软下来的，因为他们彼此需要。

最终还是卫近宇胜利了，他的胜利来自于一个男人的生活经验。他有一天掐指一算，就决定开始做汤。他冒着高温，不辞辛苦跑了两个农贸市场，买来了一只鸡和上好的汤料，他又花了一个小时，认真处理了鸡，煲上了汤。傍晚时分汤好了，卫近宇拿出一个瓦罐把汤装好，然后直奔冯慧桐的住处。

到了冯慧桐的公寓，他按响了门铃。半天冯慧桐才打开门，她只穿了一件粉色的吊带裙，脸色苍白，头发凌乱地站在他面前。

"你来干什么？"冯慧桐龇牙咧嘴地说。

"老板，如果我没猜错，你大姨妈来了吧。"卫近宇相当厚颜地说。

"次奥。"冯慧桐喊了一声口号，回身就往屋里走，卫近宇非常自然地跟进来。他换完拖鞋，走到客厅时，冯慧桐已经头朝下趴在沙发上了。

"难受吧？"卫近宇走过去坐下来关切地问。

"疼死我了。"冯慧桐轻轻呻吟着。

"我估计，你卫生巾没了，所以我还给你买了卫生巾。"卫近宇说。

冯慧桐什么也不说，卫近宇看着这个正在闹情绪的老板接着说："我还给你炖了鸡汤，喝点汤吧？"

冯慧桐伏在沙发上，听到这句话，她眼泪差点下来，她忍了一会儿，忽地从沙发上一跃而起，然后拿起卫近宇买来的一包卫生巾飞奔向洗手间。

卫近宇去了厨房，他把瓦罐放好，把汤盛到碗里。等冯慧桐完事出来时，她看到桌子上放着一碗热气腾腾的鸡汤，汤上面漂着红枣、枸杞，汤里面有一块足够厚的鸡肉。她依然不说话，只是自顾自地打开电视，随意调到一个频道，假装看电视里的美容节目。卫近宇也不说什么，他只是恭恭敬敬把汤端到她面前，她犹豫了一下方才接了，此时一股香气扑鼻而来，她用勺一搅，乳白色的汤上面立马漂浮起红艳艳的枸杞，冯慧桐小心地喝了一口，那味道鲜美无比，直接鲜到心里。此时，她的嗓子不知为什么忽然一哽，眼中特别不争气地掉下泪来，她一边喝一边说："卫近宇你个王八蛋，你就不是一个好人。"

卫近宇听到这句话，忍不住无声地笑了起来，他知道行了，老板气消了，不知为什么他的眼中也有一点点泪花。

不久，齐志又道貌岸然地出现了。上回的闹剧之后他消失了很长一段时间，据说是忙业务去了，这一回他再次带来一个指令，他强烈建议卫近宇去参加一个古怪的织造"紫云锦"的活动。

按照齐志的介绍，"紫云锦"兴起于明代，由于制作繁复，流行小众，后来就失传了，最近，有一高人从古书中偶然发现了紫云锦的织造方法，高人于心血来潮之际如法炮制，竟然一试成功。根据高人所考证的资料，紫云锦用料考究，有蚕丝、金丝、孔雀羽，图案有千种之多，至今能完全复原的依然是极少数。于是一个具有远见卓识的老板遂起公益之心，力邀一些艺术家和现代技师来参加这一活动，力图织造出原来的所有图案，使现代"紫云锦"的织造重新达到一个辉煌的高度，以展示我们古代灿烂的文明。

齐志唾沫四溅地说着，之后拿出一张紫云锦的照片给卫近宇看。卫近宇拿过来细看，只见照片上的紫云锦光辉灿烂，鲜艳夺目，锦底是蓝色，金线横陈于中央，七彩铺张，红色渐渐喷薄，看起来果然是一片云蒸霞蔚的景象。

"确实漂亮——"卫近宇不禁感叹一声。

"那当然，听说，这个图案是当时的织匠受到朝霞的启发织出来的。"齐志接着吹嘘，"怎么样，这么有创意的活动不去参加一下吗？"

"这事儿靠谱吗？"卫近宇有些怀疑地问。

"当然靠谱啦，这是你新生活中重要的一步，它给你提供了你原来不曾关注的可能性！"齐志相当肯定地说。

卫近宇听了皱着眉琢磨着，末了他说："去倒也可以，反正行万里路，见大千世界总不为错。"他一边说一边想起来，原来钱媛似乎就比较喜欢这种事，她的那颗心总有一半是向外张着的，她常常盼望一些充满幻想又不切实际的东西，只是可惜在她离开之前，卫近宇并没有意识到这一点。

卫近宇于是向冯慧桐请假，她当然不同意，说卫近宇放她鸽子，可卫近宇强调顶多不过两周，还拿出他已经帮她草拟的约会名单，这些人都是在海选中脱颖而出的。他觉得可以进一步约会考察的人选，他建议她先单独对付一下，等他回来再和她一起讨论，他还开玩笑说，说不定回来后，酿蜜坊里又多了一桌满汉全席呢。

冯慧桐后来算是勉强答应了，她研究了一下卫近宇留下的那个名单。说实话，名单中让她感兴趣的人不多，他们对她来说仅仅是表面上看起来还算凑合，她看来看去又找到了刘欣的名字，想起自己上回的爽约，于是她给他打了电话。

隔天中午，他们又在酿蜜坊见面了，一切都很好，刘欣依然礼貌热情，对冯慧桐照顾得相当周到，他的一举一动还是不禁让冯慧桐心生喜欢。两人很快进入了状态，他们忘掉了上次上床时的窘境，都小心翼翼地说着话，在意着对方的一举一动，不久他们就变得情意绵绵了。

饭吃得非常愉快，时间也很长，从中午到下午，刘欣谈笑风生，他知识丰富，头脑睿智，还有难得的幽默感。冯慧桐慢慢变得有些折服，等他们喝完下午茶时，都能从玻璃窗中看到渐渐下落的夕阳了。

　　喝完茶，两个人意犹未尽，他们就走出房间出去散步。酿蜜坊的后面是一大片草坪，再后面则是一片很高级的别墅区。他们信步走着，绕过一小片丛林，竟然发现草坪上停着一架闪着银色光辉的老式飞机。

　　"飞机，这里怎么会有飞机呢？"冯慧桐惊讶地问。

　　"这架飞机是从国外弄回来的，它后来被做成了一个小型酒吧，每天晚上里面都开party，生意特别好。"刘欣笑着说。

　　"哇，原来如此，太有创意了。"冯慧桐感叹道，这事儿连她都没听说过，于是她马上奔过去，她在飞机旁边摆好pose，刘欣拿出手机给她照相。

　　夕阳西下，刘欣耐心地给冯慧桐拍着照片，过了一会儿他看似随意地说："其实，我们可以一起合作做飞机生意，比如联手从国外租十架这样的老式飞机回来，然后进行适当改造，做成一个娱乐连锁店。"

　　冯慧桐听了没说什么，刘欣看了她一眼，又尝试着问："冯小姐，你觉得怎么样？"

　　冯慧桐眨眨眼睛，然后如同受到了很大启发一般说："我忽然有一个更大胆的想法，我们为什么不租一艘军舰回来，靠在海边建一个海上皇宫，那该多好。"

　　刘欣听了这话不知该怎么回答。

　　周一上午，卫近宇按时到达机场，他过了安检，然后去机场的咖啡厅候机，他点了一杯咖啡，拿出一本闲书来看，半小时后他看看时间差不多了，就拉着行李箱往登机口走。到了登机口，他忽然看见冯慧桐堂而皇之地坐在旁边的长椅上，只见她穿着一件蓝色T恤，一条白色的短裤，头发上别着墨镜，一双修长白皙的腿在那里晃荡着，身边也是一个旅行拉杆箱，正在玩手机呢。

"什么情况，你怎么也来了？"卫近宇吃惊地问。

"对啊，我打算跟你一起出去玩。"冯慧桐抬起头说。

"为什么？你不是有那么多男人可以泡吗？"卫近宇不解地问。

"谁泡谁啊，妈的，他们永远是生意。"冯慧桐颇为颓丧地回答道，接着她就把那顿含情脉脉的午餐详细地讲给了卫近宇听，她说其实从头到尾都挺温馨美好的，直到刘欣向她推荐飞机生意。

卫近宇听到这儿也不禁点头说："看样子，他是处心积虑有备而来，吃饭前还认真做过功课，这些找钱的专业人士真是用功。"

"是啊，所以根据你的训练，我不动声色地向他建议不如租一条军舰回来更划算。"冯慧桐悻悻地说。

卫近宇忍不住笑了起来，他想，这帮利欲熏心的家伙说不定能把这讽刺挖苦都当方案考虑呢。

"那这么说，你是下定决心跟我出去散心喽？"卫近宇问。

"答对了。"冯慧桐说，"这个城市太让我受不了啦！"

就这样，两人一同登上了班机，两个小时后他们飞到南方一个中心城市，下了飞机后，在一个交通枢纽登上了一辆奔赴南汀的长途汽车。

南方正是草木繁茂之际，一路上道路蜿蜒，绿色如浸，从打开的窗子中传进一股湿湿的味道，不断有水塘、小溪闪现，他们看到一片湖鸥从一个小小的湖泊中如同白云一般地起飞。旅途中，两人一直在聊天，冯慧桐很意外地向卫近宇讲起了她的父亲，这是她第一次提到自己的父亲，在她的描述中，她父亲是阴沉的、冷淡的、遥远的，甚至是陌生的。他听得出她对她的父亲有着极其复杂的情感，那里面有怨恨，有依恋，更有愁苦与无奈。卫近宇认真听着，他看到一个更复杂的冯慧桐慢慢出现在他面前，在她的欢乐、开朗、骄纵的外表之下，她的哀伤、怨恨以及某种对于男性的不信任是相当深刻的。

车到站了，两人拎着行李下车。已经是傍晚时分，在长途汽车站牌下环顾四望，周围是一派小镇风光，一条长长的有些曲折的柏油路蜿蜒而去，路的两旁都是些老房子，远处有碧绿的稻田。此时，一个矮个儿中年人走了过来，笑着用南方话问，"是卫先生吧？"

"是的。"卫近宇说。

"请跟我走吧，是留荫庐的洪老板叫我来的。"中年人憨厚地笑着说。

两人于是跟着中年人走过马路，转过一个街角，他们沿着泛着青苔的石阶拾级而上，跨过一座小桥，只见桥下一只小船泊在一个码头边，两人走下来把行李放在船上，中年人撑起船吆喝了一声，小船就驶入了河道。

河是曲折的，一些开着紫花的水生植物密密地伫立在一旁，河岸旁是枕水人家，白墙黑瓦，木窗横斜，有灯光洒下来，还有人的浅言低笑，夕阳渐渐落下去，夜幕掩映而来，冯慧桐与卫近宇一同坐在船头贪看着江南风光。

"真美——"冯慧桐忍不住说，侧头冲卫近宇一笑，她的笑容在夕阳中异常灿烂，途中聊天时的些许阴郁一扫而光。

　　"看来，出来是对的，到了这儿好像能忘了那些世俗中的不快了。"卫近宇不禁感叹说。

　　天慢慢暗下去，小船迤逦而行，中年汉子默默地撑着船，不时有野鸭从船边游过，行了一刻钟左右，忽然有声音从后面传来，两人回头，只见一只画舫通明瓦亮地缓缓行来，不一会儿两船相并，但见画舫中也有三人，一个艄公，两个古装女子，那两个女孩均明眸皓齿，坐于两盏羊皮灯旁，一人手抱一只琵琶，另一人膝前放一架古琴，整个气氛相当古典。

　　"敢问是卫先生吗？"一个女孩子朗声问道。

　　"正是在下。"卫近宇客气地说。

　　"幸会，有位客人让我们送给先生一首《相见欢》，敬请雅正。"女子说完，古琴与琵琶同时响起，一阵叮咚细微的前奏之后，另外一个女子开腔嘤嘤地唱了起来。

　　歌毕，两个女孩笑着行礼致意，然后随画舫乘风昂首而去，冯慧桐简直看得愣了，过了许久，她才回过神来对卫近宇说："老卫，真是艳遇啊，是谁送的？"

　　"我也不知道是哪位高人安排的，这调调也太文雅了一些。"卫近宇既惊且喜地说。

　　上岸之后，两人就看见一家饭店立在河边，饭店硕大的招牌上写着几个龙飞凤舞的字"广迎来"，两人走进饭店，一个胖胖的老板娘把他们招呼到临窗的桌边坐了，不一会儿，桌上摆了四道精致的南方菜，还有一碗青菜汤，一壶黄酒，此时只见河水中星星点点布满灯光，一轮明月已冉冉升起。

卫近宇拿起酒壶给冯慧桐的碗中斟满，冯慧桐看着碗中那浓郁的黄酒，心生感慨。

"谢谢哥哥，还好跟你出来了，方才得见这江南美景。"冯慧桐说着拿起碗酒，"来，我敬你一杯。"她说完，一口把一整碗干了。

"好！爽快。"卫近宇一看，竖了大拇哥，他也一口干了，然后说，"我刚才在船上想了一句俗语，说与妹妹听听。"

"好的，愿闻其详。"冯慧桐说。

"白驹过隙，谁留这光阴中欢愉片刻；美人回首，我与她江南里庐梦一生。"卫近宇摇头吟道。

冯慧桐听了，心中一阵感动，她的眼中竟有点红了，许许多多的事情瞬时涌到她面前，然后又在瞬间消散了，冯慧桐二话不说，端起酒碗，再次一饮而尽，然后说："哥，今日咱不醉不归。"

晚上十点，冯慧桐与卫近宇到达留荫庐时，已经是车马人稀，留荫庐的大门前挂了一串红红的灯笼，留荫庐的洪老板已经等候多时。推开大门，两人迈过高高的门槛，绕过一座石制雕龙的影壁，眼前顿觉开朗，那是一座典型的江南园林，雕梁画栋，溪水潺潺，整个庭院灯火通明，下了石子小径，从一众赏石中走过，路两边的博古架上放满各种古董，青花彩瓷夺人眼目，一株芭蕉倚院墙而立，院中的所有角落与缝隙都有不知名的绿色植物攀缘而出。两人拾级而上，抬头看见的是一个正厅，厅中对联条幅、古画圈椅一应俱全，一侧是一张长长的饭桌，桌上却摆了一个地中海式的花瓶，瓶中开放着一大串粉色的栀子花，桌子旁边放了一架小小的老式织机。从正厅的一个侧门可以走向后院，后院中央是一座有飞檐的亭子，上题"隐庐"两字，亭子的三面则为密竹环绕，一架秋千吊于竹林间，"隐庐"对面就是上下两层的客房。

"两位，这就是你们的房间。"洪老板指着紧邻的两间房说。

"谢谢老板。"卫近宇道了一声叨扰，就接过了钥匙。

入夜，卫近宇因为疲倦，很快就睡了。可是冯慧桐睡到一半偏偏醒了，也许是晚饭喝酒太多，她浑身感到一股燥热，口里很渴。她努力躺了一会儿，想再次睡去，可不知为什么头脑却慢慢清醒起来，无奈之下，冯慧桐下床去找水喝，她在房间之中摸索了半天才找到一只茶壶，她记得睡前卫近宇给她泡过一壶茶，于是对着茶壶咕嘟咕嘟喝了起来。

喝完茶，冯慧桐就完全醒了，她干脆打开房门，走了出去。空中一轮明月无声地照射下来，冯慧桐穿着吊带裙，赤着脚走向庭院，微风阵阵，竹林沙沙作响，那只秋千微微晃动着，冯慧桐走到亭子中坐下来，此刻，夜最深，所有的夏虫似乎也都睡着了。

这是一个多么安静的时刻，这也是一个多么孤独的时刻，她享受着这种宁静，还有那从头顶洒落下来的月光。

"要是世界能永远停在这一刻就好了。"她坐在凉凉的铁艺桌旁想。

慢慢地，那股燥热又从她的体内升起，她努力深吸了几口气想平静下来，可是它却不听话地在她的体内游走，一会儿，她终于忍不住站起来，她伸出两只胳膊，然后在月光下舞动起来。她尽力地旋转着，光影之中似乎有一个男人走过来十分缠绵地伴随着她。这是一段优美的舞蹈，他们在这个寂寞的空间中纠缠，环绕，拥抱，他们似乎被肖邦的某一首夜曲紧紧包裹着无法摆脱，只有不停地爱抚以及舞动下去。冯慧桐知道这是有关真正的爱与情的舞蹈，它常常出现在她的梦中，她明白这是幻想，但是，在这一刻，这种幻想成为她孤独的生命中唯一的力量源泉。

不久之后，幻想消失了，那个男人的影子也同时离去，她走回凉亭坐下，注视着夜色中自己房间黑洞洞的门口，倍感孤独。

当第N次那股燥热升起时，冯慧桐再次从凉亭中站了起来，她赤着脚又一次走出凉亭。夏风飒然，竹林摇动，她站在青石板上，面对着两扇门游移不定，一扇空洞地打开，一扇紧紧关闭，此时她的脑际忽然闪现出一句词："花明月黯笼轻雾，今宵好向郎边去。"她深深吸口气，然后走到卫近宇的房门前轻轻一推，门没锁，吱呀一声开了，冯慧桐随即走了进去。

卫近宇正在酣睡，慢慢地他发觉有些异样，一个凉凉的光滑的身体钻到他的怀里。他有点醒了，模模糊糊一摸，发现自己的手正放在一个女人平坦而紧实的小腹上，接着他摸到她的腰肢，再后来就是那对坚挺而蓬勃的乳房。他的睡意渐渐退去，一种身体的记忆使他逐渐清醒，他记起另一个晚上这对乳房如何在深夜中恣意开放。他发现自己坚硬起来，可是此时另一个声音却在没有完全消散的睡意中警告他，坏了，如果不停止，那会是另一次错误的纠结。就在他脆弱的意识与本能争斗之际，一双细长的胳膊缠绕过来，它们穿越了种种障碍与假象钩住了他的脖子，之后，一个更清凉的吻在他的额头深深印下。算了，他想，也许命运本身就是这样的，他给自己找了一个很难反驳的借口，之后忽地翻身而上，冯慧桐在他突然而迅猛的动作中，不禁哎哟一声叫了出来。

第二天，卫近宇醒来时，冯慧桐已经不在他身边，他起身推开房门，只见冯慧桐正坐在亭中的椅子上，她歪着头靠在椅背上在打瞌睡，她的长发从另一侧滑落下来，卫近宇看着那光滑秀丽的长发，洁白细嫩的脸庞，他心里忽然有一种对于生命的感动，她就是上天赐给他的礼物，他想，他应该感谢生活的一切。但是他也很清楚，这个礼物属于他的时刻不会持久，早晚会是别人的，他就好像在看一段水晶球中的人生旅程，里面的全部都那么清晰明确，他等着别人把属于他们的东西带走。

根据齐志的指示，南汀是他们这一次旅行的目的地，他让卫近宇到达后先玩几天，之后另有安排。于是接下来的几天，卫近宇就和冯慧桐在南汀镇里闲逛了起来，那南汀镇果然风光无限，当年这里曾是富商云集之地，因此不少富家园林做得极为精致，冯慧桐与卫近宇每天都漫无目的地在各种江南园林中穿行，花窗小径，亭台楼阁，清泉幽竹，鱼水美人，无不尽揽于胸中。冯慧桐这两天表现得相当的乖巧，她总是十分依赖地挽着卫近宇，眼中充满笑意，好像正过着一种浓情蜜意的生活。

不过，优游之中卫近宇也发现了某种异样，他看见有大批的外地人穿过南汀，他们不像游客而像是打工者。有一次卫近宇和冯慧桐听到南汀镇外，有异常雄壮嘹亮的歌声传来，间或杂有经久不息的掌声和口号声，晚间，他们还看到了镇外冲天的焰火在天空中升起，绽放，然后慢慢消失。

这天傍晚，冯慧桐与卫近宇闲逛回来，两人说笑着进了留荫庐，正商量着晚上吃什么，卫近宇猛地一抬头看见一个女人正坐在院子当中，她梳着弧形的短发，一张尖尖的瓜子脸，脸颊很瘦，眼睛却很大很亮，她穿着一件绿色衬衣，一条洗得发白的牛仔裤，正端着一杯茶，若有所思地看着池子当中畅游的锦鲤。

卫近宇一下子愣了，他忍不住叫了一声："钱媛——"

钱媛抬起头，她站起身看着卫近宇一笑，隔了好几秒方才慢慢地叫了一声："近宇——"

卫近宇鼻子一酸，一股汹涌的泪水几乎要喷薄而出，但他强行忍住了，顿了一下他指指旁边的冯慧桐说："这是我朋友。"

钱媛用大大的眼睛迅速打量了一眼冯慧桐，笑着说："我听说了，你找了一个年轻的小姑娘。"

冯慧桐听了钱媛的话礼貌地浅浅一笑，她下意识地靠近卫近宇，挽住他的胳膊。

钱媛迈开步，镇定地走向他们两人，她的黑色皮凉鞋嗒嗒地敲在石子路，仿佛一切成竹在胸，她原来就是这样，卫近宇似乎一下子想起了过去的一切，钱媛走到冯慧桐面前大方地伸出手对冯慧桐说："妹妹，幸会。"

"幸会，姐姐。"冯慧桐也伸出了手，卫近宇看见两个女人的手指相交的那一刻，他明显有一种时空交错的感觉。

"妹妹，你真的年轻漂亮。"钱媛的眼睛在冯慧桐脸上扫视着说。

"谢谢，谁都有这样的岁月。"冯慧桐非常有分寸地回答道。

"我能跟你男朋友单独谈一会儿吗？"此时钱媛很坦然地问。

"行，没问题。"冯慧桐说着，扭头看了一眼卫近宇，然后没等卫近宇说话转就身走出了留荫庐。

冯慧桐离开后，两人一起坐在了院子当中，这是两人劳燕分飞后第一次坐到了一起，院子中静悄悄的，芭蕉无言，栀子花空开，卫近宇胸中有无数的话，却一时不知从何说起，过了好久，他才忍不住问道："一切还好吧？"

　　"还好。"钱媛回答道，她端起茶喝了一口。

　　"你一直在做什么？"卫近宇问。

　　"在做一些我想做的事情。"钱媛说。

　　卫近宇听了点点头，他又想起钱媛刚刚消失的那段时间里，他的惶恐、愤怒、遗憾、悔恨、心痛，还好后来他慢慢平静了，学着接受发生的一切，他想这也许就是他既定的命运，他别无选择。

　　"我其实一直想问，你到底为什么要离开呢？"卫近宇终于问出这个他最想问的问题。

　　"很简单，因为那不是我想要的生活。"钱媛简洁地回答说，然后她就向他娓娓道来，告诉了他想知道的一切。

　　其实，那一次钱媛离开的初衷就是去旅游。她和一个闺蜜相约去了国外一个小岛，她们一起在那里待了半个月，可当她决定返回时，她忽然犹豫了。她发现，她并不喜欢回到那种四平八稳的生活里。她虽然如同城市里所有的俗人一样需要钱，但是她与他们不同的地方是，她更需要一个丰富的精神世界，她的思维告诉她，这样的生活是不可取的，虽然她并不知道她该要什么样的生活。

　　"那种安稳的日子有什么不好吗？"卫近宇不解地问。

　　钱媛听完摇摇头，她充满歉意地说："确实，它没什么不好。但是你知道，女人的逻辑是复杂的，当我跟你过着那种生活时我确实感到它没问题，但是女人有时更愿意去冒险或者说更容易受到触动，因此当她一旦有机会逃离各种园囿时，那种逃离的诱惑简直不可阻挡。"

钱媛的解释让卫近宇无言以对，他想起了他们在一起时，他忽略的一些蛛丝马迹，比如钱媛总是语出惊人，她在某些朋友的聚会上，总是想象最狂放的一个。

"一句话，我逃跑的根本动机是，我对生活抱有不切实际的幻想，我觉得别处的生活更有意思。"钱媛总结道。

卫近宇听到这儿，不禁叹了一口气，他说："可是你知道吗，你走之后我是多么痛苦？"

"我知道，当然知道，我很自私，爱自己超过了爱你，我向你道歉。"钱媛注视着卫近宇说，她说这话时依然记着他们曾经拥有的美好时光以及宁静的日子。

此时，卫近宇把手放在脸上，终于哭了，他像个孩子一样哭着，泪水不停歇地流了出来，这是他忍了很久的泪水，时间一直欠他一个出口。钱媛伸出手，轻轻抚摸着卫近宇的头，就像母亲抚摸孩子的头一样，她的眼圈也红了，但是她强忍着，并没让泪水流出来。

"后来，我后悔了，十分内疚，但是我知道自己已经回不去了，因此，我只好让齐志回去。"钱媛说，"我希望他能帮到你，让你开始一种新的生活，一种没有我的更好的生活。"

卫近宇听着钱媛的述说，他渐渐停止了哭泣，他终于知道了一切，虽然这样的答案他并不意外，但是他就是希望钱媛亲口说出来，只有听到她的结束语，过去的一切才能正式完结，不用再妄想不用再企盼，只有踽踽独行。

"那你将来想干什么？"卫近宇过了很久平静下来问。

"我也不是特别清楚，"钱媛摇摇头，她迷惘地看着园中的水池说，"其实我现在也是居无定所，四处漂泊。"

一个半小时之后，钱媛起身告辞，卫近宇送她到大门口，出了大门，两人四手相握，眼圈都再次红了。

"谢谢你能来，你总算给了我答案。"卫近宇说。

"抱歉没有给你一个愉快的答案，但是无论如何，我应该谢谢你，谢谢你曾经爱过我。"钱媛说。

卫近宇闻言，闭紧嘴点点头，他告诉自己顶住。

"这两天，去看看织锦吧，我就在现场，我听说很多人随手织出来的紫云锦都暗含着他们的未来，你也许真的需要看看，你我都需要重新开始。"钱媛说完，紧紧地握了一下卫近宇的手，然后果断地放开，毫不回头地离去了。卫近宇目送着她，看她走过小桥，消失在酒肆与人群之中，直到这时，卫近宇的眼泪才再次奔涌而出。

晚上，当夜幕完全降临之后，冯慧桐方才回到留荫庐，卫近宇一直在庭院之中枯坐，院中灯光层叠错落，照出忽明忽暗的空间，仿佛是有意隐藏了一种难言之隐，卫近宇早已平静了下来，他剧烈的悲痛慢慢远去，只剩下落寞与孤单。

"她走了？"冯慧桐走到他旁边坐下问。

"走了。"卫近宇没精打采地说。

"你还好吗？"冯慧桐关注地看着卫近宇又问。

"还好吧。"卫近宇不置可否。

冯慧桐低头瞄了一眼茶几上的另一杯剩茶，茶水殆尽，茶叶泛黄，它已冰凉许久。

"咱们来那天，水路中的那首《相见欢》是她送的吧？"冯慧桐又问。

"是的，是她，"卫近宇说，"那是她喜欢的风格。"

"你知道她会出现吗？"冯慧桐问。

"不，我以为她要很久之后才出现呢。"卫近宇说。

冯慧桐默然而坐，她的心中泛起一股妒意，这种另一个女人操纵下的旅程让她一下子非常别扭。在这一刻，她感到自己还是像一个外人，在某些人的生活之外，她那些昨夜重新萌芽的，轻微的不切实际的幻想再次瞬间泯灭了。过了好一会儿，她又问卫近宇，"我们后面做什么？"

"去参加一个织绵活动，钱嫒说那个活动对我们很有意义。"卫近宇说完，站起身独自走向房间。

入夜，卫近宇在床上辗转反侧，钱嫒的出现令他浮想联翩，他想起他们安静而美好的过去，想起突然失去她时的痛苦和哀伤，还有他缓慢艰难的恢复过程。今天她终于出现了，但他清楚这其实是他们最终离别的开始，他们已经在不同的道路上了，可他觉得他们俩都非常迷惘，都不知道要去向何方？他甚至更担心钱嫒。

此刻，冯慧桐同样躺在床上久久难以入眠。同样的夜晚，心情却大不一样。昨夜，一切都是美妙的，在酒精的催动下，她于眩晕与燥热中主动迈出了一步，她得到了完美的回报，她被愉快地接受了，被拥有了，那种热烈的巅峰体验似乎使她回到了最初那个具有游戏意味的夜晚。而现在，一种孤单的被抛弃的念头不断涌起，她试图压制这种念头，但是她失败了，她无法抑制自己的失落、愤溃，她觉得委屈，她觉得他们做得不对却又说不出他们怎么不对。

很久之后，她的头开始疼了起来，那种疼先是一刺一刺的，如同针扎，然后就一阵一阵跳着疼，疼痛持续了很久，冯慧桐抱着头蜷起身子奋力抵抗着。可就在她与它相持的时候，忽然她的耳朵中嗡的一声巨响，一万种声音奔涌进来，坏了，冯慧桐忍不住叫了一声，她恐惧地想，它们又来了，又在她无比沮丧的时刻突袭而来。

它们的确来了，那些声音从四面八方汇集在一起，有谈话声、滴水声、小提琴声、有夜间的追逐、不明所以的逃亡、孤独无助的呐喊，还有一部分关于这个世界的真相；它们从来都是这样，说来就来，毫无征兆，每一次它们都是以一种压倒的权威姿态来到她面前，它们漫天舞动着，迅速占据了她大脑中的全部世界，就等着她屈服，尽管她从不屈服。

这已经不是她生命中第一次碰到这样的事情，她早已多次遭遇这种挑战。

第二天清晨，卫近宇起了很久也没见到冯慧桐出来，他只好去找她。进了冯慧桐的房间，屋子里很暗，冯慧桐蜷在床上，闭着眼睛，眉头紧锁。

"怎么了？"卫近宇一看吃了一惊。

"头疼，老毛病，长期的偏头疼，满耳朵都是声音。"冯慧桐弱弱地说。

"那怎么办，去医院？"卫近宇问。

"不管用，你去给我买点止痛片吧。"冯慧桐有气无力地说。

卫近宇遵命，马上出去买药，可是因为人生地不熟，他在街上久寻不着，好不容易找到一家，店主拿出一小包药片，卫近宇看着就起疑不敢买，于是他又找，无头苍蝇一般转了很久又得了一包，才匆匆地往回走。

到了屋中，冯慧桐依然横卧在床上，卫近宇走到床边，把她扶起来，给她吃完药喝完水，又把她放下，冯慧桐依然闭着眼睛，脸色苍白，头发凌乱，过了好一会儿她才说："老卫，你去买火车票，我要回家。"

卫近宇听了想想说，"你看这样行不，我今日去看一下织锦的事情，我明天去买回程票如何？"他想和钱媛再见一次。

卫近宇安顿好冯慧桐之后，马上出发了，按照钱媛的指示，他徒步走到了南汀镇外，镇外的景象让他大感意外，那是一场声势浩大的行军，大批络绎不绝的人从他面前穿过。这些人操着不同的方言，背着行李，相互招呼着，带着坚毅而必胜的表情走着，卫近宇看了不禁感到一阵阵疑惑。

事实证明这是一次不成功的短途旅行，当卫近宇随着人群艰难跋涉了大半路程时，他接到了钱媛的电话。

"你在哪儿？"钱媛问。

"在路上，有很多人，到底怎么回事儿啊？"卫近宇怀疑地问。

"我犯错误了，"钱媛坦然承认道，"我也是昨天到了之后才发现事情变味了，他们已经把行为艺术变为传销了，找来了成千上万梦想发财的人，今天你先回去吧，我明后天再去找你。"

傍晚卫近宇疲惫地再次跨入留荫庐的大门，钱媛的不靠谱使他几乎筋疲力尽。他先喝了一口水，就来到冯慧桐的房间，可房间里空空如也，冯慧桐没了踪影，他于是打了冯慧桐的手机，一直没人接。这时留荫庐洪老板在房外叫他，卫近宇走出来，洪老板递给他一张纸条，上面写了几个潦草的字：我走了，坐最后一班火车离开，你要是愿意就去火车站找我。

"真的？！"卫近宇看了吃了一惊。

"是的。"洪老板点点头，"我看她情绪很不好的样子，拦也拦不住，她自己去镇上买了票，拎着包就走了。"

卫近宇听了无言以对，他呆呆地走到凉亭中坐下，他心里五味杂陈，焦虑、生气、担心，一股脑涌上来，这个女孩子真是太任性了，想怎么干就怎么干，一点不如意都不行，卫近宇想。

卫近宇整整坐了半个小时，他现在又面临一个小小的选择，是去还是留，哪一边更重要？其实他现在觉得哪边都有点不着调，这时洪老板来到亭中坐在他对面，递给他一根烟，两人默默抽了半天，洪老板才叹了一口气说，"唉，现在的女孩子都太骄傲了。"

卫近宇听了一阵苦笑，洪老板抽着烟接着淡淡地说："我看你们根本不合适。"

冯慧桐独自回到了城市，在旅途中，她耳中的声音逐渐远去，当她下了火车之后，她的身体开始了抗议，它对她说：我已经很累了，我需要休息。

于是冯慧桐找到一个可以休息的地方——"做梦"电影院，她随意买了票，摸黑走进一个放映厅，就躺在一个宽敞的情侣座上睡着了。她昏天黑地睡了很久，迷迷糊糊地听着身外的世界上演着爱情、冒险、凶杀、战争等悲喜剧，她知道自己是在做梦，甚至她在梦中还有些欣慰地想：还好，那些人在外面，在那里，我不用像他们一样悲伤。

她醒来时，并不知道自己睡了多久，银幕上连环放映的电影已经停止，放映厅里空空荡荡的，她坐起身，伸了个懒腰，此时她看见面前站着那个消瘦的老人，他温和地笑着，那个小孩子在不远处的座椅上，回过头望着她。

"我是老大。"老人谦和地自我介绍说，"我们原来见过，在你睡着的时候，我给你画了一幅画。"

老人说着把画递过来，那是一幅小小的水彩画，画中短裤粉衣的冯慧桐安然地睡在了一张欧式长沙发上，背景是全然紫色的天鹅绒。冯慧桐接过画，仔细看着，画中的自己是那么的美，那么的安详，如同一枚诱人的果实一般，静卧在世界的盘子当中，她的脸光滑明亮，头发柔顺，而她修长的腿则在画面中变为两条波动的曲线。

"我们俩都觉得，在这个时明时暗的世界里，你就是上帝赐给我们的礼物。"老人神秘地笑着说。

冯慧桐听了这话，抱着画抵在胸口呜呜地哭起来，她想起她那遥不可及的爱情以及费尽心机寻找却终无所得的生活，她一边哭一边说："可是上帝何曾给我礼物呢？这个世界有谁爱我呢？"

"这个世上的所有男人在所有的时刻都爱你。"小男孩在不远处清脆地说。

"撒谎，你们在撒谎——"冯慧桐突然神经质地叫了起来，她接着号啕大哭起来。

卫近宇坐着高铁回到城市，他疲惫地走进家门，把行李放下。

已经是初秋了，空气中有了一丝凉意，他打开窗子，在阳台坐了下来，想起这一周的江南之旅恍如隔世。他没有选择去追冯慧桐的火车，但也没有再见到钱媛，她又一次放了他的鸽子，钱媛似乎走得很匆忙，但这一回她和他约好再见。天慢慢黑下来，卫近宇迟疑了很久，才拿起手机翻到冯慧桐的号码，手机中立即出现了冯慧桐的照片，她那明媚而任性的笑容再一次呈现在他眼前。在这种安静的时刻，卫近宇清晰地知道，冯慧桐早已深深融入了他的生活之中。

他给冯慧桐打了电话，一共打了十几次，她都没有接，卫近宇非常了解这个女孩子强烈的自尊，她从来就以为她自己就是这个世界的中心，她是凛然不可侵犯的，看样子自己这一回是把她给得罪了。卫近宇第二天又打，第三天又打，还是没人接，当他第四天再打时，号码已经不存在了。

卫近宇有一种失落的感觉，看样子这个与他纠缠了很久的女孩子已下定决心彻底离开他，他的心中有一种不可否认的伤痛，过去的商业与柔情、原则与暧昧、内心的冲突与肉体的眩晕都从他眼前一一闪过，但是这些场景如同烟花一般与他相拥又离他远去。人最终是孤独的，他们总要面对那痛苦的诀别的时刻，那种与生俱来的伤感与悲凉总是不可避免的。

某天晚上，他做了个梦，很多年来，他第一次做了性梦，在梦中他和冯慧桐极尽鱼水之欢，那种青春的、肉体的、充满活力与激情的情绪几乎冲到了梦境之外。第二天他醒来之后，仔细回忆了梦中的很多细节，它们是如此令人动情，令人眷恋。之后，他拿出手机，翻到冯慧桐的号码，犹豫片刻还是把那个号码轻轻删去，他想，一切都结束了，生活必须重新开始。

与此同时，冯慧桐也正在孤独中抵抗着。那些声音果然又反戈一击。多少年了，它们就是这样，如同远古游牧民族的入侵忽而到来，忽而离去，忽而如同狂风暴雨，忽而又如同夏虫蛰伏。冯慧桐仿佛一个人在与缥缈无际的大海战斗，她立于一个忽高忽低起起伏伏的浪尖上，在巨大的波峰与波谷之间不断被覆灭，不断被拯救。

每一个清晨或者夜晚，冯慧桐都祈祷这场战斗能结束，可是那些声音的敌人就是锲而不舍。冯慧桐记得从十二岁起，这种巨大的噪声就开始光临她的生活，第一次时，她吓坏了，她一直依偎在母亲怀中躲避着。后来，它们每隔一段时间，都会掀动着獠牙从她青春的上空狞笑而过，可她慢慢习惯，变得坚强起来，她逐渐发现，她是无法躲避它们的，她必须学会与它们共处或者与它们战斗。

两个星期后，冯慧桐的身体好了一些，她决定出去透透风。她开始试着和那些还"凑合"的男人见面，她每次还是去酿蜜坊，她和他们把酒言欢，看着男人们给她的菜单上加菜，但是她不喜欢他们之中的任何一个，她只是把这些聚会当作对抗孤独的手段，假装把她已经空掉的心一点一点填满，就好像它不曾空掉一般。

某天傍晚，她漫无目的地来到上学时常来的"紫色"，她惊讶地发现"紫色"竟然扩大了，它已经买下了邻家的另一家酒吧，于是"紫色"拥有了一片极其难得的后花园。她走进后花园，但见繁花似锦，溪水流动，一切都非常静谧，她走到一棵通体长有红色花朵的树旁坐下，仿佛偶遇仙境一般。

"你来了——"这时一个声音在她耳边响起。

冯慧桐一抬头，看见瘦弱的耿译生从另一棵树后面探出头。

"你怎么在这儿？"冯慧桐惊讶地问。

"今天不是周末吗？"耿译生赔着小心说。

"是啊，那怎么了？"冯慧桐想想反问。

"你原来不是每周末都来这儿吗？"耿译生小心翼翼地提醒道。

冯慧桐点点头，她当然没忘，但她觉得那是很久以前的事了。

"所以，我每个周末都来这里，我想你总会回来的。"耿译生又说，冯慧桐听了这话，非常意外地看了他一眼。

也许是寂寞，冯慧桐允许耿译生再次出现在她面前，只是这件生活中的装饰品，已经从背景晃到了前台。冯慧桐的内心非常无奈，她觉得自己在与生活的战斗中败下阵来，所有的人都远去了，只有这个曾被众人暴揍的家伙还是带着那副欠扁的样子坚守着，他就像一个被买断终生的丑角一样存在着。

但是，冯慧桐忽略了一点，在这个世界上丑角往往是最顽强的，他们乐观麻木，不知道什么是挫折与冷漠。在耿译生的眼里，这回显然是机会来了，是上天赐给他的"天鹅"时间，他异常兴奋与勤勉，力图抓住这个机会。他每次都会主动为冯慧桐买各种酒水饮料，用尽一切热情与她推心置腹地聊天。他还不断地极其渴望提出各种聚会的要求，而冯慧桐总是漫不经心地顺嘴答应他的所有要求，却不兑现承诺。

比如，他说："小桐，我们一起去吃晚饭吧。"她说："好的。"可到了晚饭时间她就会毫不在意地扬长而去。

他说："小桐，我们明天一起去逛公园吧。"她会说："好的。"第二天早上，他去了那个公园，在公园门口从七点等到十点，但她根本不会出现。

他说："小桐，我们明天一起去游泳吧。"她会说："好的。"第二天，他去了游泳馆，可她却在家里睡觉。

比如，他还说："小桐，我们明天一起去爬山吧。"她会高兴地说："好呀。"第二天，等他去了西山，她就会发短信告诉他，让他拍个山上的秋景，给她发回来。

没人知道这是一个什么样的游戏，但它确实是一个毫无意义的游戏，它唯一的看点就在于那个游戏中的丑角何时会自动停止，可惜，耿译生没有任何停止的征兆，他天天乐此不疲，精力旺盛地奔走在各条毫无结果的道路上。人们也许能够理解《西游记》中的师徒们，那是因为他们有方向，但人们不能理解的是耿译生这种类型的家伙，他既没有方向也没有目的，而且毫不功利，因此他们把他通俗地叫作二逼，但后来他们觉得这个词不足以表达他们对这种人的痛恨，于是他们就降了一个格恶狠狠地叫他理想主义者。

理想主义者耿译生拙劣的表演继续着，从某一天开始，他开始向冯慧桐滔滔不绝地谈论起自己的人生，他不管冯慧桐爱听不爱听，就把所有的事情都和盘托出。据他说，他的整个家族都是做羊绒生意的，他们主要的市场是在多佛尔，因此家族的人大都移民到了那里，他的大哥掌握着家族的所有生意，而他作为家族生意的代表，孤身在国内，主要负责与国内供货商联络。这是一个闲差，好干至极，原因只有一个，他的能力太弱，资质太差。耿译生在谈话时充满了叹息与无奈，他是家族中一个典型的loser。他也曾尝试过有所改变，向他的大哥借了若干次钱去开辟自己的小生意，但无一例外，他都迅速失败了，以至于到后来，他的大哥对他失望至极。他大哥有一次在酒后搂着他的脖子说："我真他妈希望我不曾认识你，你也不曾是我的兄弟，那样我就可以痛痛快快地抛弃你了。"

冯慧桐从来都是事不关己地听着，耿译生絮絮叨叨，无比的娘娘腔，她每次都是用眼光斜睨着他，她知道她一辈子都不会看得上他。有时，她会在心里长叹一声：唉，我怎么会跟他混在一起，我怎么会沦落到这个地步？因此，每当夜晚降临，"紫色"中客人多起来之后，只要有人过来稍微和冯慧桐搭讪一下，冯慧桐都会不加选择地转向那个人，她并不一定对那个人感兴趣，她只是对她身边的配角厌烦透了，他只是她用来消磨更无聊的时间的人体道具而已。

可是意外终于发生了。某一天下午，后花园中寂寥无人，冯慧桐无事闲坐，她迷迷瞪瞪打了一个盹。醒来之后，花园中秋风飒然，侍者远远地站立，桌上的杯子空空如也，冯慧桐看到有两片叶子从她的眼前悄然落下来，她想起一叶知秋的话瞬间有些失落，她看看四周，忽然发现耿译生已经有几天没来"紫色"了，于是她头一次给耿译生发了微信，她问他，"你在哪儿？"

"我在外地。"耿译生过了很久才回复。

"你怎么最近没有来？"冯慧桐问。

"家里的生意遇到了问题，我必须去处理一下。"耿译生回复。

看了耿译生的微信，冯慧桐的心里空了一下，她习惯了他的浮游在侧，就好比电脑屏保一样，它存在的时候没人在意，可当某一天电脑出了问题，人们才会觉得生活有点改变。于是冯慧桐又给耿译生发了一条微信，她问："你何时回来？"

"不知道，我说不定要去外地常驻呢。"耿译生回答道。

冯慧桐又问:"你不能不去吗?"

"不行,我必须去处理问题,我们遇上了大麻烦。"耿译生在微信里坚定地说。

冯慧桐终于愣了,随即她明白这一回她彻底孤独了。她知道无论她如何美丽与富有,最终,所有的人都会离开,这个世界只会剩下她自己独自面对那冷冰冰的一切。冯慧桐一时思绪万千,她想起远方面目模糊的父亲、行踪不定的母亲、卫近宇、耿译生,还有各种相亲对象,他们在这一刻都成为影像,成为虚无,只有她这个实际的个体凄清地客观地存在着,并且不知所措。

过了很久,冯慧桐才决定她应该再喝点什么,她从椅子中坐直身体,清清嗓子,伸出手向远处的侍者一挥,"waiter,"她喊道,"给我来瓶威士忌,要最大瓶的。"

那天冯慧桐喝了很多,她从傍晚喝到深夜,她使自己从大地来到空中,从安静的地面来到悬浮而喧闹的城堡。很晚很晚的时候,当人群从身边散去,音乐消失时,一个金发碧眼的洋帅哥走了过来,他也喝多了,他拎着酒瓶摇摇晃晃站在她的桌前说:"美女,我看你很久了,我觉得你是这个夜晚这个城市里最漂亮的女孩,就像一颗完美的红宝石一样。"

冯慧桐听了,想了半天才明白他的意思,她扬起深深的醉意笑了起来,她说:"你答对了,再给我来一瓶威士忌——"

卫近宇这一段一直闲着,他在无所事事之中开始练书法,卫近宇的字基础很差,他只好长时间地临一些名帖,他想写不好能练得气定神闲也行。他良好的心态终于有了积极的效果,有一天他在一大张宣纸上写出了两行令自己满意的字：想起我如同想起春天的梦，忘掉我如同忘掉夏日的星，这两句是卫近宇很早以前读到的，他知道这几乎不算诗，但是他最近总是常常想起它。

齐志来过一次，闲聊了一阵儿就走了，也没带来任何钱媛的新消息。这两天，他的手机总是收到一个不认识的号码发来的空白短信，他想可能是谁按错了，又过了几天，对方竟发来一个"心灵鸡汤"类的公共短信，这让他颇有点奇怪。不久，婚介公司来了电话，负责人问他原来那份合同快到期了，是否还需要续约，卫近宇想想然后平静地说，客户很久没跟他联系，这个项目应该是结束了，他可以开始接下一个活儿了，负责人听完答应马上去安排。

可是就在那天晚上，卫近宇又接到了一条关心他身体的短信，这是很罕见的，这个世界上早已没有人关心他了，他看了几遍那个短信，然后忍不住把电话打了过去，电话响了几声后，那边有人接了，卫近宇轻轻地喂了一声，那边传来更低沉的一声，"喂——"

卫近宇立刻听出了是谁，他迟疑了一下，然后问，"你还好吗？"

"还行。"冯慧桐说。

"你，有事儿吗？"卫近宇试探着问。

冯慧桐在那头长时间地沉默，卫近宇在沉默中等待着，很久之后，他很和缓地说："要是没什么事儿我先挂了。"

可就在这时，电话那头的冯慧桐呜呜地哭了起来，她刚开始还低低地压着，后来干脆就越哭声音越大，最后变成了号啕大哭。

"怎么了？"卫近宇在电话中不明所以地问道。

冯慧桐不回答，还是没完没了地哭，过了好一会儿，她才说：

"哥哥，你能借我点钱吗？"

"你向我借钱？干什么用？"卫近宇更奇怪了。

"治病。"冯慧桐说。

"什么病？"卫近宇问。

"性病。"冯慧桐说到这儿又大声哭了起来。

卫近宇完全不清楚这都是什么情况，她怎么会得了这种病？还没等卫近宇问出口，冯慧桐就迅速向他坦白了。那是一个相当狗血的故事，某一天她喝大了，兴之所至之下跟一个老外玩了一把一夜情，可一周之后她发现自己的身体出了状况。

"你那么有钱，为什么向我借钱？"卫近宇还是不解地问。

"我的那些钱，每花一分都有财务人员盯着，有些事儿我不能让他们知道。"冯慧桐抽泣着说。

卫近宇明白了，这可不是什么好事，他在心里暗暗骂冯慧桐，胡来吧，自以为是吧？以为自己想怎么干都行，任何事都没有成本呢！他知道这个城市充斥着很多"洋垃圾"，一些不谙世事的女孩子往往因为他们不尽的恭维，表面上的礼貌和绅士而上当。其实他们就是动物性需求，仅仅是为了打发在异国的孤单苦闷出来寻欢罢了。

"哥哥，你别骂我，我知道错了，我好郁闷好后悔，想死的心都有，我以后不会这样了。"冯慧桐这时又哭了起来。

卫近宇听了一阵心痛，这是他记忆中头一次听到她认错，但是，他心里随即涌起一股男人的强烈的嫉妒，对于一个男人来说，他对一个女人在性方面的独占性要求是随着他们之间关系的变化而变化的。如果他们仅仅是客户关系，卫近宇并不在乎，她愿意跟谁就跟谁；但是他们后来的关系变了，她在他的私生活中开始占有更加显著的位置，即使他们已经翻脸，这种关系还是作为曾经的事实坚实地存在着。

因此他完全无法接受冯慧桐无所顾忌的性开放，她的行为无论如何还是给了他重重的一击，他可以接受他们无疾而终的分手，却很难接受性方面的嘲弄。这似乎说明，她主动接近他可能仅仅是肉体上的需求，她对谁都一样。

"我不会骂你，我只是想告诉你，在这个世界上，不是所有的事情都能做，也不是所有的话都能说，你要考虑成本，你要考虑做哪些事、说哪些话对你是没有好处的。记住，世界并不为你所动，它常常自行其是。"卫近宇相当客观冷静地说。

"好的，我记住了。"冯慧桐可怜巴巴地说。

卫近宇深深吸了一口气，他很快地冷静下来。作为一名合格的商人，自我控制与在商言商是他多年训练的结果，他知道冯慧桐在等他的答案。

他现实而冷漠地思考着，冯慧桐的所作所为非常清晰地证明，他与她不过是商业关系，他们之间所谓的暧昧的情感被她又一次肉体的放浪证明为虚幻，她现在的哀伤与楚楚可怜不过是为了向他借钱而已。他认真地衡量了一下她对他未来的商业价值，他觉得未来他再获得收益的可能性并不大，于是他以一种和缓而又职业的态度说："冯小姐，放心吧，我会给你帮助的。"

冯慧桐听完又哭了起来，一会儿，她又问，"哥哥，那你能陪我去医院吗？"

卫近宇听了想想说："冯小姐，钱我可以借一部分，但你需要付我一点利息，另外，我刚跟别人订了一个合同，最近挺忙的，恐怕抽不出时间陪你了。"

　　冬去春来，城市从寂静中变得慢慢喧哗起来。

　　卫近宇安安静静，小心翼翼地度过了冬天。他给自己做饭，收拾屋子，每天按时浇花、喂鱼、喂鸟、练书法，坚持锻炼身体，他一直感激齐志给他带来的变化，他明白这总是在向新生活迈进，虽然他暂时不知道新的目的地在哪儿。经过整个冬天，一些事情被他慢慢地淡忘了，在他这个年龄，人已经比较稳定了，任何的冲击或者变化，只要有三个月都可以化为云烟。他依然在接婚介公司的活儿，只是最近活儿不多而且也比较小，最长的一次也就一个月，女方在他的帮助下顺利地找到了下家，其他短的，一两个星期也就草草结束了。他与各种女孩子谨慎而职业地交往着，为她们尽心尽力地服务并且保持着距离，由于之前的教训，他坚守着商业原则的底线，他认为绝不能复杂化，一复杂对谁都不安全，对谁都得不偿失。

　　这一次，婚介公司又介绍了一个活儿，卫近宇按照习惯提前十五分钟到达会面地点。那是在一个五星级饭店的空中花园，花园如同一个热带雨林一般。卫近宇走进去之后挑了一个僻静的角落坐下，来之前，婚介公司的老板嘱咐他，这回要小心一些，对方是个新客户，出手很大方，大方得有点奇怪。

　　"这又是一个什么故事呢？我又会面对怎样的世界呢？"卫近宇坐下来之后就下意识地问自己，此时，他抬起头看见阳光从头顶的玻璃穹顶中射进来，它们穿过各种植物的叶子、枝条，纷纷洒落下来，这真是一个安静的下午，卫近宇注意到花园中的音乐恰好是德彪西的《牧神午后》，他忽然有一种似曾相识的感觉。

三点钟，一阵嗒嗒的高跟鞋声准时传来，一会儿一个丰满的五十多岁的女人向他走来，她穿了一件米色的风衣，身上有一种说不出的雍容大度的气质，她个子不高，皮肤亮亮的，一看就经过精心保养。她微笑着走过来，可是当卫近宇看清她的面容时，不禁有些吃惊，中年女人走到他面前，卫近宇连忙站了起来，她上下打量了他一下，微微一笑说："卫先生，我找你找得好辛苦。"

这是一张他似曾相识的面容，如果她再年轻三十岁，就几乎和冯慧桐一模一样。

"卫先生，看样子你已经认出我是谁了。"这时中年女人态度和蔼地说。

"是的，您的出现让我太惊讶了。"卫近宇说。

"我是冯慧桐的母亲冯丽莎，你叫我Lisa吧，我是来求你帮忙的。"冯丽莎开门见山地说。

冯丽莎坐了下来，她点了一杯冰水，然后自己掏出烟点上，那一瞬卫近宇觉得这个动作很眼熟，冯丽莎喝了一口水，告诉卫近宇她是两个月前从大洋彼岸飞回来的，经过细心而缜密的调查，她发现卫近宇是她女儿生活中最重要的人之一，卫近宇听了有点尴尬，他马上解释说他们之间是商业关系。冯丽莎听了一笑，说："卫先生，这个我当然知道，这回来，我就是打算和你做笔交易，交易之前我给你讲个故事。"

冯丽莎接下来就给卫近宇讲了一个很特别的故事，卫近宇听得非常认真。

按照冯丽莎的说法，冯慧桐出身名门望族，她的父亲是金融界巨子，可她却是非婚生子女，冯丽莎本来是冯慧桐父亲的秘书，跟随他在金融界转战多年，两人日久生情，冯慧桐就是他们偷情的结果。可是碍于门第、面子与利益，冯丽莎始终无法登堂入室，她只能以单身母亲的身份来抚养冯慧桐。在冯慧桐的成长过程中她非常缺乏父爱，她自己也对那个面目模糊的父亲异常不满，这些年来，冯慧桐父亲的事业重心都在海外，而冯丽莎为了他的金融帝国一直追随左右，冯慧桐因此独自生活在这个城市，她的物质条件虽然很好，但精神上却异常孤独。随着年龄的增长，冯慧桐与她父亲的关系逐渐恶化，他们的冲突日趋激烈，她的父亲一直给她提供着天文数字般的生活费，但她为了发泄不满，总是毫无节制、毫无目的地乱花钱。她有意识地把自己变成一个无底洞，她父亲给她多少钱，她都能以两倍的速度把它们消灭掉，这使得她父亲不得不雇用了一个财务公司，专门负责监督她的财务状况。根据财务公司的安排，她的生活费被分割成几部分，一部分用于上学，一部分用于工作之后，最大的一部分留给了她的婚姻，财务公司认为不合理的花费都会拒付，或从冯慧桐的其他费用中扣除。

这种控制更增加了冯慧桐的逆反心理，她认为只有花掉那笔最大的钱才是对她父亲的挑战，所以，她想出了一个找人结婚的主意。

"他们之间就没有更好的沟通方式吗？"卫近宇听到中间时情不自禁地问。

"没有，他们的芥蒂是过去的一切造成的，我想，她那么做也是下意识地想引起她父亲的关注吧，这些年，我们对她的关怀简直太少了。"冯丽莎说到这儿，忍不住叹了一口气，一种歉疚的表情浮现在一个无可奈何的母亲的脸上。

更令人不安的是，冯慧桐还有自己生活中独特的问题，她从12岁起就得了一种古怪的病，那就是幻听，这种幻听对她的影响很大，每一次不知何时，一股声音的海洋会不期而至。那不是一般的声音，它是由无数种类型的声音组成的，所有的声音加在一起就是一种巨大的噪声，它们到达之后，坚决不离去，成天充斥在她耳边，使她就像一个人置身于无边的永恒咆哮的大海一般。

作为母亲，冯丽莎当然尽力帮她了，但是没有任何一个医院可以治得好，人们不知道那些声音何时来又何时去，而且随着年龄增长，那种声音的袭击一次比一次沉重。医生们只是告诉冯丽莎，冯慧桐要有人长期陪伴，如果她的情绪能长期维持在一个平和的状态，她的病情就会减轻，直到某一天突然消失。

原来是这样——，卫近宇忧心忡忡地听着，他的心中有一种自责般的难过。

"据我所知，从去年秋冬季开始，她就又犯病了，我不知道她是怎么度过来的，但我知道她的情绪异常低落，但我因为工作原因无法回到她的身边，因此，我想来想去，决定找人来陪她。我于是派人调查了她身边常常出现的人，结果发现你在她身边的时间最长，你们相处得也似乎不错。"冯丽莎说。

"Lisa，是这样，我和她去年初也曾签过一份合同，我们是纯粹的商业关系。"卫近宇再次解释道。

"这个我知道，我觉得很好——"冯丽莎很肯定地说，"我只是希望我的女儿快乐、幸福，我并不在乎你们是什么关系。这样吧，这回我可以给你一份新合同，就一个任务，好好陪伴我的女儿，尤其是在她的身体遇到状况的时候。"

卫近宇凝重地看着冯丽莎，冯丽莎也认真地看着他，冯丽莎令他意外的故事使他又回想起去年的一切，冯慧桐美丽的面容，她的可爱与任性，她放肆的欢笑，无法阻挡的肉体，以及他们之间欲拒还迎的种种情感，都一股脑地奔涌出来，他发现有关她的一切其实就在他的心底，根本不曾远去——

卫近宇于浮想联翩中一时不知该说什么，他完全没有把握自己是否有能力再回到那种过去的生活里，他不想再复杂了，他只想简单地活下去，把商业归于现实，把情感归于远方。此时冯丽莎好像看出了他的犹豫，她冲他温和地一笑，说："卫先生，价钱好说，这样吧，我给你原来十倍的价钱，我想这你该满意了吧？"

第六章 | 爱比冷更冷

　　秦枫是带着一种颓丧与窝囊的心情来到日出城堡的，他不知道这是自己的第几次逃亡，虽然他每次都遭到失败，但他依然想试一试，这是一个人的本能，谁都希望挣脱枷锁，做一条自由的癞皮狗也好。

　　日出城堡果然名不虚传，它巍峨广大，带有不可一世的气质，它宽大的巨石围墙传奇一般屹立在城市的东部高地，中间的城堡主体夸张地屹立着瓜分了天空，它们如同一团燃烧的焰火或者一朵宇宙中灿烂的星云，它的外表告诉人们，这是另外的世界，这是一个超越想象的世界。

　　按照传说，日出城堡是一个巨大的骗局，别看它里面金碧辉煌，光辉灿烂，所有的一切都如同天上宫殿一般高雅精致，充满梦幻感，可在纸醉金迷的表面之下，城堡里到处是深不可测的陷阱。这里什么都有，赌场、股票交易所、古玩店、艺术品交易市场、饭馆、酒吧、KTV、电影院、动物园、运动中心，甚至还有一个不断在扩展的人工湖，听说，很多富人在这儿混了几年之后都成为了穷光蛋被扫地出门，但也有一些穷光蛋来这儿之后一夜暴富。人们都说，在日出城堡中，什么都有可能，什么事情也都可以做，也正是如此，人们才会乐此不疲地到来。

秦枫于一天傍晚，在城堡的游客中心登记入住。城堡分为几个区，除了公共区域，游客区是专门向那种散客提供服务的，这里从简到繁的服务都有，游客随来随走，住一天或者几个小时都可以；贵宾区则是为那些肯花大价钱的客人准备的，城堡可以向他们提供管家、私人健身教练、司机，甚至性伙伴；还有一个区域是股东区，那些客人都是超级富豪，他们或多或少都拥有这个城堡的一些股份，他们得到的服务大部分人是不知道的，信息隔绝是他们最尊贵的权利。不同的客人一般被鼓励要在各自不同的区域活动，城堡这么做，就是异常坦白地告诉所有人，这个世界是有阶级的，阶级之间永远是不平等的，要想获得更多的服务与尊重，就必须付更多的钱。

秦枫刚来时，完全是漫无目的，也是带着警惕感的，他生怕他还没有得到什么，自己就先被吞噬了。但很快他就被城堡里的一切吸引了，日出城堡确实是一个与众不同的地方，它是那么美轮美奂又丰富多彩，秦枫很快就忘记了他愁苦的初衷，没心没肺地投入到各种娱乐当中。他泡在赌场里，泡在游泳馆里，泡在高尔夫球场上，泡在KTV里，泡在职业搜寻小分队里，泡在钓鱼比赛里，他甚至还花了三天三夜观看了一出在城堡持续上演的话剧，这个话剧永不落幕，里面充斥着业余演员与来来往往的客人，他们说话，争吵，彼此指斥，相互喊叫，他们分享着别人与自己的故事，同呼吸共命运，这对他这个很少思考的家伙是非同寻常的。

真是他妈太有意思了，这是谁建立的世界？秦枫总是边玩边想，他非常佩服这个世界的建立者，这个人似乎把人们所有最本能最鄙俗的需要都想到了。不久，他的老毛病又犯了，他开始想女人了，于是他向城堡管理中心提出了要求，他们果然毫不犹豫地为他提供了很多不同类型的女伴。秦枫按照他的老习惯，不管高矮胖瘦，开朗、沉静，他都一一笑纳，他如水一般花着从吴爱红那里骗来的钱，从一个女人的高潮奔向另一个女人的高潮。很难想象这一段忘记世间冷暖的日子竟成了他一生中最快乐的日子，以至于有一天在彻底放松之际，他的脑子忽然又动了一下，他想，为什么非要等那个传说中的骗局到来呢？这里神人众多，我为什么不能寻找一个保护伞呢？这把保护伞应该法力无边，最好能像佛祖那样，什么样的妖怪都不在话下，秦枫想到这儿，不禁兴奋地一拍大腿，嘎嘎嘎地乐起来，他深深为自己这个绝妙的想法感到自豪，可他就没想，佛祖也许也是一生意人，他凭什么罩着你，他老人家图你什么呢？

青哥一直与楚维卿保持着距离，他太忙了，没有时间常常去看她。另外，他也不知道除了身体之外如何再与一个女人靠近，很多年来，因为生存的严酷，他已经不具备那种调动情感的能力了，就好比人们很少看到警察笑，不是他们不会笑而是他们打交道的环境充满恶毒与敌意，他们必须防备对手突如其来的进攻或者天衣无缝的狡诈。

青哥慢慢觉得应付楚维卿一浪高过一浪的渴求狂潮是一件非常为难的事，他知道她在担心，她想确认什么，可是他给不了她想要的，他不习惯为一个女人的卿卿我我所困，在他眼中，与女人在一起只是细枝末节，他的生命中有更重要的事情要做。但是相反，青哥越是不进不退，楚维卿的行动就越来越热烈，她更加卖力气地画画和写信，如同一个现代王宝钏一样被关押在一个城堡里，思念着远方从不存在的情人一般。青哥的内心也是复杂的，他对她的肉体有着些许的眷恋，同时他觉得一个女人毅然决然地投奔他不容易，他得讲义气，尤其是每每看到那些充满温情与思念的信件，他多少会感到有些内疚。他为此隔一段时间就会叫人给楚维卿带去一大堆礼物，有名牌包、衣服、化妆品、香水，但青哥的这种补偿性做法往往会被楚维卿误解，它被当作他对她有所回应的明证，往往礼物送到之后，更多的信雪片一样飞来，青哥看着这些信更加苦恼，他根本不知道如何处理。

在城堡巨大的公共休闲区里，有一条非常有名的商品一条街。这条步行街笔直、漫长而安静，街的中间是灿烂的花墙，两边则是各种特色小店。每个来到城堡的游客都会到这里逛逛，小店的特色常常令他们感到惊喜，青哥也爱来这里溜达，他喜欢这里随意安静的氛围，还有那些任意挑些什么的场景。

在所有的小店中，青哥常去的是一家古董收藏店，这个小店的来历相当有趣，店的主人被大家称为严总，这位仁兄是城堡的常客，他早年靠倒腾石油器材发家，后来收手不干了。他挣了很多钱，几乎够他花上一个世纪，退休后，严总的目标就是享受人生，他四处旅行，钻研各种冷僻的爱好，其中收藏就是他最热衷的项目之一。

可惜，上帝并不是自家小区里的保安，吆喝一声就随时能帮着开门，上帝让严总挣钱之后，并没让严总长眼睛，因此严总收藏古董的眼光那是相当的瞎。他费尽九牛二虎之力，从全世界搜寻回来的宝贝绝大部分都是假的，但是严总是相当自信的，他不信这个邪，他坚定地认为他所有的宝贝都是真的，并且打算货卖识家，与理解他的人分享。于是，经过协商，严总在城堡的这条步行街旁租了一个小店，专门卖他的这些假货。

因此，严总的店成为城堡里最著名的冤大头店，很多城堡的熟客都对此心知肚明，但嘴上从来不说。这就使这个小店有了喜剧效果，它如同一个裸露在外的小鸡鸡一样，虽然其貌不扬但是说不定何时会来点让人意外的东西。青哥一开始也是肚里暗笑，他也不理解严总的做法，可是看得久了，青哥的看法慢慢改变了，他开始逐渐佩服起严总来。他发现严总是那么执着地爱着一个他认为值得爱的事情，无怨无悔，这是他不具备的，他不可能那样痴迷地、毫无利益地爱上什么事情或者人，特别是他不可能为一件没有回报的事情投资，这显然是没有道理的，可严总就是那么做，他倒是为什么呢？青哥对这件事想了很久，某一天他的脑子灵光一闪，他觉得他明白了，其实严总就是在守株待兔，他的心中恐怕有一只十分特殊的兔子，那是一个比他更冤的冤大头，他一直等待着它的到来。

这一天，当青哥走到小店门前时，店门正半掩着，一阵古琴声从屋里传出来，青哥推开门走进去，闻到一股好闻的檀香味，店员正在店中的一张条案上练毛笔字，青哥抬头打量着屋中的各种古董，它们争奇斗艳，令人目眩，外行人根本看不出它们都是假的。

"小妹，客人多吗？"青哥看了一会儿问道，他记得他每回来这个小妹都在练字。

店员是个二十岁左右十分乖巧明亮的女孩，她抬头一笑说："多不多的，反正我每天都在等。"

"那等到了吗？"青哥又问。

"您不就是吗？"小妹俏皮地说。

青哥听了不禁展颜一笑。

"小妹，我问你一个事儿，如果我把一些情书放在你们店里，你说会有人看吗？"青哥说。

店员想想说："这个我们可没试过。但如果是那样，我想早晚会有人读的，我们严总说过，只要有一款东西在，就有喜欢他的人在。"

自此，在严总的店里一个浪漫的情书之角被布置起来。

那个角落是典型的三十年代的民国范儿，一张雕花木桌，两把官帽椅，对面的条案上放着老式留声机，墙上还有几张三十年代的电影明星海报，木桌上叠落着七八封信，都用怀旧而精致的信封装着，上面写着××大人亲启。

这就是青哥的主意，因为严总的启发，他把这个角落设计为一个等待的角落，他想看看谁对这个角落感兴趣，谁又能开启那些信件。

店中的客人不断地到来，有时稀少，有时又络绎不绝，但是客人们的兴趣大都集中在那些收藏上，很少有人对"情书之角"青睐有加。可青哥表现得很有耐心，他听人说过一句话"佛度有缘人"，他相信只要有佛就必有有缘人，他常常想起小时候在雪地上抓鸟，一支木筷撑着一只碗，碗下有一些米粒，冬天的时候总会有麻雀蹦过来吃那些米粒，到时只要一拉绳子，那只麻雀就算到手了。

功夫不负有心人，那个鸟人终于出现了。他来的那天，青哥正好生意不忙坐在店中喝茶，当时，是上午十点，店刚开门不久，那个家伙一走进来就引起了青哥的注意。他高大、英俊，全身透着一股能对付一天就是一天的懒散劲儿，他溜溜达达完全外行式地看了一圈屋内的收藏，就直接奔了"情书之角"。他先是被三十年代的海报吸引了，他在那些穿着旗袍露着大腿的姑娘面前逡巡了一会儿，接着，他很快就发现了桌上的书信，于是，他眼前一亮走了过去，坐下来打开信读了起来。

青哥用余光看到了这一切，他不禁得意地一笑，他明白，能坐下来的人得符合两个条件：第一，这人有闲；第二，这人有强烈的好奇心，喜欢打探隐私。秦枫并没有注意到青哥在观察他，他如饥似渴读着，飞快地看完一封又一封信，当他看到第五封时，竟忍俊不禁地笑了出来。

"这位客人为何笑得如此欢畅啊？"这时，青哥清清嗓子，朗声问道。

"操，古典，太他妈古典了。"秦枫乐不可支地拍着桌子感叹道。

"客人何意啊？"青哥继续文绉绉地问。

"你说啊，这帮女人真是神经病，天天写这酸文假醋的东西，你说，不骗她们骗谁。"秦枫一边指着信纸一边肆无忌惮地说。

青哥听了相当愕然，这个回答完全出乎他的意料，但是听起来似乎也没什么错。

"这信谁写的？"秦枫这时问。

"是几年前城堡中的一个客人，写完了留在房间里，自己走掉了，我们把这些信当作一个装饰品摆在这儿。"青哥说。

"丫有病，女人的通病。"秦枫以一个老炮儿的方式凭着他的经验恬不知耻地总结说，"天下大多数女人都把追求爱情作为一生最根本的任务，认为情感就是她们的全部；可大多数男人不这么看，他们只把爱情当作生活中的一道开胃菜，而人生只是一桌不断翻台的流水席而已。"

青哥听了，立刻有些肃然起敬了，他很少听人这么明白地议论女人，他知道专家往往是坚定而自信的，于是他马上堆起笑脸虚心请教。那秦枫一听别人恭维，立刻吐沫四溅地吹嘘起来，他大侃自己复杂无比的艳遇，各种各样的女人，花样翻新的勾引方式，当然他省去了自己依然寒冷伤痛也常常败走麦城的尴尬，青哥一边听一边暗暗称奇，心说真是行行出状元，原来摆弄女人也有诸多方法与讲究。待秦枫自吹自擂很久之后，青哥又含笑请教如何给这个女人回信，秦枫听了咪的一笑说，这个简单，接着他就信口开河胡说了几个要点，青哥则认真地记下了。

当天晚上，青哥就让秘书按照秦枫的路数给楚维卿回了信。果然，这封回信收到了奇效，楚维卿收到信后，认真读完，她简直感动坏了，信里面虽然词句简单，却充满了关爱。这是青哥第一次以情动人，这让她几乎潸然泪下，她之前的抱怨、怀疑、无聊一下子烟消云散，她知道自己是有人惦念、关注、喜爱的，她与某个男人存在一种牢固而稳定的关系，他并没有忘记她。

楚维卿由此受到了激发，她开始更勤奋地写信。她在信中改变了一种语调，她不再顾影自怜不再哀怨，而是变为某种跳跃的小清新式的表达，她说说小笑话，提一提某件有趣的小事儿，甚至主动向青哥索要礼物，这些礼物并不贵重，比如一支活泼的口红，一个俏皮的胭脂盒，一串仿制的非洲项链，她认为这是情感生活中应有的乐趣。面对再次涌来的信件潮，青哥这一回不再为难，他已经想好了一个主意。他准时而频繁地在严总的店里"遇见"秦枫，秦枫因为天天无所事事，所以乐得有人跟他聊天，两个人每天都云山雾罩地神侃，什么天外飞仙、好色男女、奇闻逸事，无所不谈，直到有一天，两人聊到正酣处，青哥忽然向秦枫提出："兄弟，你能不能帮我回一些信呢？"

秦枫听了一愣说："什么信？"

"就是你曾经看过的桌上的那些信，我手里有很多这样的信，它们每天都会来。"青哥说。

"这个，回信很费时间的——"秦枫推托着说。

"没事儿，我付钱给你。"青哥很直接地说。

青哥的这句话很管用，因为秦枫是需要钱的，他已经在这里坐吃山空很久了。于是两人一言为定，商量好价码之后，秦枫当即挑出两封信回了，他当着青哥的面儿，飞快地写完后就把回信交给了青哥。青哥很吃惊，他有点担心秦枫过于草率，回去之后他把信拿出来认真看了一遍，但见里面充斥着不着边际的甜言蜜语，完全不顾良心的个人吹捧，还有毫无现实意义的海誓山盟，青哥一边读一边想，这也太不要脸了，这行吗？但是，他还是硬着头皮让人把信转交给了楚维卿。结果，让他没想到的是，奇佳的效果再次显现出来，楚维卿又被弄得爱如潮水，她飞速地回了信，言语中脉脉含情，就连青哥晚上回去跟她上床时，她的眼神、语调都变得更朦胧了，更文艺了。

这他妈太邪乎了，真是一行有一行的门道，青哥异常感叹地想，这个世界上也许就是一物降一物。

作为报答，有一天青哥请秦枫在城堡中一个安静的餐厅里吃了饭。酒过三巡，青哥问了秦枫一个简单的问题："兄弟，你认为你什么样的女人都能搞定吗？"

"当然，天下所有女人我都能搞定。"秦枫非常自信地说。

"太好了，兄弟，我敬你一杯。"青哥说着举起酒杯和秦枫碰了一下，然后他非常郑重地说："兄弟，请你帮我一个忙。"

"什么忙，哥哥你说吧！"秦枫流氓假仗义般地说。

"帮我去泡一个妞，还是我出钱。"青哥说。

很快，在城堡的公共休闲区一个标准的舞场开张了，整个舞场的装修简洁而明快，它是由一个原来的舞蹈排练厅转换而成的，白天是一些女性客人在这里练瑜伽，练舞蹈，晚上则变成一个交谊舞厅。秉承城堡一贯的风格，舞厅虽然简单，但是服务是良好的，舞厅中光侍者就有几十名，他们衣着笔挺，彬彬有礼，舞厅的一角各种饮料和点心一应俱全，另外还有不少精致装扮的职业舞伴守株待兔，等待着客人的挑选。

楚维卿是在青哥的劝说下才走出房间的，她的生活太过单调，每天除了作画、写信，就是等待，青哥越来越少地出现在她的夜晚，虽然他的借口越来越花样翻新，他的回信也不时激起她强烈的情感振荡。但是，作为女人，她还是感觉到了不妥，不过，出于自我保护的本能，她不断地自我屏蔽这种不安的感觉，她甚至主动给他寻找退路，她告诉自己，他对她已经非常不错了，他们之间本没有诺言，显然他也是有机会获得各式各样的女人的，因此他能够给予她精良的物质生活，还不时来到她这里就相当难得了，她需要的不过是耐心与更加努力罢了。

楚维卿独自走出她的房间，她走在城堡中长长的楼道。楼道很安静，一股若有若无的音乐轻轻飘来，楚维卿今天的打扮既古典又文艺，她把长发梳在脑后，穿了一条白色蕾丝长裙，一双黑色高跟鞋，她瘦削白皙的双肩裸露在外，颈间系了一条红色的真丝围巾，她一边走一边想，我不过是去放松一下，尝试一点自己的生活。

楚维卿走进了舞场，她下意识地找了一个角落坐了下来，舞场中人不少，男男女女搂抱在一起，灯光温存，音乐轻柔。楚维卿并不太会跳舞，她年轻时学过一点，她还记得她的老师跟她跳过几次，当时他把她搂得紧紧的，而她的心只是狂跳，其他的就什么也不记得了，她的前夫当然没有和她跳过，那个家伙只把她当作家具，他没有和家具跳舞的兴趣。

此时，青哥已经在舞场里了，他在人群背后的另一个角落正和秦枫慢慢扫视着周围的人群，当灯光停在楚维卿的脸上时，青哥隔着人群悄悄指着她说："兄弟，就是她。"

秦枫抬眼望去，只见楚维卿一袭长裙安静地坐在那里，她就像一只高贵的天鹅一样孤独而纯净，但她颈间那条火红的丝巾又似乎透露出她的秘密，也许她的心中藏着一团火呢。

"她是干什么的？"秦枫问。

"她是一个艺术家，这个城市最伟大的设计师之一。"青哥由衷地说道。

"太好了，这是我很少上的类型，我有兴趣。"秦枫淫笑着咽了一下口水，感觉到自己那根欲望的神经又是一动。

"那就祝你顺利。"青哥听了也愉快地笑了起来，他说，"我先出去，兄弟，剩下的就看你的了。"

青哥走出了人群，偷偷溜出了舞场，楚维卿依然在角落中坐着，她当然没有发现刚才发生的一切。不一会儿有一位男士过来请她跳舞，她一时有点慌张因为她实在不怎么会跳，于是她拒绝了。不断地有男人过来请她跳舞，楚维卿还是一次次地拒绝以至于到后来她自己都有点不好意思了。但是，就是在这个相当尴尬的过程中，她慢慢发现自己还是挺受欢迎的，这点意外让她不那么紧张了，也变得有点窃喜。她的心逐渐安静下来，当下一首乐曲轻柔地响起，她看着红男绿女们搂抱在一起时，她的内心忽然生出一种复杂的感慨，她想，如果此时有一只强有力的臂膀抱着自己，该会怎样？

秦枫终于站了起来，他胜券在握地走了过去，二十米、十米，他穿过人群，嘴角带着随意的笑容向着既定目标走去，这样的路程对他算不了什么，这笔买卖对他来说是非常划算的，泡妞还有人付费，天底下哪有这样的好事儿？

秦枫走到楚维卿的身边，在那一刻，乐曲尽情响着，楚维卿的周围并没有人，她一个人孤零零地坐在光影中，如同一座雕塑。秦枫在她的身边绕了几圈，他上上下下打量着她，好像在看一块唐僧肉一般，楚维卿目不斜视地坐着，但她的余光也知道有人在她的旁边逡巡，她见怪不怪假装淡定，她想要是有人邀我跳舞，我还是拒绝好了。

"她是艺术家，艺术家都爱听什么？"秦枫问自己。

秦枫又绕了一圈，他想，要不然我给她来个民国版的开头？比如，撑着油纸伞，独自彷徨在悠长，悠长又寂寥的雨巷。

楚维卿慢慢把身子侧了过去，秦枫此时否定了自己，他对自己说，艺术家一般都是有个性的，估计平常的不行，得给她来点抽象的。于是，秦枫清了清嗓子，冲着楚维卿高声朗诵道："最后我都烦了，曹操也烦了，我们决定不玩这个游戏了，我们捉起了老鼠，最后老鼠都烦了，我们和老鼠一起跑，等着后面有人类来捉，最后后面的人类更烦了，他们决定不玩这个游戏了，至今全人类还没决定，接下来该玩什么游戏？"

秦枫认真地一句一句朗诵完，他的声音稳定而充满磁性，他一边朗诵一边向楚维卿靠近，楚维卿迫不得已抬起了头。作为一个女人，她觉得这个男人简直太唐突了，他在向她念诗吗？但是作为一个天生的艺术家，她知道这是一首不错的诗，况且这首诗刚好点中了她现在的某种心境，她就是如此，她不知道在接下来的生活中该是什么样的游戏。她认认真真打量了一下站在她面前的这个男人，他高大、帅气、懒洋洋地笑着，有一种没心没肺的性感的快乐。

"艺术家？"秦枫这时看着楚维卿问道。

楚维卿愣了一下，从来没有人这么叫过她，她觉得这也许是对方的一种恭维。

"你很漂亮，这里的女人跟你一比都是垃圾。"秦枫接着毫不犹豫地说。

楚维卿听了忍不住一笑，真的没有人对她这样说过话，放肆、大胆而直接，但这种话让她听了很受用。

"你怎么知道我是搞艺术的？"楚维卿开口问。

"因为你的气质很独特，孤傲、美丽，似乎睥睨一切但又透着落寞。"秦枫说。

楚维卿的脸微微有些发红，这种赤裸裸的吹捧她从未遇到过，秦枫看在眼中，心中一笑，他想有门，这妇女看起来不复杂，上手不难。

"刚才那首诗叫《捉放曹》，讲关羽和曹操的，我请问你一个问题，你说，那关羽为什么一定要跟刘备混呢？"秦枫进一步搭讪道。

楚维卿想想说："那谁知道，也许是习惯了吧。"

"答对了，就是习惯，其实他还不如跟曹操混呢，人那边势力多大呀。"秦枫说着坐在了楚维卿旁边，他早准备好了，无论楚维卿的答案是什么，他都会说她答对了。

楚维卿下意识地缩了缩身子，这时秦枫凑过来目不转睛地盯着她，楚维卿一下子闻到了他身上一股淡淡的男性香水的味道，她一点也不反感那种味道，但是为了保持距离，楚维卿不得不把身子向后微微仰去。可是就在这时，秦枫的手毫不客气地摁在了楚维卿柔软的大腿上，楚维卿一下子愣了，她简直不敢相信自己的眼睛。楚维卿一生中没有遇到太多的男人，在她有限的经验中，那些男人对她都是爱搭不理的，像这么无耻的家伙她从未见过，她抬起头看看秦枫，秦枫也十分坦然地看着她，好像他摸女人的大腿是一件天经地义的事情一样。

"你，你干吗？"楚维卿此时心脏狂跳着问。

"不干吗，我就想请你跳舞。"秦枫说。

"我真的不会。"楚维卿慌乱地说。

"我可以教你呀，我什么舞都会。"秦枫说。

楚维卿几乎快晕了，她实在经受不住秦枫这种直接而没有界限的进攻，她感觉到全身的血都有点热了，她想走，可她刚一站起来，就被秦枫一把抱住了。

以下的时间楚维卿完全不知道是怎么过的，她带着眩晕紧张、刺激，某种罪恶感与一个陌生的男人混在了一起，他们一起跳华尔兹、伦巴、恰恰，他熟练地带领着她，她则以一个女人的天分迅速地学习着。音乐是那么丰富，灯光是那么幽暗，周围的男人与女人们似乎都在窃窃私语地谈论着某种秘密，她在一个陌生男人宽阔的怀抱中好像穿越了时间，来到另外的一个时代。他们之间充满着欲望与试探、暧昧与婉约，她感到从她的身体里有一股压抑日久的火焰升腾了起来，这股火焰来自她的青春时代，她昏暗的无性婚姻，以及后来没日没夜的等待时分。

最终，当城堡午夜的钟声响起时，楚维卿清醒了，她睁开眼睛看看周围的人群，看看几乎溃败的自己，她忽然明白过来，这一切都是不对的，这一切都是虚幻的，她必须摆脱这些幻象。于是，她趁着秦枫不备一下子挣脱了他，迅速挤出了舞场，她在门口脱下了高跟鞋，然后就在城堡中奔跑起来，她跑得很快，她觉得裙子已经飘起来，自己也几乎飞了起来。她穿过四周富丽堂皇的浮世绘，心中只有一个念头：离开那些幻象，离开那个刚才令她熊熊燃烧的空间。

秦枫确实疏忽了，按照以往的经验他觉得这个女人已经被他拿下了，可他没想到，就在他准备转身去取饮料的时候，这个到手的猎物竟然跑了。他匆忙地挤过人群出门追赶时，那个女人已经跑远了，他下意识地奋力地追了过去，可是，很奇怪，那个女人似乎越跑越快，很快她就在城堡公共区域的一个交汇路口消失了。秦枫跑到路口时只看见几个游客正嬉笑地坐在中心喷泉旁，那个女人早已无影无踪。秦枫喘着气颓丧地往回走，忽然他在一个商店前面看到一个巨大的红色高跟鞋雕塑。此刻，已经是午夜时分，所有的商店都打烊了，周围异常安静，连平时城堡酒店中的背景音乐也没有了，秦枫看看四周的一切，它们似乎全都停摆了。真怪啊，秦枫想，这一刻怎么那么像童话里灰姑娘逃跑的那个片段。只是在这个时空中他自己不是一个王子而仅仅是一个流氓而已。

清晨，楚维卿醒来，外面正在下雨。她走到窗前，坐在窗台上，抱着双腿痴看窗外，城堡的草坪与道路上空无一人，各种路边店已经纷纷关门闭窗，雨覆盖了远处的森林、河流，它们跨过高大的城堡外墙，笼罩了城堡中的一切。此时，楚维卿忽然想起了李煜的那句话：梦里不知身是客，一晌贪欢。

楚维卿回忆起昨天夜里的事情，那真像一场豪华又荒诞的梦，在梦中她扮演起另一个角色活跃在一个充满暧昧氛围的时空里，直到现在，她想起经历的种种时刻心还在狂跳，那种有些陌生，有些危险，但是欲望丛生的场景简直让她无法忘怀，这在她平静而黯淡的一生中从未出现过。

对于自己的逃跑，她觉得是正确的，她想那种荒诞的时刻必须切断，沉浸在那样的时刻是对不起青哥的，虽然青哥从未对她承诺什么，但当她脱离原来死水一样的生活时，他毕竟给了她保护。

三天之内，楚维卿的房间异常寂静，除了每日丰盛的三餐，没有人再来探望她，她被告知青哥将会出个长差，大概一走就得一个月。三天里雨一直没有停，她再次陷入了孤独，她现在已经充分了解了孤独的力量，它有时就像一把无坚不摧的刀，可以划开任何坚守的意志和茁壮的信念，它可以让人慢慢委顿，慢慢泄气，慢慢放弃，让一个人成为另一个人，或者成为消失的微尘。

终于，楚维卿忍不住了，她打算再次溜出自己的房间，出门去看看。但是几次尝试她都失败了，她还没有下到城堡的公共区域就又折返回来。她就像一只胆怯的狐狸，每走一步都担心猎人设下的陷阱，可惜的是，没有猎人出现，他们其实早就放下猎枪踏雪寻梅去了。寂静，还是异常的寂静，楚维卿在房间中赤身裸体地站在大大的镜子前，她抬起手臂轻轻地抚摸着自己，从头发到胳膊到乳房到腰际到大腿，她问自己，这洁白干净的身体有谁来爱呢？没有人回答她自言自语的问题，很久之后，她好像有点明白过来也有点慌张起来，她想，她是不是被遗忘了？她是不是仅仅是这个世界饲养在房间里的一只宠物？

午夜十二点，楚维卿最终走出了那个假想的包围圈，她漫无目的在偌大的空空荡荡的城堡中闲逛着，她穿得很少，只用一条大大的浴巾围住了自己，头发用一只梳子高高盘在头上，没什么人注意她，因为大部分人都去睡了。

楚维卿落寞地徜徉着，她宛如走在一个他者的世界里，她走过高山、大河、生命和荣光，世间万象在她身边飞快地轮回。她的心是空的，眼睛是盲的，她什么都看见了又什么都没看见，最后，她发现自己站在一只红色的巨大的高跟鞋雕塑下，她抬起头看着它，觉得这个场景似曾相识。

"你终于来了。"这时，一个坐在高跟鞋雕塑下面的家伙抬起头对她说。

她低头一看，正是那个几天前骚扰过她的家伙，"你怎么在这儿？"她很奇怪地问他。

"我一直在等你，每一天都在这里。"他睁着红红的眼睛十分疲倦地说。

楚维卿听了不禁一笑，她有点想伸出手去抚摸一下那个男人的头了，此时那个家伙也向她笑了一下，然后很直接地按照他自己的风格说："你能把浴巾解开吗？让我看看你的胸，我猜你应该是B罩杯。"

自此以后，楚维卿每天八点都会准时出现在舞场里。

她开始跟着秦枫学习跳舞，从最简单的三步、四步开始，之后学习伦巴、探戈、恰恰、撒撒。她发现她最喜欢的是探戈，在那种华丽而富于激情的舞步当中，她似乎在另一个身体中展示出她生命中压抑很久的可能性，对方的肩头、手臂以及眼神都在推动着她往某个方向走去，那个方向也许魅惑也许迷幻，但无论如何迥别于她曾经的一切的生活。她想，这种舞蹈几乎给自己制造了一句响亮的口号，激励她这种城市贫民阶层向着渴望的愿景前进。

秦枫一直偷偷观察着楚维卿，他表面满不在乎大大咧咧，内心却加了小心，他知道这一次不同以往，这是一单重要的生意，只有做好了才能挣到钱。秦枫暗暗使着劲儿，他每天都用花言巧语无以复加地吹捧楚维卿，楚维卿一开始听了自己都脸红，可慢慢地她就适应了，这正应了那句话：千穿万穿马屁不穿。秦枫还把自己跟随季明蕊、吴爱红时练就的本领发挥了出来，他对楚维卿不停地大献殷勤，鞍前马后地处处关心照顾。他还时不时给楚维卿带来一些极便宜的小礼物，比如一支口红，一件简单的T恤衫，或者一串仿制的非洲项链，楚维卿看到这些礼物，既高兴又惊讶，她不明白为什么这些礼物正好是她心中想要的。这是不是上天注定？看着楚维卿那种疑惑的表情，秦枫暗自想笑，她哪里知道他早已熟读了她给青哥的信，主动变成了一只她肚子的蛔虫，他很清楚楚维卿已经晕了，她开始动心了。

但是很遗憾，秦枫忘了另一句话——螳螂捕蝉黄雀在后，当他忘乎所以使出浑身解数狂舞时，有人正在旁边冷冷地观察着。

那是一张马脸，它非常冷漠，上面有些麻子，那双眼睛时而呆板时而尖刻，脸的主人秦枫见过，他是吴爱红的大总管，也是她的主要爪牙，他们一起做事一起分钱一起享受着为非作歹带来的幸福。那天晚上，正当秦枫紧搂着楚维卿在慢四的乐曲声中懒洋洋地滑动时，他忽然在人群中看到了张熟悉的脸，他一惊，赶紧再次在人群中搜寻，可是看了很久什么也没发现，不过他的冷汗下来了。他刹那间想起自己来到日出城堡的目的，他是来躲债的，他原本知道债主早晚会来，只是这一阵斑斓夺目的生活让他把那一切都忘了。

夜深了，舞会结束，秦枫把楚维卿送回去之后，心事重重地出来溜达，他背着手闷着头唉声叹气地走着，脑子里盘算着怎么办。由于没瞧路，他差一点就撞上一个人，抬头一看正是青哥，此时青哥也正闲逛，他看到秦枫就问："兄弟，怎么了，你看起来垂头丧气的？"

秦枫看着青哥，不禁叹了一口气说："哥哥，我碰上麻烦事儿了。"

"什么事儿？"青哥好奇地问。

"我遇上债主了。"秦枫颓丧地说。

"哦，原来你欠了债啊。"青哥不动声色地说。

秦枫点点头说："关键是债主厉害得很，不仅要钱而且还要人！"

青哥听了忍不住笑起来，他说："兄弟，看来你欠的一定是情债吧？"

"哥哥说得太对了。"秦枫连连叹气说，"小弟就是下面那个家伙管不住，从不忌口，结果惹上麻烦了。"

吴爱红一直自视甚高，她当年靠着姿色、大脑与打拼爬上权力的顶峰时，简直觉得这个城市有一半是她的。后来，她败落了，但她不认为那是生活对她的惩罚，而认为那是时运不济。她对生活最重大的总结是胜者王侯败者贼，战胜权力的唯一办法就是攫取更大的权力。身居高位时，她养成了一种习惯，那就是蔑视城市中的草民，在她眼中，这些沉默的大多数根本不算人，他们存在的意义就是接受，接受他人的安排，接受命运的安排。让她欣慰的是，即使在她失去权力之后她依然可以凭着手中的金钱继续维护着她的关系网，继续践踏那些草民并且从他们身上获取利益。她很清楚那些坐在她原来位置的人，无论他们话说得多漂亮口号喊得多响，他们和她一样，其实只为自己着想，因此只要有利益，他们什么都可以干，这正是她可以利用的地方。她常常想，就凭这一点，她在这个城市几乎无所不能。

吴爱红走入城堡时也不禁啧啧称奇，她早就听说日出城堡是一个无比美妙的地方，但是当她看到真实的景象时还是感到了震撼。整个城堡其实是一个超豪华的七星级酒店，它主体的斑斓的多重尖顶以哥特式的姿态插入云霄，厚实的中世纪围墙把城堡与整个东部高地隔断开来。城堡中什么都有，草地、湖泊、雕塑、广场、饭馆、酒吧、电影院、舞场、运动中心，还有赌场，似乎花钱能买到的东西都在这里。如果说钱是这个时代的信仰，那么这里充满了信仰。

吴爱红走进舞场时确实心生欢喜，她喜欢舞场，她喜欢那里的一切，音乐、美酒、灯光以及男女之间暧昧的气息，她认为她的生活只有两种状态：一种是算计人，一种是在舞场上跳舞。她从算计人中获得财富，在舞场中成为掌控者并且获得欲望的满足。她带着人悄悄坐在角落里，然后仔仔细细审视着跳舞的人群，很快她的小鸽子就从人群之中招摇而出。

他还是那么阳光帅气，吴爱红看到他时哈喇子忍不住再次流了下来。只是令她不满的是，此时她的小鸽子正紧紧地搂着一个白净瘦弱的女人在窃窃私语，但是吴爱红很快就平静了，她想，谁年轻时都嘴馋过，而且她对自己有信心，因为在这个城市，她从来都扮演鹰，别人扮兔子，就让兔子们再快活一会儿又有何妨？吴爱红镇定地看着眼前的一切，当探戈舞曲过了一半时，她才雍容地站起身，用面巾纸擦了擦胖脸，然后迈着坚毅的步伐走入了脉脉含情的人群。

"哟，小枫，享受哪——"吴爱红走到秦枫面前用细细的嗓音尖锐地叫了一声。

秦枫此时正半闭着眼搂着楚维卿缠绵，忽然听到这熟悉的声音，不啻于一声晴天霹雳，他吓得赶紧睁开眼一看，果然他最忌惮的捕食者吴爱红就站在他眼前。

"姐，你，你怎么来了？"秦枫下意识地松开了楚维卿，脸显惊恐地说。

吴爱红没有回答，她转过头仔细看看楚维卿，只见这个女人细弱文静，穿了一件露着双肩的藕荷色晚礼服，她伸出手在楚维卿的脸上捏了一下说："果然年轻啊，年轻的就是嫩啊。"

"你是谁啊？"楚维卿一惊，厌恶地往后一躲。

"姐，没她什么事，有事你找我说。"秦枫战战兢兢地说。

"哎呀，小枫，相当有胆色啊，你以前胆子很小的。"吴爱红笑嘻嘻地说。

"你胡说什么呀，你到底是谁呀？"楚维卿一下子从一旁蹿了出来。

"没你什么事儿，你最好让开。"吴爱红和颜悦色地对楚维卿说，然后她又对秦枫说："怎么着，小枫，咱出去说吧。"她的话音一落，旁边几个彪形大汉冲了上来架起秦枫就向外走去。

秦枫瞬间就瘫软了，这符合他癞皮狗一般毫无气节的个人气质，刚才他硬挺着交代的那几句场面话完全是下意识的，要不是当着楚维卿的面儿，他打死也说不出任何有一句有气魄的话。他被几个人拖着往外走时几乎是万念俱灰，他知道自己这回完了，即使躲到这个传说中的陷阱里，他也跑不出吴爱红的魔掌，他甚至有点后悔他光顾泡姐而忘了解决自己的后顾之忧了。

可是就在秦枫被拖出门外时，一幅意想不到的景象出现了。门外全都是人，游客们带着各式各样的面具，穿着各式各样的古典服装正欢快地抱在一起热烈地跳着，巨大的音乐声响彻整个城堡，那是一首耳熟能详的华尔兹舞曲，人们不停地旋转着笑闹着，大声尖叫着，秦枫马上想起来今天是城堡的狂欢节，它开始的时间应该是晚上八点。

吴爱红他们也愣了，门外巨大而奔放的人群使他们寸步难行，此时城堡里正点报时的钟声响起，舞厅的门也突然打开了，舞厅中的人们像潮水一般冲了出来，融进门外狂欢的人群中。在欢乐的海洋中，吴爱红他们突然感到自己就像破旧的小船一样来回颠簸，他们无比渺小甚至不堪一击，只能随波逐流。此时无数手臂伸过来拉住他们每一个人，另外又有无数只手蜂拥过来抓起秦枫，让他一下子腾空而起，秦枫的姿势很难看，就像被人拎起来的一只填鸭，然后他瞬间消失了。吴爱红他们正要叫喊和挣扎，忽然一群牛头马面出现在他们面前，面目狰狞地围着他们跳舞阻挡了他们的去路，吴爱红他们奋力对抗着，此时，一辆辆盛大的花车迎面开来，每个花车上都坐着一个美丽的花车皇后，向他们注目微笑。

几乎就是这二十秒钟，吴爱红发现她已经两手空空了，她本以为她能轻易地掌控这个城市，但这个城堡却对她坚定地说了不。

那个夜晚，注定是吴爱红失落的夜晚，当她的人被挤散，当她被巨大的人流挤出城堡大堂时，她遇到了另一个人，这个人很神秘，他个头不高，文质彬彬，戴了一副眼镜，穿了一件得体的银灰色唐装，他遇到她时，很有礼貌地叫了一声："吴姐——"

"你怎么知道我姓吴？"吴爱红奇怪地问。

"我当然知道，当你踏入这个城堡时我就知道了。"那个人说。

"有事儿吗？"吴爱红问。

"有，我想问你一个问题。"那个人说。

"问吧。"吴爱红更奇怪地说。

"你说，那个湖里今晚会有莲花开放吗？"那个人指着不远的人工湖泊问道。

吴爱红看着不远处黑暗中的湖泊，她心想，这个季节怎么会有莲花呢，于是她说："不会，这个季节荷花都败了。"

那个人听了一笑说："但是吴姐，你不知道，这是日出城堡，这里什么都可能发生。"

吴爱红听了莫名其妙，但是那个人果然说对了，她小看了日出城堡，几分钟之后，人工湖里传来哗哗的水溢出来的声音，紧接着又是一阵隆隆的巨响，不一会儿只见人工湖通体被点亮了。一朵淡粉色的纯金属莲花一点点升起来，它的花瓣依次打开，全身放出的光越来越强烈，城堡广场上正在散步的人群被这奇异的景象吸引了，他们伸长脖子一起向湖中张望，并且一齐发出一阵巨大的欢呼声。

莲花越升越高，最后完全绽放在空中，它纯粹的粉色，它不可抗拒的工业感，还有那种复杂的巧夺天工的精密都让人叹为观止，它几乎让人忘掉眼下的现实而相信了某种神秘的创造力。吴爱红也被震撼了，她想起很多人说过：日出城堡是一个产生梦幻的地方，也是一个消灭梦幻的地方，在这里什么都可以发生，既有复活也有死亡。

　　吴爱红第一次有点担心，就在这时，她的脚底传来一阵明显的震动，她觉得整个城堡都动了起来，甚至她面前的空间也都开始扭曲了。不知为什么，她的眼前忽然出现了一幕意想不到的景象，她看到很多人正站在她过去的办公室里，他们在仔细地翻阅她封存的一些档案，他们认真地读着，然后无声无息地把它们放在一起，那些档案越摞越高几乎到达了屋顶。突然一把熊熊大火从底部燃烧起来，那火焰瞬间就吞没了档案并穿越了屋顶，向着空中喷薄而去。

　　吴爱红害怕了，她想起她的办公室确实失过一次火。关键是她更害怕那些在火光中盯着她的人，他们与她似曾相识，好像都曾出现在她的种种离奇的冤案中。

　　那天晚上，更奇怪的事还在后头，当莲花回归湖水之后，那个人向吴爱红提出一个交易，他说，他是来谈生意的，他可以支付秦枫的欠款，而且如果她喜欢青俊男子，他可以帮她寻找直到她满意为止。吴爱红忍不住问他为什么要这么做，那个人指着广大的城堡回答说，他对这个世界是有用的，因此值得被帮助。吴爱红又探问那个人的身份，他说他只是奉命行事。吴爱红飞快地计算着，她想起刚才的莲花和突如其来的大火，她不明白这是怎么回事儿，但是她明白这是这个陌生人在用一种古怪的方式向她证明丛林法则：谁拳头硬谁就是老大。最终，吴爱红下决心尊重丛林法则，她确实被震慑住了，她不动声色地同意了这笔生意，她的如意算盘是，先把钱拿回来再说，而这个日出城堡，她早晚会再回云！

　　深夜，吴爱红走了。青哥找到秦枫的时候，他正没心没肺地参加城堡举行的狂欢节，他被拽出人群时已经喝得半高了，他兴奋地叫喊着，手里还拿着一大杯满满的啤酒。

"怎么着，兄弟，爽吗？"青哥出现在他面前笑着问他。

"哥哥，太爽了，这个地方真好玩。"秦枫高兴地说。

"你忘了刚才的事情了？"青哥有点不相信地问。

"忘了，全忘了。"秦枫满不在乎地说。

"行，你真行！"青哥听了不禁点着头笑了起来，他接着说，"对了，我想问你一个问题，你知道我是谁吗？"

"不知道，哥哥，我就觉得你神通广大，一直还没来得及请教呢。"秦枫媚笑着说。

"我就是这个城堡的主人，这儿所有的东西都属于我。"青哥淡定地说。

"真的。"秦枫一听立马一愣。

"小楚呢，就是我的女人，用现在的话说叫情人。"青哥特别谦虚地介绍道。

"啊——"秦枫听到这儿终于叫了出来，他的酒立刻醒了。

"没事，没事啊，兄弟，别慌！"青哥连连摆手说，"刚才吧，我为你办了件事，我把你的债还了，把那个债主也打发走了。"

"是吗？"秦枫简直快高兴地蹦起来了，他觉得这世界变化得太他妈快了，幸福也来得太突然了。

"当然，但是债不能白还，你还得给我帮忙。"青哥说。

"好说，好说，哥哥，你吩咐吧。"秦枫连连点头说。

"这样，事情很简单，你接着去泡小楚，就是变着法儿让她高兴，干什么都行，只要不让她停止画画就行，所有的花费我来出。"青哥说。

"这事儿简单得不能再简单了，您就交给我吧。"秦枫毫不犹豫地回答道。

秦枫拿着酒杯哩啦歪斜地走了，青哥得意地笑了。就在刚才时空错动的那一刻，他也看到了奇异的景象，他看到了城堡的扩展与腾飞，如同打开一本书一样，然后有很多金黄的蝴蝶飞出，它们翩翩起舞，最终落在东部高地上化成更多的城堡，那是多么美丽壮观的景象啊，他相信那就是日出城堡的未来！

这笔看似双赢的生意，在双方摊牌之后，正式成交。

青哥能做成这笔生意还是很高兴的，作为一个纯天然的生意人，他保持了合理的谨慎，应该说，他对秦枫的考察是严密而广泛的，他观察了秦枫的种种做派，最后断定他天生就是一个泡妞高手，更重要的是秦枫对楚维卿来说是合适的，她对他确实情有独钟。青哥的如意算盘就是这样，他想：只要让那个女人拥有情感的包围（无论是谁给的情感），她就永远会产生伟大的创意，那样他的城堡就会梦幻般地发展下去。

秦枫当然也很满意，他在心里一直高喊着：我占便宜了，我占便宜了，简直快乐开花了。要知道他这样的屌丝在这个城市从来都是被人鄙视的主儿，他们奋斗终身顶多能混点达官显贵的残羹剩饭，占便宜的事儿根本轮不到他们。他本来是抱着死马当活马医的心情来到日出城堡的，但是没想到，他通过自己的努力（他把这叫作努力），竟然做成了一笔大生意。这笔生意对他来说意义巨大，他的雇佣者竟然是这个城堡的主人，他明白这是一位比吴爱红更厉害的人物，他终于找到靠山了，他终于安全了，而安全的代价仅仅是他去干一件手到擒来的事情！

楚维卿并不知道这幕后的一切，她只是单纯地觉得她的情感世界受到了巨大的冲击，她从没想到她在一个男人眼中是那么重要，她从没想到一个男人可以那样关注她的一举一动，并且对她关怀备至，宠爱有加。在她的印象中，她一直是被忽视被冷淡的，她能做的仅仅是沉默和等待，其实她早就想对这个世界呼喊一句：你们，过来抱抱我，行吗？但是她知道这个世界从来不会给予答复，现在，有人做到了，他的拥抱完全超过了整个世界的拥抱。

但是同时，很自然地，楚维卿对青哥产生了一种愧疚感，正是青哥，把她从那种死水一潭的生活中拉了出来，她并不后悔她当初作出的决定。但平心而论，后来的生活并不是她想得到的那种，虽然她的物质生活优渥，但是在精神上她似乎面临了另一种窘境。她每天都在不确定性与等待中度过，她有些焦虑、充满渴望又惴惴不安，但是即使这一切也无法抹杀青哥对于她曾经的好。

考虑再三，楚维卿决定跟青哥讲清楚，她给青哥打了电话，很快青哥接了，他的电话里杂音很大，她约青哥见面，青哥说他在拆迁工地，两人说好两天之后见面。

他们的见面地点是在床上，那天晚上大约十点多，青哥才姗姗来迟，来了之后，两人照例上床缱绻。两人相当尽兴，青哥心情非常放松，他和所有天下的男人一样单纯地享受着鱼水之欢，而楚维卿心中则暗含赔罪之意，她尽其所能，力图使青哥愉快。完事之后，两人并坐闲聊，一起听一张民谣光盘，整张CD旋律简单优美，歌词清新动人。

"青哥，我想跟你说个事儿。"这时楚维卿说。

"说吧。"青哥说。

"假如，有人喜欢我怎么办？"楚维卿试探着问。

"好啊。"青哥不动声色地说。

"假如，我也喜欢别人怎么办？"楚维卿又问。

"好啊。"青哥像什么也没发生一样说。

楚维卿一下愣了，她做了很多准备，但没想到青哥的回答如此简单明了，让她不知道怎么再说下去，她的心中一时五味杂陈，有轻松，有欣喜，有意外，也有一种忍不住的失落。

正当楚维卿浮想联翩之际，她忽然发现青哥的眼神有些飘移，此时青哥的目光已经穿过了他们的床，跨越到卧室的另一侧，在那一侧的梳妆台上摆了一张小小的油画，油画中是一朵粉色的金属莲花。

"那是你画的吗？"青哥问。

"是的。"楚维卿说。

"何时？"青哥又问。

"前两天深夜，我在自己的房间中闲坐，忽然看到那个人工湖中，一朵机械莲花升了起来，我于是就把它画了下来。"楚维卿说。

青哥忍不住站起身，下了床，他走到梳妆台前仔细看着那朵莲花，那莲花被画得异常繁复异常细腻却又异常飘逸，它盛开在空中的样子让人想起了无尽的大千世界，它比湖中那朵真实的莲花美得不是一星半点。

"太厉害了，真是天才！"青哥心中暗暗赞叹道，那朵莲花对他来说只是一个机械装置，可是在她的笔下却那么动人心魄，又无法完全索解。

"小楚，我断定，你就是一个伟大的艺术家。"青哥此时回过头相当激动地说，"这样吧，我告诉你实话，只要你继续画下去，你做什么都行。"

青哥的答案是楚维卿完全没有想到的，她原本心底忐忑以为要颇费周折，但是青哥却没有任何犹豫地给她放行了，她不明白青哥为什么会这么做，但她明白青哥的这句话是一张通行证，有了这张通行证，她就能走出这个房间，她不再只属于青哥一个人，她也可以属于别人了。

楚维卿从第二天就开始坚决地跑向了房门外，她起初像一个雨滴，很快，她就像一场暴风雨一般奔向秦枫。这场雨可以发生在城堡中任何一个区域，酒店中的公共区、私人区、游乐区、休闲区、酒店外面的广场、草坪，还有城堡之外的森林边、河流旁，秦枫非常熟稔地应付着，他和楚维卿不断约会，把他从无数女人身上取得的经验一一用在楚维卿身上。楚维卿感到了新鲜有趣，她从未有过任何严格意义上的约会，这一回她就像一个没有见过花丛的蜜蜂一样一头扎进了鲜花的汪洋大海，她长久地啜饮着，呼吸着，享受着，她迅速而饥渴地学习，成长，沉浸在那种突如其来的无边的幸福中。

秦枫一直在肚子里暗笑，他久经战阵，他这一次只是看着另一个白纸一样的女孩如同千百个女孩一样落入他的怀中，他不急不躁，游刃有余，他觉得这种天上掉下来的、有钱有闲有女人的日子就叫作"梦"，他以为他这样的人能有这样的日子简直就是造化，但愿自己永远在梦中，不会醒来。

很快，秦枫就把楚维卿拉上了床，这是他对所有女人的第一诉求，他的行动百分之九十九都是由他体内的欲望本能所支配的，只有百分之一的时刻他才会有某种寻找温暖的渴望，遗憾的是那种温暖从未出现过。

在床上，秦枫迫不及待地享受着一个艺术家的肉体。在他的眼中，艺术家的头衔只能让他觉得更刺激更有征服感而已。在性方面，他觉得楚维卿完全是一个生手。她洁白瘦弱的身体在他的身下就是一个实验品，他花样翻新地尝试着各种姿态，仿佛看着一条小鱼，在他的摆布下游来游去，慌张而有趣。很显然，他认为他和楚维卿的关系就是一条鲸鱼和它的食物的关系，他张开巨大的口腔，让她游进来，然后恣意吞吐玩乐。

楚维卿确实在秦枫身体的攻势下彻底崩溃了，这是她有生以来第一次毫无顾忌地享受到性的快乐。原来，她与她的前夫的性生活是例行公事，是为了养儿育女；而跟青哥在一起时，他总是若有所思，心不在焉。可这一回，她床上的伴侣却似乎对这件事有着无限的兴趣，他放纵，没有底线，胆大包天，他甚至为了打碎她的矜持，让她大量地观看A片，他们一边看一边学习模仿，她被他要求要大声地喊出她的感受，她看得出，他就是要摘掉她的面具，而仅仅成为一具肉体——一具充满欲望符号的真实的肉体。

很显然，秦枫的做法对楚维卿的影响是巨大的，性对女人来说仅仅是开始而不是完结，她们从来都是以性为起点，然后经历漫长的长征，最后才能抵达爱的终点。楚维卿从跟秦枫上床的那一刻起就开始了这种跋涉，她走过雪山草地，经过一次一次惨烈的战斗，坚定地奔向那个辉煌的目标，在这个过程中，她内心中竟然会涌起诸如奉献、牺牲、真诚、包容等等情感与精神，这一切无不被远方那种爱的光环所统摄。

让秦枫意外的是，在这一次性享受的过程中，他也同样经历了一个意外的旅程。那是有一天，当他在床上奋战时，他忽然感到整个城堡颤动起来，楚维卿当时正在眩晕之中什么也没有发现，但是他的眼前一些过去的影像不由自主地跳了出来，他第一次去舞场，他的第一支舞曲，他领走的第一个女孩，他第一次在深夜中的追逐，还有他第一次被孤零零地抛在大街上……那些景象与片断被打碎之后混和在一起，如同海水一般向他涌来，他在整个汪洋大海中颠簸着，下面是楚维卿不断起伏的肉体，他前不见古人，后不见来者，念天地之悠悠，独怆然而不知所措。他在第二天才明白过来，在那一刻他其实回顾了自己的一生，他一直觉得他的一生是那样的卑微与琐碎，但他没有想到，当他回首往事时，它竟是那样庞大而具有生命的质感，这是为什么呢？他不断地问自己：他为什么会情不自禁地想起这些往事呢？他百思不得其解。

城堡中，这场无人知晓的爱情就这样顺利地进行着，秦枫觉得这种日子很好，天天无忧无虑，吃饱之后就是约会做爱，要说不满意，那就太不知足了。

但楚维卿却想得很多，因为她已经上路了，她日夜兼程，跋山涉水。这对她是一次非凡的旅程，她经历了年少时父亲的忽视，老师的背离，成年后丈夫的冷漠，还有青哥的无可无不可。但这一回完全不同于以往，她有一个确定的爱的目标，她的每一步都是认真的，都是用力的，因此，当她前进时，她必须时时确认那个目标的存在，否则她会失落、彷徨，甚至感觉到完全没有前进的意义。从某一天起，她明确要求秦枫每天都比昨天多说一句甜言蜜语，她细心地发现秦枫原来常说的那些话，最近不怎么说了，她虽然知道有些话是虚假的，可她就是爱听，有了这些话她就好像有了证据一样，证明目标是存在的。这确实是秦枫的失误，他本来就是习惯于把好话说到上床前，他认为上床之后就不需要再说这些了，因为按照惯例，他会把那些女友甩掉的，但这一回不同，他接的这单生意要求他长期跟女友泡下去，于是秦枫乖巧地承认了错误，每天又卖力而刻意地说起了那些甜言蜜语。

就这样，在秦枫的努力周旋下，他们的情感饱满地发展着。可是某一天一个事故翩然而至，它让秦枫尴尬不已。某个夜晚，当他和楚维卿上床后，他忽然发现自己不行了，他惊讶地看着自己软塌塌的下体，好像那玩意儿跟自己没有一点关系一样，楚维卿闭着眼睛等了半天，看秦枫没反应就睁开了眼，她同样看到了事实，她有点惊讶地问："怎么了？"

"不知道，我也不知道。"秦枫莫名其妙地说。

"你，是不是不爱我了？"楚维卿忽然带着哭腔问出一句不着边际的话。

"哪儿的话，我会用一生一世去爱你的。"秦枫纳闷地看着他的下体低头说。

"不，你就是不爱我了。"楚维卿突然尖叫了一声。

"谁说的，你不知道我有多么爱你。"秦枫连头都没抬，依然注视着自己的下体。

"不，不对，你得证明给我看。"楚维卿坚持着说，她的声音像刀子一样锐利。

秦枫当然没事，他第二天又行了，但他不知道麻烦已悄然而至。楚维卿因为这个偶发事件的冲击，决定重新开始写信。她恢复了每天写信的习惯，并且要求秦枫每天都给她回信，她需要确认他爱她，并且她认为书面的确认比口头的更可信。

秦枫终于感到了负担，他现在不仅每天要说无数甜言蜜语，还得每天提笔写信，他又不是一个文化人！

他渐渐发现楚维卿与他想象的不一样，他原来以为楚维卿就是一个单纯的小女子，很像一个在钢琴曲中独舞的女孩，她脆弱、敏感，易于受到伤害，需要被别人保护，可后来他看到了她的另一面：她执拗任性，沉默中带有勇气与决绝，隐忍但随时可以爆发。特别是，她脆弱的外表下藏有一种极端的东西，这种极端她自己都未必知道，那就像一种隐秘的噪声，时而低沉时而尖锐，时而令人惊异，时而令人毛骨悚然。

秦枫耐着性子开始回信，但令他没想到的是这仅仅是万里长征的第一步，她需要他和她一起走遍千山万水。楚维卿逐渐显现出非常黏人的特质，这种黏人的力量不是一般人能比的，秦枫觉得就是吴爱红加上季明蕊也不是她的对手，一句话，他这辈子就没见过这么黏人的女人。

每天楚维卿都要画画，可楚维卿画画时一定要求秦枫一直陪在她身边，她常常一画就是七八个小时，秦枫在一旁无事可做，待得烦透了，他不爱看书也不爱看电视，更不爱听音乐，他有时就干脆睡觉，可人不能如同树懒一样老睡呀，结果他越睡越精神，越精神他就越睡不着，就只能如同一只宠物狗一般睁着眼睛趴着。

楚维卿休息时当然也不放过他，她让他跟她聊天，让他说那些他说了千百遍的甜言蜜语，秦枫机械地说着这些话，感觉嘴皮子都磨薄了，但楚维卿已经把这些废话当成每天的必需品了，除了空气和水，每天没有它们她简直活不下去，秦枫有时甚至想，要是能把这些话录下来就好了，以后她要听时一摁播放键就可以搞定一切。

秦枫也有放风的时候，但此时他依然是不自由的，秦枫愿意去城堡中各个区域的各种游乐场所逛逛，她就紧紧地跟着。当秦枫穿梭于游戏厅、酒吧、各种小店、某个话剧当中时，她总是神采奕奕地站在他身旁十厘米的地方。秦枫最终明白了，她想要完全地占有他，不光是从身体上，还要从空间和时间上。

秦枫开始为此烦恼，但是他也不断安慰着自己。他觉得也许这就是他一直寻找的那种关爱，是他人生中最需要的，只是令他奇怪的是，他竟然是在性的征途中偶遇了它，而据他的经验，在这种征途上从来都是肉体到肉体，是完全的赤裸裸的欲望，怎么会有关爱呢？

可是，由于楚维卿的执着以及她强烈的占有欲，她不可避免地开始和秦枫周围的世界发生冲突，秦枫不得安宁。有一次，在一个苗绣的小店里，秦枫很偶然地跟一个女客人说了两句话，正在一边看织品的楚维卿突然爆发了，她没有任何征兆迅速地冲到女客人面前大声地质问道：“你想怎样？你为什么和我男朋友说话？”还有一次，在游泳馆里，秦枫确实看上了一个身材姣好的女孩，他趁楚维卿不在，贼性难改地走过去和女孩调笑了半个小时，女孩被他说得喜笑颜开，可是当她游完泳换完衣服出来时，只见楚维卿站在游泳馆门口，冷冷地警告她离她的男人远一点，两个人因此吵了起来，她们的声音很大，直到服务生闻讯赶来。

楚维卿变得越来越霸气，在那个他们相遇的舞场里，秦枫只能和楚维卿跳舞，连眼神也只能望着她。有一次，秦枫趁楚维卿去洗手，跟另外一个半老徐娘偷搂在一起，可舞曲刚进行到一半，楚维卿就冲了过来，她大踏步走向半老徐娘，然后滔滔不绝地向她描述他们不朽的爱情，半老徐娘听得傻了，她赶紧放了秦枫，要不然对面这个神经质的女人会把一场好好的舞会变成一个狂热的演讲会。

楚维卿心情好的时候，她会拉着秦枫去看电影。城堡中有个异常豪华的电影院，电影院中有着几十个放映厅，他们会从白天到黑夜地看电影，他们在电影院里还常常会遇到一对不知来自何方的老人与孩子。那两人滔滔不绝地谈论着各种电影，而楚维卿的一个古怪爱好就是听着那两个不着调的一老一少狂喷，不管真假她都赞不绝口，就好像他们给她创造了梦幻一般。

她还喜欢去城堡里的那个小型动物园，她强拉着他一起看狮子、老虎、野马，他们长时间地坐在驯兽场的台阶上看着它们被驯兽师一一驯化。每当这时，秦枫总是下意识地想起他自己，他想他是不是和它们一样，慢慢被拘束，慢慢丧失本能，变得乖巧沉默，成为一具听话的只知道吃饭与顺从的肉体。

可是楚维卿觉得自己是清醒的，她认为她这么做有她的道理。在她遇到秦枫之前，她的所有生活一直都遭遇着负面压制，这个冰冷的世界让她失望透了，但是她的老师的出现以一种怪异的方式在她心中埋下了一粒种子，那粒种子让她知道，这个世界依然能够找到温情或者说情感。因此她隐秘而坚定地认为，只有情感才是生活的全部意义，没有情感的生活无异于行尸走肉，生不如死。这个信念在她的心中埋藏了很久，但是生活的严酷没有机会让它发芽生长，终于有一天，青哥无意中打开了一扇窗子，让她看到了希望，于是她不顾一切地抛家弃子，向外踊身一跳。这是一场赌博，她跳下去之后不知道是万丈悬崖还是锦绣大地，她就这样极速地下坠着，她什么也没有，只有她想象中的那种虚无缥缈的情感。还好，秦枫适时出现了，他的出现对她来说是一根救命的藤，一藤一世界，她毫无选择地立刻把这根藤抓住，并把它当作她要寻找的情感世界，她不容别人反驳，因为反驳对她意味着再次丧失。她现在要做的就是独占这种情感，这是她最后的希望，她一再对自己做出最决绝的表达：要么爱，要么死去。她其实不关心这个世界会怎么样，她只关心在这个世界里是不是有一个男人爱她！

秦枫最终才明白这不是一档子好事！

他是被人关注了，但如同被套上了一个脖圈一般，他完全喘不过气来！

看来还是老话说得对，酒无好酒，宴无好宴，人生整个就是一场鸿门宴。他回想起，他刚刚爬上楚维卿的床时为什么会忽然在某个颤动的瞬间看到过去那些香艳的片断，原来他是在向他自己告别，告别那些过去的好时光，告别那些只泡妞不负责，完全随心所欲毫无成本的日子。

天下没有免费的午餐，也没有免费的早餐、晚餐和夜宵，他明白了日出城堡是一个充满心机与算计的地方，一切都是要偿还的，他实际上是被别人当作一个玩偶来对待与使用的。还好，秦枫与生俱来的毫无底线的癞皮狗精神这时又出来帮忙，他觉得被利用没什么，有人利用说明他还有价值，他原来的需求也不过就是活下去，只要能凑合着活下去，一切就都可以忍受，他因此主动收敛了自己的花花个性，并且超过以往加倍地逆来顺受，忍气吞声，任由他人来摆布，这种事儿他之前又不是没干过。

可是某一天，秦枫体内的荷尔蒙一不小心出来捣乱了。他是一个男人，每个男人身上都具有强大的动物本能，一个男人可以压抑他的思想，但他不能压抑他的本能——或者说不能在所有的时间段里压抑所有的本能。因此某一天闲逛时，当他看到一个身材姣好的女人正在时装店里试衣服时，他不禁走向了玻璃窗。那个女人不经意间的走光，使他一下子睁大了眼睛。他看到了那个女人饱满的乳房以及修长的大腿。他的嘴张开了，一股可耻的口水下意识地从他的口中悄悄流了出来。可几秒钟之后，楚维卿就从他的斜后面闪电般地冲了过来，她一把抓住他的胳膊，又伤感又神经质地叫道："小枫，你在干什么？"

"我没干什么。"秦枫醒过味儿来连忙解释道。

"你趴在窗户上干什么？"楚维卿再次质问道。

"我，我，我凉快凉快行吗？"秦枫口不择言地说。

"你在看她。"楚维卿愤怒地说。

"我看看怎么了。我隔着玻璃，隔着空气呢，这也犯法呀？"秦枫一下子也生气了。

"好，你承认啦，你等着。"楚维卿说完，就一下冲进店里，她冲到那个正在试衣服的女人面前大喊一声："小姐，你为什么这么不要脸，你为什么在光天化日之下换衣服？"

那个正换衣服的女人完全不明白怎么回事，她一下子愣了，此时，秦枫也已经跟着冲进了店，他跑到楚维卿身后一把抱起了她，楚维卿一边挣扎一边向那个女人喊，"可耻，你这么换衣服是可耻的。"

秦枫费了很大力气才把楚维卿弄到店外，楚维卿纵身而下，她掉头冲着他继续喊道："小枫，你有没有良心啊，你当着我的面儿就干这种事儿，你不爱我了吗？你不爱我了吗？"

秦枫一时被楚维卿的无理取闹弄烦了，每个男人对女性的忍耐都是有限的，女人往往因为自己的矫情、混乱与不稳定，最终毁了她们最为珍视的东西。此时的秦枫忽然没有了平时的低三下四、忍气吞声，他看着她十分厌烦地喊，"爱你个屁，我就是为了钱才和你在一起的！"

这是一个赤裸裸的、真实的、毫不负责任的回答，秦枫确实瞬间痛快了，他完全没有想到，这句话的后果是多么可怕，多么难以承担。楚维卿被激怒了，这句话使她突然爆发了，多年来生活对她的蔑视、伤害，以及爱的缺失都在她身上变成一个火药库于瞬间之后被点燃了，那是灿烂的焰火，也是复仇的焰火，它们开启了楚维卿对于这个世界的战争，秦枫成为了唯一的具体化的敌人，他只能死无葬身之地。

从此他们展开了彼此人生历史上最漫长的争吵，两个人从具体到抽象，从琐碎到宏大，从卑微到崇高，从过去到未来，一一展开了争论，但是他们发现，他们完全是各说各话，鸡同鸭讲，他们的争吵往往从同一个起点开始，之后各自狂奔，最后变成相距十万八千里的风马牛不相及。

秦枫这回一直不投降，他知道他现在无法后退，就剩下本能了，他自己无法干掉本能，除非他自我阉割。可楚维卿一定要战胜他的本能，为了爱情为了正义，她死不足惜。某一天，她终于做出了惊人的举动，她拿出一把水果刀，坐在秦枫面前开始切割自己修长的大腿，刀扎入洁白的皮肤，鲜红的血一下子流出来，一直滴到地面上，秦枫吓坏了，他冲过去，夺下她的刀，惊恐地喊来服务员、保安，把楚维卿送到了城堡中的医院里。整个过程，楚维卿非常镇定，她好像根本感受不到疼痛一样，一直微笑地看着秦枫，医生给楚维卿做了简单的处理之后，把她送到了病房，在病床上，楚维卿坚毅地躺着，她的眼神定定地看着房顶，秦枫如丧考妣地站在床边看着她，最后他长叹一声，说："好吧，小楚，我投降，我去把鸡巴割了，从此非礼勿视，非礼勿听。"

他们就此和好了，可秦枫慢慢灰暗下去，他变得相当悲催，相当委顿。他情不自禁地回忆起自己原来的生活，他想起了季明蕊的放荡，以及吴爱红的霸道，他没有想到这其实不是什么窘境反而是生活的恩赐，他当时太无知了，他竟然为了跳出那种幸福的生活，踏进了一个更黑暗的陷阱。他很清楚地知道他被上帝报复了，他要为自己毫无节制毫不负责地使用下半身的行为付出惨重的代价。

就这样，秦枫一直匍匐在地上，他的心中开始泛起一阵阵的绝望，他想他就是一具行尸走肉，干脆就这样无知无觉地苟延残喘算了。但是他后来发现他错了，他毕竟是个人，虽然无耻，虽然为了凑合着活下去能做任何事，但是除此之外，他发现他竟然还需要自由，自由也是一个人的本能，甚至是等同于吃喝拉撒的动物本能，天下的物种谁不愿意拥有自由呢？

没有人愿意被剥夺自由，即使以爱情的名义，即使以各种至善的名义。

　　这种对于自由的渴望逐渐地清晰地燃烧起来，它让秦枫浑身都充满了痛感，当他拥有它时，他是感受不到的，但是当他被楚维卿那无可救药的爱情包围时，他才明白自由之于他就是空气，它是那么的重要而具体，他有干什么的自由，也有不干什么的自由——比如他有不追随楚维卿的自由。

　　他又一次想起城堡中的动物园，想起那些凶悍的狮子、老虎被驯化时那哀伤空洞的眼神，想起它们无奈地舔着自己身体的时刻，不行，他必须想办法解救自己，想来想去，他的第一反应就是逃，这是他最驾轻就熟的。于是，在某天晚上当楚维卿睡熟之后，他穿好衣服，什么也没拿，悄悄地溜出了房间，他走到电梯，下到城堡酒店的大堂，然后走出了酒店大门。

　　城堡里没有了白日的喧闹，人们都睡了，只有灯光依旧在闪烁，展示着一种深夜的呼吸。秦枫走过广场，走过高大的武士雕像，他从人工湖的桥上走过，他开始想起自己自由自在的童年，自己嬉戏的大学时光，还有更加放荡不羁的舞场生活，他确信自己真的喜欢那种虽然艰难却无拘无束的日子，它们曾给予他无尽的快乐。但是，当他即将到达城堡的围墙时，他发现城堡的大门是紧闭的，他从未在深夜里来到这里，他一时不知怎么办，于是他站住四下张望，此时，有几个人聚集了过来，他们并排地挡在秦枫面前。借着远处的灯光秦枫看了他们一眼，只见他们全是西装革履，一看就是城堡的职员，这时其中一个人开了腔，他客气地问："秦先生，您要去哪儿？"

"我要出去。"秦枫坦然地说。

"我们跟您一起去吧。"那个人恭敬地说。

"不用了，我自己去。"秦枫说。

"那怎么行呢，青哥吩咐了，您可是我们城堡里最重要的客人之一，我们的任务就是保护您，您走到哪儿，我们就跟到哪儿。"那个人礼貌地说。

秦枫一下子就愣了，他瞬间明白，看来这个城堡中关注他的人还不少呢。

秦枫的第一次逃跑就这样无疾而终，他发现自己现在已经身不由己，这不是什么鸿门宴而是彻头彻尾的牢笼，他如同那些被锁起来常年提取胆汁的"胆熊"一般，已经成为某种意义上的"胆人"了。

无奈之下，他想起了另一招，他给自己的行动取了一个高雅的名字：非暴力不合作。他决定拿起酒杯，开始麻醉自己，他想既然他跑不了，不如醉生梦死，天天生活在另外的世界里罢了。

自此，每天他都向酒店的厨房要上很多菜，然后点遍天下名酒，一醉方休。想当年他喝酒从来都是吆五喝六的，可现在他孤家寡人了，不过人是可以变通的，既然真实的朋友来不了，他就邀请想象中的朋友来喝，于是乎今天是水浒一百零八将，明天是贾柳楼四十六兄弟，后天是花果山群猴，他与他们推杯换盏，大呼小叫，从白天喝到黑夜。

楚维卿刚开始的时候确实有点慌张，她的歇斯底里可以对待清醒的人，可她没想好如何对付一个酒徒。但很快，她就看出了端倪，他是故意买醉，这是他对抗她的一种手法，于是她决定，再次给秦枫迎头痛击，她也喝！

楚维卿本不会喝，但为了她的情感，她勇敢地豁出去了。她从啤酒练起，然后黄酒、红酒、白酒轮番尝试，秦枫和楚维卿就这样对着头喝起来，对于他们来说，这不是酒局而是一场持久战。喝酒有一个好处，就是能够改变人们日常的相处状态，当他们喝多之后，他们不再闷头对抗而是把话匣子打开了。他们彻夜长谈，他们可以互诉衷肠，也可以互相指责，他们互表忠心，也可以互相谩骂；他们说遍天下最好最亲最爱的话，他们歌颂着两人之间伟大的爱情；他们也说遍天下最恶毒的语言，相互谩骂，彼此痛恨。

某一天深夜，接近年夜时分，楚维卿终于先一步醉了，她伏在桌上昏昏睡去，秦枫见此情景决定出去透透气，但是这时他已经站不起来了，他于是打开房间门爬了出去。

他在宽大的铺着地毯的楼道里一肘一肘奋力地爬着，他不知道要去哪里，但他只有一个想法，今晚离开楚维卿令人窒息的爱情巢穴越远越好。不知爬了多久，他忽然发现前面有个人挡住了去路，他抬起头，费力地分辨了半天，才发现青哥穿着一身红色唐装，正站在他面前。

"兄弟，你怎么搞得这么伤感，这真让我想不到。"青哥看着地上的秦枫有些纳闷地摇着头说。

"哥哥，我受不了她呀，她就像一只母蜘蛛，织了一张大网，把我的一切都包了起来，我难受，我喘不了气啊。"秦枫趴在地上仰着头眼中泛着泪光说。

"这个我当然知道。"青哥说着慢慢蹲了下来，很同情地看着他，"从我认识她的那一刻起，我就知道她是什么人，这种女人平静时是一丝微风，一种风景，可当她爆发时，她就是黑洞，所有宇宙中的物质都会被她吞噬掉，她是我见过的最大的暴君。"

"哥哥，我不想玩了，救救我吧。"秦枫凄惨地说。

青哥看着他，久久地看着他，心中不禁生起一份恻隐之心，可过了很久，他长叹一声，摇摇头说："兄弟，我无能为力啊，人生就是一条不归路，救了你，谁还来自投罗网呢？"

"哥哥，再这么下去，我会被玩死的。"秦枫说着用手拍着地毯痛哭起来，他的眼泪噼里啪啦地掉了下来，他觉得他真的完了。

青哥看着秦枫趴在地上痛哭，他好像在看世界上的很多人在哭泣一样，那些人懦弱而绝望，面对命运他们没有反抗的能力，只有被压榨至死这一条路，青哥深深地感觉到，这个世界从来就是不公平的，这种不公平往往是从人一生下来就注定了。想到这儿，青哥伸出手无限同情地拍着秦枫的肩，对他语重心长地说："兄弟，既然难逃一死，你不如全心全意地去爱她，也许那样你会死得舒服一点。你知道，我花大价钱把你买下来的用途就在这里，你好自为之，尽力撑下去吧，你死得越晚，我的麻烦就来得越晚。"

第二天，秦枫醒来时发现自己躺在床上，楚维卿正躺在他身边酣睡。他整齐地穿着睡衣，外衣叠得很好放在卧室的床头柜上。他的头很疼，他努力回忆着，依稀记得自己曾在楼道里遇到过青哥，但他们说过什么他已经忘了。他看看自己觉得一点也不狼狈，他明白这一切只证明一点：他的确是一只昂贵的宠物，他被人仔细地照顾着。

秦枫挣扎着起了床，他推开玻璃门，摇摇晃晃走到宽大的露台上，放眼望去，城堡内外风光无限，绿意盎然，可秦枫明白，这一切都与他无关，不仅如此，就连未来都与他无关。

但是很奇怪，一向得过且过混吃等死的秦枫，这一回却没有退缩，也许是人被逼到绝境之后，那种自我保护的本能让他焕发了一种斗争精神。虽然生存是他最顶级的追求，意义是他最低级的需要，但是令他没有想到的是，这种最低级的需要在某种时刻对人却是最不可或缺的。秦枫没怎么犹豫，就从自怨自艾中跳脱出来，他决定继续反抗，可是他一个人完全不是楚维卿的对手，这怎么办呢？

实践中的痛苦，让秦枫变得聪明起来，这也特别符合人类的进化过程。为了寻找到更好的办法，秦枫采取了虚与委蛇的应对方式，他表面上暂时消停了，与楚维卿维持一种阴冷的不战不和的状态，而实际上，秦枫暗度陈仓，他白天睡觉，到了晚上，等楚维卿睡熟之后，他就悄悄溜出来。

城堡里的岁月永远是闪亮的，无论白天或者黑夜，总有一些地方，一些人是喧闹的。秦枫慢吞吞地走过各种夜场、酒吧、俱乐部、会所、舞厅、赌场，他若有所思地看着行行色色光怪陆离的人群。他没有任何过火的行动，他明白只要他不逃跑，青哥的人是不会干涉他的。他的脑子里一直在苦思到底谁能搭救自己，他本来是从不思考的，但是这个世界总是有一些人把另一些人逼得更爱思考也更爱自由。功夫不负有心人，有一天深夜，秦枫忽然看到了一个有趣的地方，他停住了脚步，然后推门而进。这是一个小小的雅致的画廊，里面空间不大，一个女子正在一个角落里画画，对面坐着一个中年男模特，那个女子抬起头看了他一眼，问他："您有事吗？"

"这是什么地方？"秦枫问。

"这是女画家俱乐部。"女子说。

"这个城堡里有很多女画家吗？"秦枫奇怪地又问。

"当然，这个城市有很多女画家非常热爱日出城堡。"女画家简洁地说。秦枫闻言，又看看坐在不远处那个臃肿的男人，之后他直接走到女画家面前说："我刚才看了你们招聘深夜模特的广告，你看我怎么样？"

女画家听了，上下打量起秦枫来，在她眼中，这个男人帅气、健壮，看起来还有一点忧郁，她的心中一股痒痒的感觉不禁油然而升。

秦枫成功了，俱乐部接受了他。由于男模特很少，他很快就成了女艺术家们的专宠，女人们无一例外地都喜欢上了这个外表俊俏、身体结实、擅于微笑且来路不明的家伙。每天深夜都会有一到两个女画家和他在一起，她们一起调笑作画，气氛相当融洽欢乐。城堡的气氛本来就是开放的，女画家们本来也是多情的，因此，若干个回合之后，果然有敢作敢当的女艺术家与秦枫率先超越了应有的界限，这个风气随即蔓延开，经过一阵暗地里的争风吃醋，秦枫有序地与各个女画家一一有染，他很快就成为女画家俱乐部的大众情人。

天下没有不透风的墙，秦枫在深夜的勾当终于被楚维卿发现了。

那一天楚维卿正在画画，本来那色彩斑斓的画面在她稳稳地掌控之中，但是此时城堡中那种不知名的颤动又来了，画面上的色彩无缘无故地跳跃起来。楚维卿一愣，她盯着那些涌动的色彩，在色彩翻动之后突然看到秦枫正跟别的女人在一起，那些女人如同大海中的潮水一般向他扑去。她害怕了，决定昼夜监视秦枫的行动，于是她很快发现了真相。这对她来说，简直就是晴天霹雳，她明白她上当了，原来秦枫白天的老实是在蒙蔽她，他早已在夜晚把坏事做绝。楚维卿瞬间就被气疯了，她逼问秦枫实情，秦枫支支吾吾，她大骂，然后立刻去找淫妇算账。可是当她推开女画家俱乐部的大门时，她才发现淫妇不是一个人而是一帮人，这正是秦枫算计好的，他早就想好了，如果一个女人对付不了楚维卿，那么他就让一帮女人来对付她。

秦枫果然没有看错女艺术家们，能来城堡的本来就不是善主儿，个个有钱有势不说，而且大都个性很强，极为自尊，再加上她们都是女人，天生的牙尖嘴利，这一切造就了她们非凡的战斗力。楚维卿进门之后即刻就跟画家们干上了，她开始与所有画家对骂，画家们也毫不示弱立刻反唇相讥。这是一场庞大而琐碎的争吵，女人们毫无逻辑地从对方的容貌、身材、牙齿、头发、穿着打扮发起了全方位的攻击，她们开始还舌灿莲花，绕着弯骂人，后来就直接问候对方的各种亲属，以及猜测对方各种不堪的性史，最后她们上演了全武行，相互撕扯头发和衣服，大打出手。很自然，由于势单力孤，楚维卿吃了大亏，但是她依然表现出超强的战斗指数，她盯着一个领头的女画家往死里打，对方被她打得哇哇大哭，其他人则死命地攻击她。

最终，楚维卿身上的衣服被撕得粉碎，全身被挠得遍体鳞伤之后扔了出来。楚维卿哪里吃过这样的亏，她回了房间完全忘了秦枫，专心致志准备进行报复，这是她在爱情征途中遇到的最大的敌人，她必须击溃她们。经过三天的研究，她从网上学会了制作燃烧瓶的方法，她打算用诸葛亮在赤壁的办法火攻女画家俱乐部。三天之后的深夜，楚维卿拿着两个大大的燃烧瓶出发了，她来到俱乐部门前，眼中充满着仇恨，在她眼中那不是什么女画家俱乐部而是女流氓俱乐部，这些女流氓正在疯狂地破坏着她的爱情，不杀不足以平己恨。就在楚维卿准备点燃烧瓶的时刻，她忽然被人抱住了，那个人告诉她，这个充满流氓气质的俱乐部被取消了，那些女流氓全都被赶走了，楚维卿不信，这时门被打开了，只见屋内空空荡荡的什么也没有。

就在楚维卿丧失对手的那天晚上，秦枫却趁着没人监视的时候外出了。这几天楚维卿完全不管他，她一门心思要攘外，秦枫于是利用这个难得的机会，迅速在城堡的一个会所里泡上了一个中年妇女，那天晚上他就是去找她共享鱼水之欢的。秦枫尽情地发泄着享受着，这段极短暂的偷情时光使他仿佛重回过去，他感到少有地快乐，他所经历的严酷的炼狱让他知道了自由的美妙，他现在终于明白，为什么有人会为片刻的自由做出终生的斗争。

可是，秦枫的行为最终被证明是愚蠢的，在强力意志的统治下，他任何出轨的结局都将是悲剧，任何不忠都会加剧枷锁的束缚与惩罚。那天晚上当他偷偷摸摸从中年女人的房间中走出来时，他受到了粗暴的攻击。他首先看到一群戴着牛头马面面具的人拦住了他，之后一条肮脏的麻袋把他罩住，接着拳头雨点一般打了下来，那些家伙打得很实在很用力，而且他们很会打人，他们知道哪儿疼，知道打哪儿能让人记住，一顿暴捶之后，麻袋口松开了，一个礼貌的声音从外面传了进来，那个声音对他说："秦先生，谢谢你的配合，麻烦你一定照顾好楚小姐，拜托了！"

秦枫再一次被打垮了，任何雕虫小技在暴力面前都是孱弱的。当他的同盟军——那些开放的女画家像不曾存在过一样星云流散之后，楚维卿开始了她的安内工作——她对秦枫进行了彻底的扫荡。楚维卿果真变身为一个爱情黑洞，她的能量与战斗指数远超任何一个人。楚维卿动用了所有惯常的手段没日没夜地审问秦枫，楚维卿让他一遍又一遍交代出轨的细节，又让他一遍一遍对各种细节进行忏悔，之后又把整个过程重复一遍、两遍、三遍，就这样反反复复，直到无穷。

有一天，双方都疲惫至极，楚维卿为了明日的审讯效果，决定今日给秦枫放风。她押着秦枫去了电影院，那是下午一点的电影，放映厅里空空荡荡的，他们走进去时，看见那两个老人和孩子正坐在前排高谈阔论。两个冤家中间隔了一个座位在后排坐下，电影开始了，今天放映的是一个人们企盼已久的新片，老人与孩子兴奋地预测着片子的结尾，秦枫与楚维卿却完全没有看，他们在路上又为秦枫到底写检查要写五十遍还是一百遍发生了分歧。

"五十遍吧？"秦枫屈辱地说。

"一百遍。"楚维卿坚定地说。

"五十遍吧？"秦枫继续垂头丧气地哀求。

"说一百遍就一百遍，每一次都要花样翻新，都要手写。"楚维卿带着蹂躏的快感说。

"求求你了，小楚，就五十遍吧！"秦枫欲哭无泪。

"你干都干了，为了让你记忆深刻，就一百遍！"楚维卿不容置疑地说。

此时，坐在前排的小孩忽然转过头对秦枫说："你是男人吗？叫你一百遍就一百遍，你腻腻歪歪地真让人瞧不起。"

楚维卿听了刺耳地笑起来，她的声音特别尖厉，她一边笑一边说："说得太好了，你瞧瞧人家，说话就这么硬气，亏你还是个男人，就像被阉了似的。"

秦枫被噎得无话可说，他目光空洞地闭了嘴。当电影演到一半时，秦枫忽然彻底崩溃了。经过长时间的折磨他终于崩溃了，秦枫迅速地回顾了自己潦倒的一生，他要求不高只想凑合着活下去就行，他可以没有任何底线，从来都是屈从于外部奴役他的力量。他不得不承认：他自己就是一个垃圾。他活着是没有意义的，确实如同楚维卿所说，他被生活阉割了。秦枫随即站了起来，再癞的癞皮狗也有它的尊严，再能扛的滚刀肉也有它的极限，今天他的日子到了，他打算去尝试一个新项目：自杀。他在愤怒与颓丧中变得冷静，在哀痛中变得踏实，他终于打破自己要活下去的底线，这是他在绝望中找到的新办法。

不顾楚维卿的喊叫，秦枫走出了影院。楚维卿也飞奔着跟了出来，秦枫不言不语地往前走着，楚维卿在后面不停地控诉着，但是当她看秦枫没有任何讲话的意愿时，她也倔强地闭了嘴。秦枫在城堡之内漫无目的地走着，楚维卿在后面亦步亦趋地跟着，秦枫完全不知道要去哪儿，楚维卿则完全不管他去哪儿，反正他往哪儿走她就跟到哪儿。最终，秦枫选择了那个人工湖，他走到湖边，然后扑通一下跳下去，接着一步一步向水中走去，楚维卿也毫不犹豫地跟着跳下去，在他后面走着，他走多深她就跟多深。渐渐地，水没过了大腿，慢慢齐腰了，进而上升到胸口，楚维卿比秦枫矮，她渐渐感到脚底下漂浮起来，胸口有着沉重的压力。在某一刻，他们转过头，彼此在水中看到了对方的脸，那是刻骨铭心的两张脸，曾经拥有虚幻的情感，现在却带有真实的仇恨。最终，当秦枫再次往前迈步时，他无意中踢动了脚下的一个机关，瞬间之后，两人的耳畔听到一阵轰隆隆的巨响，他们脚下的湖底震动了起来，一朵巨大的机械莲花从湖底绽放而升，他们下意识地扶着莲花的金属花瓣一点一点地升上去。他们升出水面，直到升到了空中。在阳光下，莲花闪着灿烂的粉色，而他们的身上则湿漉漉的，两个人没有任何表情，脸色极其灰暗，从远处望去他们就像莲花上两只互相对立的准备攻击对方的昆虫。

紧接着，整个城堡传来一阵巨大的震动，空间与时间在他们眼前飞逝着扭动、腾挪。

秦枫这一次没有轻易气馁，他后来跳下莲花，蹚出湖水，又走向了城堡中的动物园。到了动物园，他爬上高高的防护栏想跳进动物们的世界里，让它们解决他，他奋力地攀爬着好不容易爬到了护栏的顶端，楚维卿依然跟在后面，但是她身体柔弱，她爬了一半就爬不动了，秦枫往下看看，嘴角闪出一丝绝望的微笑。

"你想干什么？"楚维卿这时仰着头问。

"找死。"秦枫冷静地说，"我打算让豺狼虎豹吃了我。"

"亲爱的，你可真逗，你真有想象力。"楚维卿冷笑起来。

楚维卿说完，秦枫就毫不犹豫地从护栏上方纵身跳了下去，着地时，他的左脚钻心地疼痛，他不知道是否骨折了，他哀号着，但他想，忍一会儿，忍一会儿就好了，一切都会过去。

可是，事与愿违，没有豺狼虎豹，那些世界上传说最凶恶的动物早被驯化完毕了，它们各自躺在自己的笼子里，吃着鲜肉，舔着皮毛，聊着大天儿，就是没有一个出来看看这个本该成为猎物的家伙。

只有一匹野马，它从秦枫的面前飞一般地跑过，它掀起的尘土，挥洒在秦枫厚厚的脸皮上。楚维卿在护栏网外死死地看着躺在地上的秦枫，她觉得他的那一跳充满了小丑的滑稽。她知道，这个世界特别残忍，它从不让懦夫过早地离去，它留着他们，就是让他们看看，这个世界有多么专横。楚维卿哭了，哭得痛彻心扉，她恨这个世界，恨她的父母为什么把她带到这个世界来，她为她的爱情痛哭，她知道她无可救药地爱上了爱情本身，可是爱情却不爱她。

秦枫就那么躺着，他像一个社会上典型的屌丝那样丢人地躺在地上。他是那么的粗俗，没有教养，四肢发达，头脑简单。他被母亲、情人以及这个世界抛弃，他是这个城市里一个真正贫穷的人：没有爱，不被关心，不被需要。但是他依然希望得到温暖，可这个世界从不会赐予他温暖，只会免费地剥夺他的自由。

傍晚，秦枫被几个人弄出了动物园，他的脚只是崴了并没有骨折，他没有哭，没有掉一滴眼泪，哀莫大于心死，他望着灿烂的晚霞，躺在担架上，想起了一首诗：

> 我不该认识姓牛的，不该来到这里，
> 不然会一直在山林里鬼混，一生安逸。
> 现在倒好，我被人推向了历史的半山腰，
> 挑着一辆辆不知从何而来的铁滑车，
> 我因此仿佛在安定团结的局外，被飞速的车轮

碾碎了年华，躺在了生活的局外，

我就这样置身于时代的局外，只是凭着惯性

一挑一挑的，

很快我的马就力不能支，我就力不能支，

你们就乐不可支，

在一张白纸般的山道上，

我会画出最腥红的图画，便宜得

无以复加，

它们被抢购、被撕碎、被诅咒、被传扬、被嘲笑。

这是一首现代诗，叫作《挑滑车》，它本来是秦枫准备用来泡妞的，可现在他把这首诗送给了自己，他觉得这首诗就是写他的，就是他一生的写照，他因为放荡招惹了上帝，因此落得这个下场。

回到屋中，他躺在那熟悉的地毯上，微微转过身，他就能从窗户中，看到天上的火烧云，那云朵异常灿烂而艳丽，秦枫非常非常地冷静，他已经从哀伤、愤怒、自怨自艾、痛不欲生之中清醒过来，他的心中只想着一件事，既然连死都死不了，看来我是被这个世界彻底遗弃了。那我能干什么呢？秦枫想，除了反抗我还有其他选择吗？不，没有。想到这儿，他再一次下了决心，反抗，我必须用剩余的生命继续反抗，我一定要干掉他们，干掉这个世界，不惜一切代价逃出这个只有爱情没有自由的魔窟。

第七章 ｜ 弦城堡和不速之客

1

雪初起，寒笛早已吹彻。

卫近宇和众人坐着画舫，从静静的湖面穿过，湖的中心有一个小岛，名字叫作未央岛。岛上古建成群，树木苍然，据说这是前朝一个王爷的闲居所在，年久失修，破败不堪，辗转之间数度易手，最后终于被一个财团修复如初。

小雪入湖即化，画舫轻悠地滑动着，到了岸边，有人来小心翼翼地系船，众乘客上岸，但见亭台楼阁，蜿蜒盘转，山石树木皆在雪中肃然而立。众人拾级而上，看见一个合围的回廊，拂绿竹而过，是一排宽大的正房，推门而入，只见房间内布置得古色古香，一个字画拍卖会的牌子立在醒目位置。

屋子里暖暖的，人也不多，卫近宇很快就发现了冯慧桐，她坐在第一排，一件银灰色的大衣搭在椅背上，她穿了一件淡粉色的毛衣，长发盘在脑后，卫近宇看着她的背影琢磨着见了冯慧桐的第一句话应该说什么。

冯慧桐回过了头，她看到那个曾经熟悉的男人站在离她不远的地方，她的思绪一时有点乱，那些过去的事情在一瞬间扑面而来，搅在了一起。冯慧桐愣了一下，然后主动站起身走了过来，她走到卫近宇面前，微微笑了一下说，"你也来了？"

卫近宇微笑着点点头，冯慧桐化了一个非常自然的裸妆，看似无意实则精心，她身上的衣饰既不夸张也不做作，有种铅华尽去的感觉。卫近宇心中也是百感交集。

"还好吗？"卫近宇问。

"还好。"冯慧桐说。

"你来买画？"卫近宇问。

"是的，受人委托。"冯慧桐说，"你呢？"

"我也是。"卫近宇模棱两可地说。

两人说完这些简单的客套话之后一时有些沉默，卫近宇下意识地想起与冯慧桐肌肤相亲的时刻，生活真是无常，他们曾经在某一刻热烈地融为一体，可在这一时刻却又咫尺天涯。

那天的谈话就这样戛然而止，冯慧桐欲言又止，之后就回到了座位上，没再搭理卫近宇。

显然，这是一次不太成功的重逢，不过卫近宇还是有思想准备的，他非常能理解冯慧桐的表现，比他想象的还好些。

卫近宇耐心地等待着，他已经接受了冯丽莎那份回报丰厚的合同，她告诫他要耐心，他当然明白。不过，他没有把握冯慧桐是否会回头。根据Lisa提供的信息，卫近宇知道冯慧桐已经在公司上了一段班，那是她一直供职却从未认认真真上过一天班的金融投资公司。Lisa要求她把公司中的每一个职位都认真干一遍，掌握工作中的所有流程。

某天早上，卫近宇起床后，梳洗收拾完毕，就坐在书房中看股票，股市有气无力，依然在底部不死不活地折腾着。卫近宇看得乏味，就去找手机，好几天不开手机了，他刚一打开，一条微信就跳了出来，是冯慧桐的，上面写道：来我的公司，我们谈谈吧。

卫近宇看到这条微信，意外地笑了一下，他想她终于有反应了。卫近宇于是开车去了冯慧桐的公司，到达之后，他被一个前台女孩领到一个小小的会客室里坐等，她告诉他冯小姐正在开会。

一个小时后，将近中午时分，冯慧桐推门而进，她穿了一身得体的女士西服，里面是一件藕荷色的衬衣，上面挂了一个小小的贝壳吊坠，手里还拿了一个黑皮笔记本，她的打扮与一个标准的办公室女性毫无二致。

冯慧桐抬起头看着卫近宇说，"咱们一起吃饭吧，这儿中午有盒饭，公司请的阿姨做的，味道还可以。"

卫近宇点点头说："行啊。"

冯慧桐于是转身出去，一会儿拿了两盒饭回来，两个人面对面坐了，分别拿了一盒吃起来。屋子里一片寂静，两人相对无言，盒饭的味道还好，可卫近宇却吃得心不在焉。盒饭吃到一半时，冯慧桐终于停了下来，冬日正午的阳光暖暖地照在两人身上，她看着卫近宇说了第一句有实际意义的话，"我知道上一回的重逢并不是巧合。"

"是的。"卫近宇点点头说。

"我原本不想找你了，但是后来我发现我没有别人可找。"冯慧桐非常坦率地说。

"那，你的那些男友呢？"卫近宇问。

"他们都是过眼云烟，我把他们都废了。"冯慧桐说着把盒饭的盖子盖上，然后顺手扔入垃圾桶。

"你对现在的生活满意吗？"卫近宇小心翼翼地又问。

冯慧桐听了想想说："无所谓满意不满意，这是我必须经历的生活。"

卫近宇一时无语。

"这样吧，我跟你说说咱们分手后我的事情吧。"

"那当然好，我其实很想知道你后来怎么样了？"

冯慧桐听了这话，眼圈忽然有些红了，她平静了一下站起身走出办公室，过了一会儿拿了两个纸杯的咖啡回来，她递给卫近宇一杯，两个人各自默默喝了一会儿，之后她向卫近宇说出了一切。

冯慧桐告诉卫近宇，这个公司是她父亲的，她原来的所有花费都是由这个公司支付的，她的父亲对她的所需费用有着相当严密的控制，上学、工作、结婚都有着详细的预算，只要在计划之内的合理费用，她父亲都给出了一个极高的天文数字般的上限。一般来讲，计划之内的花费由公司财务部监控，每次报销都有严格的审核。那次酒后放纵使她与一个洋帅哥一宿缠绵，但没想到就这一次她就中招了，她意识到这回糟了，她不可能让公司的人知道这种丑闻，而且她也不能去常去的医院，找熟识的医生，她只好化名去一个小医院看了病。可这回运气不再关照她，生活显出了它落井下石冷血狰狞的一面。那个小医院狠狠地骗了她，他们向她要了高额的医疗费，并且把她的病拖了很久，冯慧桐在无尽的耳鸣声中四处求救，可所有人一听借钱两字都飞也似的逃了，在这个城市向谁借钱就是与谁绝交，尤其是冯慧桐那些曾经的男友。

在绝望之际还是冯慧桐的母亲冯丽莎获悉了详情，她出面搞定了一切，在这一次人性黑暗的比赛中，母爱再次展示了它的伟大与无所不包的拯救的力量。

但Lisa是一个好的商人，她冷静地分析了自己的爱女沉沦的原因，反思之后，想到了一个使冯慧桐重生的办法。她告诉冯慧桐，她的拯救是有代价的，冯慧桐必须自己偿还这次拯救的高额费用。她因此跟自己的女儿签订了一份合同，在合同中她要求冯慧桐在家族公司里上班，通过自食其力来还债。还债期间，她的生活费被延迟支付，她的一切都得靠自己的工资，如果冯慧桐违约，她就会停止支付冯慧桐以后的费用。

"我最终还是和我妈签了这份合同，你不知道签约那一刻，我是多么爱她又多么恨她，当然我更恨这个世界。"冯慧桐说到这儿苦笑起来，她的脸上呈现出某种无奈与自嘲。

卫近宇听着这一切心中异常复杂，他难过，自责，感叹，他曾经预感冯慧桐会遭受困难，但没有想到她遇到的困难会这样大，他想象着冯慧桐沉浸在充满噪声的黑暗的世界中，忍受着病痛，四处哀求的样子，一种彻底的心痛如潮水一般一阵阵涌来，他知道自己是自私的，也是可耻的，他和那些抛弃她的男友一模一样。

"不过你比那些男人强很多，你至少给了我一部分钱，这也是我为什么能回来找你的原因。"冯慧桐说。

下午两点，冯慧桐借口下午有会，结束了谈话。卫近宇的心情一直有些黯然，走之前，他问冯慧桐有什么需要他做的，他现在可以随时效命，冯慧桐想想说："我知道你跟我母亲也签了合同，过两天吧，等我想好了再通知你。"

可是，卫近宇回去之后等了几天，都没见冯慧桐有信儿，他于是给她的公司打了电话，公司的前台女孩接了电话，告诉他说，冯小姐出差了，他问她去哪儿了，前台女孩回答他，冯小姐没告诉任何人，她只是叫所有的人等她，卫近宇明白这是给他留的话。

让卫近宇没有想到的是，这一次的等待非常漫长，从冬天一直等到了第二年的春天。

这个城市的冬天对所有人都异常难挨，它皱着眉如同一个雪上的孕妇一样一点一点向前挪着。天空永远是灰色的，雾霾统治了整个城市，每个人都特别压抑又毫无办法。他们必须习惯这种可见的慢性死亡，就如同习惯那些没完没了的丑闻一样。

卫近宇大部分的时间都是在屋里度过的，他认为能够在这么肮脏的城市里又活过一个冬季简直就是奇迹。他很少出门，每天只凑合着吃一顿饭，然后就是泡在网上，他看股票，看电影，上八卦网站，浏览一些小道消息，还不时在家里练练太极拳。没人找他，他也没有收到任何指示，他想他确实是被这个世界遗忘了，人们约好了一般一起消失了，他只拥有他自己。

还好，春天的阳光如偷情校花的大姨妈总算来了。有一天，天忽然放晴了，卫近宇打开窗子看着久违的阳光以及清晰的远山，心想，新的一年是不是就此开始了？卫近宇的猜测没错，新的一年确实就这样来了，这个城市好就好在每当人们绝望之后，它总能给出一丝希望，不久，卫近宇就收到了冯慧桐的微信，她说她想见他。

卫近宇去了冯慧桐的公司，这一回他在一个宽大而豪华的办公室里见到了久未谋面的她。冯慧桐坐在一张大大的老板台后面，她已经把长发剪成齐耳的短发，身上穿着米色的西装，一副职业又干练的样子，卫近宇仔细地看着她，发现她好像比原来更漂亮了。

"你，什么情况？"卫近宇有点疑惑地问道。

"坐吧。"冯慧桐笑笑，卫近宇依言坐下。

"我整容了。"冯慧桐实言相告。

"真的？"卫近宇听了有点吃惊，之后再次仔细观察冯慧桐的脸，不久，他确认说："你确实把脸上的一些地方改变了。"

"我打算重塑自我。"冯慧桐说。

卫近宇听着，心想，重塑自我就是整容吗？

"我已经想好了，这回我打算交给你一个新的任务。"冯慧桐这时说。

"什么任务？"卫近宇问。

"去改变这个世界，拯救我自己。"冯慧桐说。

卫近宇听了一愣，他想想不禁问了一句，"你没开玩笑吧？这个世界能被改变吗？"

冯慧桐闻言站了起来，她慢慢踱到玻璃窗前，拉开窗帘，整个繁华的都市呈现在她的眼前。地平线在远方，它的边缘似乎是圆形的，城市如同一幅美丽而繁复的幻象浮在真实的表面之上，冯慧桐随即向卫近宇谈起了她从小就有的一个毛病幻听。

她说这个病是八九岁时发现的，从青春期开始它就变得厉害起来。每次那些巨大的噪声都是毫无征兆地到来，它们来的时候如同排山倒海一般瞬间而至，翻云覆雨式地折腾，冯慧桐每回都会被迅速击倒，那种被噪声包围的痛苦简直比死还难受，她的母亲为此遍请名医，可是治了很久都毫无效果。上一次，当她和卫近宇重逢之后，那种噪声又不期而至，它们围绕着她整整三天，使她完全无法入睡，她吃药，找医生都不管用，她非常难受，又特别无奈和愤怒。某一天当她驾车从一阵雾霾之中驶上一段高架桥时，她发现对面一个大厦的整个墙面都闪亮起来，那是一片灯海，此时一个巨大的鲜红的手指向下指着，接着一个清晰的英文字出现在墙上：here。看到这个奇幻的景象，她的脑子一闪，她想，这根手指肯定还有别的意思，当她的跑车又跃上另一个高度时，她明白过来了，这根手指是要告诉她，那些噪声离她不远，它们可能就蜗居在这个城市！

"所以，我片刻间就痛下决心，必须找到那些声音，干掉它们，并且干掉它们所藏匿的那个世界。"

"你讲的这些事情实在有点不可思议。"

"我会证明给你看的。"

2

冯慧桐开始了她在这个城市中孜孜不倦的寻找。

她开着车，在城市的环路中漫无目的一圈又一圈地跑着，城市的雾霾与拥堵不再引起她的注意，这一回她更关心声音，她打开车窗在或者呛人或者清新的空气中侧耳细听，所有的声音次第传来，汽车声、人们的谈话声、钟鸣声、鸟叫声络绎不绝。她努力分辨这些声音，过滤掉绝大部分，只有个别的她细加品味，这些被品味的声音与她头脑中那些袭来的声音有很多相似处，她试图弄清它们飘来的方向。

这是一个现代版的顺风耳的故事，只是在这个故事中"顺风耳"和那些声音过节儿颇深，她和它们时而缠斗时而分离，时而相忘于江湖。

果然，那些噪声在悄无声息一阵之后，又如同玩童一般跳出来捣乱，那是一个春天的夜晚，冯慧桐忽然从睡梦中醒来，她躺在薄被中望着黑沉沉的夜，此时，那种噪声又从窗户外一拥而入，扑进她的脑子里。

这一回噪声的强度并不很大，只是更加坚韧，好像在有意地挑衅，不过，冯慧桐不再慌张，她早就想好了对付它们的策略，她不再把它们一股脑地拒之门外，而是像一个旁观者一样——仔细观察它们。她就好像独自一人在逛一个博物馆，她把每一种声音都当作一个装置，或者一个雕塑，或者一幅画，她耐心而镇定地从它们中间穿过，一边细细揣摩一边认真记录，她知道这些都是飘动的表象，它们的根基在别处，在另一个世界——她要找的是那个世界。

冯慧桐在持久的耐心之中几乎辨别了所有的杂音，在那些混合的声音中，有政客们的聊天，有商人们谈论的买卖，有市井人物的闲扯，还有演艺明星滥交前的戏语。她最爱听的是一些男女之间的对话，她对这些有着天然的兴趣，有人在谈论爱情的真谛，有人在倾诉男人的真实想法，有人在表达女人的抱怨，还有无数男女之间的争吵。冯慧桐发现，当她静下心来，那些混乱的谈话并不是那么一无是处，因为有些话语似乎是出自人们的真心，人们甚至还讲出了一部分这个世界的真相，这让冯慧桐第一次感到了有趣，尤其是那些来路不明的男女们有关爱情的漫长的争论对她颇有启发，那些争论让她慢慢明白，原来男人与女人是两种不同的动物，他们思考问题的方式完全不一样。

有一对男女的谈话最引起她的关注，他们说的时间很长，两人的纠缠也最深。他们之间一直有另一个女人存在，每一次谈话都会涉及她，男人对女人爱怨皆有，而女人既伤心又绝望，但她对第三者又似乎特别忌惮。

冯慧桐总是一边听一边思考，她特别想知道他与她的结局到底是什么。有一天深夜，他们争吵的声音把她吵醒了，很奇怪两人的声音似乎就在不远的现实中，冯慧桐侧耳细听觉得他们好像就在窗外，于是她穿上衣服下了楼，轻快地在夜里追逐起来。

那是春天的夜晚，整个城市异常安静，没有了白日的嘈杂和拥挤，冯慧桐敏捷地奔跑着捕捉着，她清晰地听到那对男女的声音一会儿远，一会儿近，然后又跳到她的前面。这回男人要和女人摊牌，两人越吵越激烈，越吵越愤怒，吵到后来女孩大喊一句："姐夫，你要是再这样下去，我就去告诉我表姐。"男人听完毫不客气地回击道："你去告啊，这种丑事在这个家族里还是头一回呢！"

冯慧桐听到这儿相当吃惊，她到现在才明白，在这桩男女关系中，那个女孩才是第三者，而她的对手正是她的表姐。她在深夜中暗暗叹了一口气，这个世界的真相竟是如此出乎意料。此时，一阵薄雾飘过来，它们渐渐裹住冯慧桐的身体，接着一阵凉风袭来，冯慧桐抬眼一望只见一个巨大的气球正从夜空中降临，那个气球降下来，然后带着一阵闪光缓缓从她眼前飘过，在气球的吊篮中站着两个人，一会儿她听到其中一个女孩说："算了，和解吧姐夫，我们还是这样下去吧。"对面的男人想了半天才叹了口气说："好吧，就这样吧，我们听天由命。"

气球飘走了，冯慧桐在黑暗之中认真地注视着它，很久之后，当气球从夜幕的边缘消失时，一股异常灿烂的烟花忽然喷薄而起，那些烟花是那么突然又是那么张扬，它以一种夺目的姿态照亮了天空，在烟花的下面冯慧桐看到了一个著名建筑——那个歪歪扭扭的苦瓜大厦，它默默而古怪地屹立在城市的东部，它的形象让冯慧桐若有所思。

冯慧桐再次来到卫近宇家中时，有一种恍如隔世的感觉。

还是春天，但是此春天非彼春天。

卫近宇的家还是那么整洁而明亮，冯慧桐坐在客厅中，她穿了一件黑色高领的羊绒衫和一条灰色短裙，脖子上挂了一串紫色的水晶项链。

卫近宇盯着冯慧桐，这是他们分手之后，她第一次来，冯慧桐正在认真喝着一杯绿茶，她低下头用嘴吹着碧绿的茶叶，她长长的睫毛一闪一闪的，脖颈中有一股动人的白皙。"年轻就是美，"卫近宇想，"这种美永远无法阻挡。"

冯慧桐喝了一会儿茶，之后她放下茶杯很平静地说："那些声音的所在地我终于找到了。"

"真的。"卫近宇听了不禁一怔，他没有想到这个城市真有这样一个地方存在。

冯慧桐点点头，她接着告诉卫近宇她在某一天晚上看到了一只气球，并且听到了气球上面两个人的谈话，第二天按照烟花的指点她去了苦瓜大厦，苦瓜大厦一栋被大火烧毁的副楼依然正在重建中。那里车来车往，暴土扬烟，冯慧桐望着那一大片工地怅然若失，她完全没有头绪，一筹莫展之际，她试着向周围的人打听起那束灿烂的烟花，没想到人们马上告诉她，那些烟花应该是出自日出城堡，据说那里每隔一两周就有一个狂欢节。

"于是，我就去了日出城堡，穿过山峦、河流，走过一架高大的铁桥，我来到了那座古堡的门口，走进门口，我马上看到了那个伟大而充满梦幻感的城堡，它太美了，如诗歌一般绚烂，完全是生活中不可想象的存在。"冯慧桐说，"可是当我刚一走进去，就遇到了一件怪事，一种持续的颤动传来，那个状态有点像地震，但是又显然不同，我面前的空间和时间都似乎发生了错动。"冯慧桐回想着说。

"怎么可能？"

"是的，就是那样，那是一种广大的颤动，从远处的山峦、河流、森林，到近处的城堡、湖泊还有广场，所有的一切都笼罩在那种颤动中，就在那种错动中，忽然一种海浪的声音扑面而来，只是这一回它们穿过我的身体一闪即逝了。"冯慧桐说。

"就是你常常遇到的那些声音吗？"卫近宇问。

"是的，就是它们，毫无疑问我找到了，它们就在那里。"冯慧桐异常肯定地说。

卫近宇在春天中轻轻抚摸着下巴，思考着。

"那你打算怎么办？"卫近宇问。

"按照我的计划，我打算击败那个城堡，根除噪声的聚集地。"冯慧桐非常简单地说。

卫近宇终于皱起了眉，他说："这怎么可能呢？那可是这个城市最伟大的城堡，它代表了权力、财富、梦想，你怎么可能打败它呢？"

"我只有这种选择，我必须这么做。"冯慧桐很淡定地说。

卫近宇听着冯慧桐的话，还是不理解，他想这是何必呢，这很像出去与风车战斗之类的无稽之谈，她原来不是只想找到属于自己的爱情吗？

"我知道你在想什么，"冯慧桐看着卫近宇说，"其实我过去的想法是有问题的，我过于乞求这个世界了，后来我才明白，这个世界根本不在乎一个乞求者，它只在乎一个掌握者，因此只有掌握这个世界才是最正确的，那样所有的人都会爱你，都会在乎你。"

"这么说，如果我们努力，这个世界有可能是我们的？"卫近宇不相信地反问。

"这话是这么说，"冯慧桐很认真地告诉卫近宇，"至少我们得尝试一下，才知道这个世界是谁的，举个例子，它总不能一直是你们男人的吧？你们缺乏情感，冷漠自私又长于功利与算计，它如果属于女人不是会更好吗？"

卫近宇听着冯慧桐的话，知道她这话说得相当透彻，她确实变了，在他缺席的时候完成了转换，她不再试探而倾向于行动，但这又恰好是她自己。

在城市的东部高地，与著名的不断生长的苦瓜大厦遥遥相对的就是日出城堡，比起备受指责的苦瓜大厦，日出城堡作为这个城市的正面标志之一，它以一种异常骄傲的姿态挺立着。

每当薄雾散去，阳光晴好的日子，人们总能看到一座庞大而宏伟的城堡瑰丽地展现在生活的面前，那些巨大的褐色的石块，那些哥特式的色彩斑斓的尖顶，那些弯曲的城墙，还有远古时代的各种旗帜，都似乎在成就一个无与伦比的传奇。城市中，每个人心目中都有关于城堡的想象，有人认为它是一种象征，以某种突兀性打破了生活的平凡；有人认为它外表光鲜内心寂寥，恰好是欲望与空虚的体现；有人则认为这是一个休止符，它有一种让人停下来休息一会儿的渴望。

　　对于城堡，大多数人从来都是议论与观望，来的人也多半是蜻蜓点水，只有个别客人多次深入之后，才会发现这个城堡的最大的秘密，于是他们就成了少有的幸福的知情者。

　　那绝对是一个非同凡响的秘密，在知情者眼中，日出城堡充满了魅力，它静谧、梦幻，有种与世隔绝的美丽。知情者都暗暗管它叫作"悄悄话"城堡，一般的宾客是无法得知那个秘密的，只有非常重要的常客才会在某一次入住时被悄悄暗示。它的房间里一直有一个小小的安静的角落，它被管理人员统称为"树洞"，在这个角落里有一个小小的扬声器，按照一份秘密介绍上讲，只要坐在角落里那张单人沙发中，打开一个有密码的开关，宾客们就可以冲着扬声器毫无顾忌地说出任何他们想说的话。

　　这太稀有了，也太奢侈了！在这个城市里能说出任何想说的话是多么的不容易，人们因为利益因为权力，从来没有说出真话的习惯，他们一直生活在假话里，并且变得非常习惯。可是竟然，在这里，他们能说出真话，这无异于突然之间给了他们一个发泄口，这个发泄口对沉闷的生活太重要了，要知道只有不断吐槽才能活下去已经成为这个城市最朴素的谋生手段了。

因此，"树洞"就成了知情者的个人的临时救命稻草或者诺亚方舟，成了他们沉默而有毒的生活里的一针解毒剂，于是他们敞开心扉冲着扬声器知无不言言无不尽，沸沸扬扬一去万里。就这样，在几乎不被外人知晓的情况下，日出城堡养成了一种伟大的倾诉传统，这种传统是由所有知情者共同创造的，他们的真话最终汇成一条声音的河流，深入城堡的地下，然后向着世界的某些隐秘角落飞舞而去。

这就是知情者眼中的日出城堡，脱去所有富丽堂皇的外表，城堡的内在气质是宁静的、自由的、安全的，对他们来说这里就是一个人间仙境，这种仙境不是在于物质上它有多么丰富与伟大，而是在于一个人的心灵可以在这里无限地放松，他可以变得随性，充满善意，没有担心，无限安全。

冯慧桐再次来到日出城堡的面前，在城堡的门口，她看到一块圆形的巨石高高矗立着，石头上面写着一句话：为了你无尽的爱，太阳每天从东方升起。这是一句这个城市耳熟能详的话，据说，它是几千年前一个埃及女法老对她的恋人——一个年轻祭司在枕边说的，她死后把这句话带进了坟墓。冯慧桐盯着巨石上的这句话看了好几遍，她觉得这话特别有深意，好像在向所有到来的人表明，面前的这个世界是与众不同的，它值得深爱。

冯慧桐走进大门，她抬起头仰望城堡。城堡拥有着完全梦幻般的形态，它的顶部复杂无比，随着阳光照射角度的不同，它的颜色不断变换着，从奶黄到淡粉再到淡蓝；整个城堡的形状既像一只汪洋中的大船，又像某种飞翔的战车，它似乎是火焰也似乎是花朵，更似乎是一句历史中的誓言。走入城堡内部，冯慧桐依然感到了震撼，日出城堡的豪华是完全出乎她的想象的，这里什么都有，商店、餐厅、酒吧、赌场、运动馆、高尔夫球场、舞厅、游泳馆、动物园、夜总会、电影院，这里形形色色的什么人都有，嚣张的有钱人，隐秘的政客，慢吞吞的有闲者，来撞大运的穷人。

　　冯慧桐不声不响地入住了，随即，她投入到城堡火热的生活中。她不断地出入各种场所，接触各种各样的人，由于她天然的美貌，人们都非常愿意和她交谈，她游刃有余地和人们互动着，睁着貌似天真的大眼睛，认真听着他们天南海北地聊着一些虚无缥缈的事情。

　　整整一星期，冯慧桐一直在观察和倾听，起初在她眼里，城堡呈现出来的就是某种纯粹的狂欢状态，所有的人都醉生梦死，都无限地娱乐到底，但渐渐地，冯慧桐看出了门道，城堡并不是一个具有统一状态的世界，它是一个复杂的、混合的、具有隐秘分层的地方。

　　冯慧桐尝试在各个分层中不断跳跃，她去过赌场，也混迹过娱乐场所，再后来她竟然还发现了一个证券交易所。那里的交易者很多都是来路不明的大款，他们凭借着各种内幕消息操纵着外部的市场，攫取着超乎想象的利润。证券交易所给了冯慧桐启发，某一天她决定去城堡的一个股票学校报名上学，据说，这个学校是一个建立人脉的地方，一些城堡的会员或常客不是为了学习什么，只是为了能发展一些可靠的私人关系才来听课的，之后他们才会走向证券交易所。

　　果然，冯慧桐的这一步棋走对了，当她第一天走进那个具有古典气质的阶梯课堂时就愣了，因为她瞬间就听到了很多熟悉的声音，她并不认识那些声音的主人，但她与那些声音相处了很长时间，她认得它们。冯慧桐深吸了一口气，她镇定地从人群中安静地穿过，若无其事地走上大理石台阶，坐到后面石阶上的软皮座位上，她告诉自己一定要冷静，她知道自己终于找对地方了，这一回她一定要听个究竟。

冯慧桐在那个课堂坐了很多天，在那些醉心于相互联络的同学中她显得很奇怪，她不太热衷于交谈与交际，只是独自静坐，她实际上一直在侧耳倾听，她听到的对话越来越多，开始时是客套的礼貌，后来是各种热情相约的饭局与娱乐，再后来就是酒酣耳热之后的利益谈判。最终，世界回报了她的耐心，她后来发现，这些笑容可掬的家伙在散场之后，都会无一例外地回到自己的房间里，然后在自己的房间滔滔不绝地讲出他们对各种事情的真正看法。

这些话就是有关这个世界的彻底的真实描述，这些关于真相的描述通过每个房间里的树洞被聚集起来，然后潜入到城堡的深处，悄悄向外发散而去。冯慧桐终于明白，这才是日出城堡真正的神奇所在，那就是人们在虚与委蛇之后可以关上门说出憋在心里很久的不为人知的真话。

冯慧桐的心中有一种众里寻他千百度的感觉，她想，真相找到了，事实证明她的判断也是对的，日出城堡就是那些声音的汇聚地，只是这些声音背后还有让她更感神奇的地方。

阳光灿烂，春意盎然，远方的桃花与杏花都开了，如云蒸霞蔚，冯慧桐慢慢走在城堡酒店前的广场上。一群游客笑嘻嘻地从她身边走过，一个小女孩手里拿着风车欢快地跑着，这是真正的春天，不打折扣的春天，没有雾霾，没有沙尘暴，没有呛人的尾气，只有不被阻拦的阳光，只有清新的风，以及风中春的味道。

在广场上那座古代武士的雕像前，有一群人在激昂地说着什么，他们穿着上古时代的服饰，忽而大笑忽而击节而歌忽而一起伸出双手指向天空。

冯慧桐知道这是日出城堡里一出著名的永不落幕的话剧，它被无数人参与，得到无数人的出谋划策，表达了无数人在无数年代的混杂的人生。

冯慧桐把眼光再次转向城堡主体，在阳光下，它还是那么巍峨宏伟，它风起云涌的锥形尖顶直刺天空，整体的梯形建筑如同一艘大船驶向未知的天空，各种斑斓的颜色组成了城堡奔向天空的语言。

就在这时，一个八九岁的小孩出现在冯慧桐眼前，冯慧桐低下头一看，发现这张脸是那么的熟悉，他曾在城市里不同的地方出现过。

"老二！"冯慧桐不禁意外地叫了一声。

"是我。"老二扬起脸笑嘻嘻地说。

"你怎么在这儿？"冯慧桐惊讶地问道。

"因为这个城堡里有个非常好的电影院。"老二简洁地回答说。

冯慧桐在老二的带领下去了电影院，那个电影院在城堡的休闲区，它巨大而华贵，有几十个独立放映厅，走进一个纪录片放映厅时，正好赶在休息时段，放映厅里灯光明亮，音乐轻柔，厅中空空荡荡的，此时冯慧桐又看到了另一个熟人，他就是老二的搭档——

那个瘦削的老人。

"老大，你也在。"冯慧桐看到他情不自禁地笑了起来。

"是的，我也在。"老人从座位上站起身。

"你们来这儿就是为了看电影吗？"冯慧桐好奇地问。

"当然，不过除此之外，我在这里还给别人上课。"老人说。

"什么课？"冯慧桐问。

"一共两门课，一门是'生命的意义'，还有一门，是'真相传奇'。"老人说。

3

在日出城堡中最脍炙人口的是它那出永不落幕的话剧。

这个创意不知道是谁提出的，也不知道是谁第一个执行的，反正从某一天开始一出不间断的话剧就上演了。它可以在任何时间开演，清晨、中午、晚上，也可以在任何地方开演，酒店的大堂、酒店前的广场，还有休闲区的酒吧、赌场、游泳池旁边，或者某个客人的房门前，这出话剧也许有剧本，也许没有剧本，它的剧情可以被随时打断，故事的走向也可以随时改变。参与演出的人更是五花八门，有专业演员，有客人，有饭店服务人员，还有来城堡送快递的，无数人走入喧嚣的剧情，无数人又寂寞地离开，他们一起悲伤，一起欢喜，一起死去又一起复活。很多人都看过这幕话剧，当他们认真地思考时，发现它非常像他们人生中的一部分，他们在话剧中看到了生活的伟大与渺小、超凡与琐碎，他们爱它也恨它，就像对他们自己。

　　冯慧桐经过审慎的调查，她决定开始行动，她在面对日出城堡这个巨大的梦幻世界时，展现了不可思议的才思与冷静。卫近宇发现，这应该是她具有的某种遗传潜质。她清晰的计算，认真而一丝不苟的研究气质，他虽曾注意过但都粗心地忽略了，而卫近宇恰恰相反，他根本无法想象如何与日出城堡对抗，这个宏伟的存在使他觉得有这个念头都是不正常的。

　　冯慧桐找到了一个长期进入城堡的方法，这个方法可以使她仔细观察城堡的内部，而又不引起怀疑。在认真地准备后，她作为一个话剧制作人重新出现在日出城堡，她给自己做了一份全新的资料，然后直接找到饭店方洽谈合作。饭店总经理曾经在城堡中一些场合见过她，知道她是一个客人，就热情地接待了她。冯慧桐提出由她的戏剧工作坊负责为城堡提供话剧，并且独立承担制作费，城堡方只负责提供场地即可。饭店总经理听了，问她的工作坊为什么要免费演戏。冯慧桐回答，她的工作坊刚刚获得了三年的演出基金，目的就是在这个城市推广话剧艺术。总经理衡量之后，感觉这个买卖很划算，因为那场永不落幕的话剧是城堡的金字招牌之一，饭店方特别想让这个话剧持续下去，继续招徕各种游客，现在有人提供了一个现成的方案，那何乐而不为呢？

　　于是双方一拍即合，迅速签约。签约后冯慧桐马上把卫近宇招来，两人商量之后决定转包。他们俩把几批专业人士约来仔细交谈了一番，经过挑选，他们俩选定了"马甲戏剧工作坊"，这是一个不太知名却能力很强的团队，这个工作坊的戏他们看过，两人都还比较认可。他们和那个团队签了约，在合同中，冯慧桐反复强调那个团队必须保持话剧持续上演。

一个月之后，"马甲戏剧工作坊"在冯慧桐的带领下浩浩荡荡走进了日出城堡，很快一场精心策划的专业演出开始了。

冯慧桐与卫近宇果然没有看错，他们挑选的话剧团队非常职业化，整个团队无论从演员、导演、剧作家还是服化道都是专业的，他们给饭店开列了一个演出清单，古今中外一共一百台好戏名列其中，他们的计划就是按部就班一台一台地演出来。

职业的一出手，那些业余的肥皂剧马上就相形见绌，很快，"马甲戏剧工作坊"的演出获得了好评，观众还是长眼睛的，他们其实分得出好坏，他们有时表现得像猪是因为总给他们吃猪食。城堡中各色各样的客人迅速被工作坊的戏吸引了，他们从赌场、舞厅、画室、酒吧、电影院里走出来，聚集到广场、大堂或者休闲区的某个地方，聚精会神地看起来，他们跟着演员们一起哭一起笑，随着剧情大喜大悲，戏梦人生，他们时而掌声雷动，他们时而沉默不语。

经典剧目演出了一段时间之后，到了轮换期，戏剧工作坊推出了第二个演出计划。这一回，他们提出了一个比较先进的"生命剧场"的概念，他们打算邀请一些忠实观众参与他们的表演，剧本完全由观众的生活经历改编而成，观众就扮演他自己，他可以在这一出以他的生活为基础的戏中，谈论、回味、品评他曾经的生活，他可以改变自我重新选择，或者重述他那些也许灰暗、也许灿烂的日子。

不出意外，"生命剧场"一经推出就引起了轰动，这对周围的观众或者客人们来说简直太新鲜了，每一个到了一定岁数有一定阅历的人都会情不自禁地回忆过去，人们对于过去是偏爱的，因为他们那时更年轻，更具改变的可能，更具参与的激情，他们只有变老时才知道那些狂放无忌的青春有多么可贵。客人们于是扑了上来，不由分说加入了生命剧场，需要上演的剧目成倍地增加，很多客人为了等到自己的戏上演甚至心甘情愿地延长了在城堡中停留的时间，城堡管理层也为这种良好的效果感到异常高兴，他们觉得这真是一笔既高雅又实惠的好买卖。

演者无心，看者有意；或者说演者别有用心，观者感慨良多，在众多的看客中，有一个游手好闲的人也被打动了，他就是秦枫。

秦枫依然处于他人生的最低谷中，与别人的昂扬不同，日出城堡对于他来说就是一个深不见底的深渊，他就好比一个坠落在几百尺谷底的人，全身筋脉尽断，只能抬头仰望着那一小片遥远的蓝天，苟延残喘。他记得只有武侠小说中某个幸运的人因为奇遇得到了解脱，但那是传说，是奇迹，他觉得他这种被世界遗忘的王八蛋是不配得到搭救的。

每天夜里，当楚维卿酣然入梦或者酩酊大醉时，秦枫还是会悄悄溜出房间，出来透口气。他处在一种平静的绝望中，他觉得自己活得连狗都不如，白天他既要臣服于青哥的淫威又完败于楚维卿无尽的纠缠，只有每天深夜，当他独自在城堡之中逡巡时，他才觉得自己还有一点点未曾完全泯灭的自我。

自从女画家们消失之后，楚维卿很自然地放松了警惕，她以一种胜利者的姿态开始睡觉。午夜对秦枫来说是放风时间，城堡中的守卫者知道这个家伙连自杀都做不到，所以只要他不跑出这个城堡，就没有人愿意搭理他。很意外，从某一天起，他发现城堡里那出永不落幕的闹剧似乎变得好看了，女演员漂亮了，剧情也吸引人了，连观众都越来越多。有一次，他忍不住挤进人群去看人们的表演，他恰好赶上了"生命剧场"开始以来最精彩的一幕戏，剧中的主角是饭店中的一个客人，其他专业演员都扮演戏中的配角。这出戏讲的是这个客人一生泡妞的经历，男主人公一开始是肆无忌惮疯狂地乱搞，后来则是被不同女人不断打击报复直至大败亏输，这是一出典型的喜剧，所有人都笑得前仰后合，上气不接下气。秦枫最初也没心没肺地跟着哈哈大笑，可是后来他忽然明白其实这就是自己悲催的经历。生活就是这样的，它不怕你张狂，它会在适当的时候默默无言地给你无尽的惩罚，想到这儿，一种根本性的忧伤油然而生。

自从秦枫第一次看到"生命剧场"之后，他就上了瘾，他几乎每天午夜都溜出来，然后在整个城堡中寻找那出话剧。他走过大堂、广场、俱乐部、会所，找到之后，他就钻到人群的第一排聚精会神地看，可是不知为什么，秦枫不管看什么戏，他都会哭，他哭得十分悲伤而且相当游离剧情，这常常会使部分观众侧目。秦枫不同凡响的表现也引起了冯慧桐的注意，她感到很奇怪，这么一个高大英俊看起来很man的男人为什么会如此脆弱，他是谁，他有着怎样的故事，冯慧桐好奇地想，说不定他是一个伟大的演员呢。

于是，另一出戏开始前，当一个女演员看见秦枫又来看戏时，她就按照冯慧桐的授意直接走过去热情地邀请秦枫加入，她让他扮演戏中一个很小的配角。秦枫很久没有和其他女人说话了，那个演员又相当漂亮风趣，两人因此相谈甚欢，在女演员的劝说下，秦枫的心眼有些活了，他想也许参加一次戏剧活动也还不错，可就在这时一声凄厉的断喝响起，"小枫，你在干什么？"秦枫一回头，只见楚维卿穿着睡袍披着长发，气势汹汹穿过人群，愤怒地向他走过来。

"你怎么会在这儿？"楚维卿走到秦枫面前大声质问道，然后她回头冲着女演员叫道，"你竟然敢勾引我男朋友。"

"没有啊，小姐，别误会，我们只是在聊天。"女演员连忙解释。

"你还敢骗我？你和他聊了三分钟以上了，一对男女聊三分钟以上意味着什么？"楚维卿继续质问道，她的声音尖厉，双目圆睁。秦枫一看这个架势，悄悄拨开人群，撒腿就跑。

最终，楚维卿在折腾一番之后撤了，接着去追秦枫了，女演员则被气得半死，被众人拉到一旁休息。冯慧桐一直在人群中冷眼旁观，那个三十多岁近乎疯狂的女人对这个世界毫无理性的追问令她印象十分深刻，她凭着一个女性的直觉觉得这个景象也许对她至关重要。

第二天冯慧桐又去了电影院，电影院的纪录片放映厅里依然空空荡荡的，冯慧桐准确地找到了老人和孩子，两人正坐在一起旁若无人地谈论一个英国医生的一生，冯慧桐一看那两人高谈阔论的样子就想笑。她想，这两个家伙没有变，他们还是最了解这个世界的人，他们还是那样的睥睨世俗，超然物外。

冯慧桐打断了两人绵绵不绝的聊天，然后就把她看到的景象直接向两人说了出来，那两个人一听，十分熟悉地介绍了这对男女的关系以及城堡中的一些隐情，就好像一切都是他们看过的电影一样。

"你说的那个女人叫楚维卿，她是一个伟大的设计师，这个城堡的未来就在她的脑海里。"孩子对冯慧桐说。

"那个高大英俊的家伙叫秦枫，他是楚维卿的情人，她爱他，但他不爱她，她因此常常攻击他。"老人对冯慧桐说。

"我觉得那个女人有点歇斯底里。"冯慧桐说。

"是的，她具有纯粹的爱情洁癖，爱情对她来说就是生命，她因此不允许任何异性接触秦枫。"孩子说。

冯慧桐听了点点头，作为女人，她理解那种炽热而燃烧的情感，几乎所有女人一生的任务就是要拥有一份真正的稳定的情感，她自己也有类似的时刻与渴望。

"那么，谁是这个城堡的主人呢？"冯慧桐又问。

"城堡的实际控制者叫万青，他是楚维卿的另一个情人，这个人冷静、理智，不显山不露水，是个最终的倾听者与决定者。"老人说。

"这三个人到底是怎样的一种关系？"冯慧桐有些不解。

"不复杂，万青为了城堡撮合楚维卿与秦枫在一起，他特别希望他们之间能有永恒的爱。"孩子简洁地说道。

"但是楚维卿与秦枫之间的矛盾已经到了不可调和的地步。"老人遗憾地补充道。

冯慧桐听明白了，看来是日出城堡这个梦幻般的存在需要更加梦幻的爱情，但是事与愿违，爱情从来是不可强求的。

"我还可以告诉你另一个秘密。"老人这时说。

"什么？"冯慧桐问。

"这个城堡是具有生命力的。"老人说，"每一天城堡都有一个魔法时刻，在那一刻城堡如同一个魔方一般被扭转了，这种扭转每次都不一样，没有固定的规律可循。变化发生时，整个城堡会晃动，所有人都会有种恍惚，似乎他面前的时空发生了错动一般，这个时间很短暂，只有30秒到一分钟。”

"这太神奇了！我好像也遇到过。"冯慧桐一听忍不住叫了起来。

"所有来过的人都会遇到，只是他们之中有人感受深刻，有人并无知觉。"老人笑笑说，"错动时，城堡的空间、颜色、味道，甚至它的内心都会变得不同。"

"它的内心是什么意思？"冯慧桐不解。

"我指的是城堡中的人，"老人循循善诱地继续说，"在那种时刻，很多人都会遇到不可预测的种种变化，人们的感觉、直觉、意识都会受到影响，他们会看到、听到、想到一些未曾预料的事情；他们的思想会变化，角色也会变化，他们也许会突然理解了别人，忘掉了自己；也许会看到上帝之光；也许在狂欢之后袭来的宁静中，理解了爱和自由。"

"为什么会有这种神奇的错动呢？"冯慧桐接着问。

"这与城堡中的另一个秘密是有因果连接的，我想你应该已经知道这个城堡是个可以说悄悄话的地方吧？"老人问。

冯慧桐点点头。

"其实，每个人的悄悄话或者说真话都是有能量的。"老人说，"那些悄悄话每天都在汇集，而到了某一刻汇集的能量会到达一个触发值，此时当能量向外传输时，会触动城堡的一个核心开关，就是那朵人工湖里的莲花，一旦莲花在湖底悄悄打开，城堡在那一刻的时空就会发生瞬间的错动。这种错动致使城堡中的人发生种种意识、感觉、知觉、思维上的恍惚和错位，他们能听到、看到、想到、理解到平时无法触及的事情。"

老人说完，冯慧桐被这个宏大的秘密完全震撼了，她直到现在才知道这是一个多么绚烂、多么神奇的城堡。她沉思了很久，才抬起头对老人说："我明白了，如果我没猜错，这是物理学里弦理论的一个说法，在错动发生时，我们能在这里看到无限平行分叉的宇宙。"

这回，终于轮到老人惊讶了，他点点头不相信地问："你你怎么会知道？"

冯慧桐微微一笑说："是很奇怪，我恰好知道这个理论的一点皮毛，可能是原来爱看杂书的原因吧？"

"你真是一个聪明的女孩子，我在这里讲了这么长时间的课，你是第一个说出这个理论的访客。"老人感叹道。

冯慧桐告别了老人和孩子，她打算回去好好想想。几天之后，冯慧桐从震撼中走出来，她平静了，她很现实地发现了对她最有用的信息，那就是楚维卿与秦枫的关系，他们的关系对城堡来说是相当重要的，这应该是个突破口。于是她找到卫近宇，把她的想法说了，卫近宇很赞同，他们决定跟秦枫谈谈。

但是想和秦枫面谈简直就是一个奢望，这事儿对别人来说很简单，但对秦枫来说不行，他不是一个自由的人，他永远有一双眼睛在背后盯着。

城堡又开始了它的狂欢，按照日出城堡的习惯，每隔四周，这里就会进行一场持续几天的醉生梦死的盛宴以及花车游行，这是一种混杂的充满欲望的狂欢节，它是所有到来宾客需要的，也是城堡极力要打造的一个氛围，这里没有时间没有约束，这里只是一个梦幻般的充满变幻的彼岸世界。

借着饭店的狂欢节，冯慧桐指挥她的戏剧工作坊同时上演了一出庞大繁复、剧情漫长的话剧，话剧的名字叫作"返回半岛的王冠"。这是一个戏剧的盛宴，它来自一个多重版本的历史传说，涉及人、神、妖怪、天地、洪水，各种爱恨情仇纠缠在一起，每一个角色都在他自己的生活中经历得到与失去、重生与毁灭。戏中的演职人员众多，化装道具布景十分复杂，整个戏需要五天才能演完，每天晚上从八点开始演到凌晨三点，中间加以大量的歌舞、杂耍、魔术。

好戏开始了，按照对群众演员的要求，冯慧桐把自己化装成一个穿着古怪的神仙配角。前两天的戏是演天上的事情，神仙们游手好闲，互相扯皮，打赌游戏玩得好不热闹。冯慧桐随着众神仙飘来荡去，她一直眼观六路耳听八方，等待着真正的男主角的到来。

果然，在某天晚上，秦枫出现在广场上，他看着那种盛大的场面既惊讶，又感叹，尤其是看到神仙们享受的各种自由时眼中透出掩抑不止的艳羡。他身后不远，楚维卿依然一脸警惕地跟着，不过当她看到那些宏大的戏剧场面时，也一时被吸引了，这两人因为无休止的缠斗，已经很久没有注意到这个日新月异的世界了。

音乐响了起来，大批的舞蹈艺员如同天上的花神般尽情起舞，花海摇动着，忽前忽后，忽左忽右，她们不经意地飘来荡去，把秦枫与楚维卿包围了起来，每一个花神都头戴羽毛桂冠，身穿七彩裙，她们在轻柔的音乐中缓慢舞蹈，编织着梦幻，周围不知从哪里飘来了轻雾，美丽的仙子们从两个人中间、身边不停地穿过，使他们两个人仿佛置身流云中一般。

秦枫早就看得眼直了，楚维卿也慢慢露出笑容，他们的注意力被成功转移了。音乐随即变了，一种欢快的、充满强烈节奏感的音乐替代了刚才的天籁之音，广场所有的神仙几乎都同时跺着脚踏着节拍跳了起来，他们先是列队。然后面对面跳着，过了一会儿又开始交换舞伴重复刚才的舞蹈，广场马上变成欢乐的海洋，所有的神仙似乎真的没有烦恼一般步调一致地舞动着，他们都穿着同样华丽的衣裳，都戴着同样的面具，都同样忘我地欢笑着。

天马叫响了，它们的叫声响彻云霄，狂欢的世间俗人们适时地登场了，他们从广场的另一头杀了出来，簇拥着一辆一辆花车漫步而来，他们立刻得到了神仙与戏剧人群的应和和欢呼，在所有人合为一处之后，广场立刻呈现出世界大同般无尽欢乐的景象。

楚维卿不知何时已经被裹挟在人群之中，她前后左右都是笑闹的人们，他们穿着奇装异服，戴着各种各样的假面具。楚维卿先是有点慌张，她好久不跟这么多人在一起了，她尝试着左冲右突但却毫无突围的可能。人们不停地舞动着，所有人似乎都在邀请她加入，楚维卿先是有点迟疑，然后就有点感动，接着她暗暗想，我为什么不能跟着这个世界舞蹈一次呢？想到这儿，她慢慢跟着跳了起来，虽然她的舞步不够娴熟，但是她具有相当的热情，人们开始为她鼓掌，鼓励她更轻快更自由地舞蹈，她不禁把双手伸向天空，双脚渐渐有节奏地击打起地面。这一刻，在尽情的舞蹈中她是愉快的，她是忘我的，似乎所有的烦恼都不存在，也似乎所有被渴望的爱都存在。此时，不知从何处伸来一双坚强的臂膀，一把把她抱了起来，楚维卿一惊，瞬间之后，她忍不住尖叫了起来，当她那尖厉而清脆的声音从喉咙中蹿出来直冲云霄时，她感到了少有的轻松——一种久违的原来她从未珍惜过的轻松。

之后，广场上只剩下了秦枫，他不知为什么在拥挤的人群中被推了出来，欢乐的人群逐渐远去了，广场瞬间变得空空荡荡的，他有些茫然地四下张望，楚维卿竟然也不见了，这种感觉对他来说相当陌生。

这时，他发现两个头戴羽毛桂冠，脸上戴着半个金色面具的神仙站在他面前，一个穿着七彩的长裙，雪白的脖子上挂着水晶珠链，是个女神仙；另一个一袭白色长袍，手拿羽扇，仙风道骨，是个男神仙。

"你就是城堡中那个以当情人为生的人吧？"女神仙这时问。

"什么？"秦枫一时没听明白。

"听说，这个城堡里有个伟大的设计师，你就是她的情人。"男神仙慢条斯理地说。

秦枫这回听懂了，他警惕地看看两个人，点点头。

"我们知道你心里有种特别的渴望，你很想要一件东西。"女神仙笑嘻嘻地说。

秦枫继续警惕地看着，他想这会是青哥的人吗？"我想要什么？你们怎么可能知道？"他问。

男女神仙对看一眼，一起笑了一下，然后女神仙伸出两个手指轻轻捏在一起说，"如果我没猜错，你要得不多，你要的就是那么一点点，但是它很重要，它叫自由。"

秦枫被这句话打动了，他上下打量这两个不速之客，不明白他内心深处的想法别人是怎么知道的，于是他又问："你们是谁？"

"我们是神仙。"男神仙这时神秘地说。

"这个世界哪里有什么神仙，我求告了他们那么久，有的话我哪至于沦落至此。"秦枫说到这儿不禁叹了口气，他想起自己悲催的命运。

"可我们现在不是来了吗？说不定我们就是来救你的。"女神仙循循善诱地说。

"那，你们到底是哪路神仙？"秦枫继续怀疑地看着他们。

"顺风耳，"女神仙说着再次轻轻笑了起来，"我常常在深夜中听到一个女人撕心裂肺的哭声，她想获得永恒的爱情；我也常常听到一个男人内心悲苦的哀叹，他特别需要自由，可惜，他非常窝囊，连为那一点点小小的自由去死都办不到。"

秦枫听了哑口无言，他无奈地低下了头，一时间屈辱、愤怒、绝望等情感一起涌上了心头，他知道女神仙说对了，她说的正是他自己，他非常奇怪她为什么会那么了解自己。

"因此，我们向你提出一个严肃的建议，"这时男神仙说，"为了你小小的自由，我们联手，一起干掉这个城堡如何？"

秦枫终于愣了，他一时没有说话，他抬起头仔细看看面前的两个神仙，觉得这一切都太不真实了，他们能在城堡中说这样的话简直胆大妄为到了极点，他想了很久才问："你们是青哥的人吧？"

"我们不是青哥的人，我们只是想拯救你而已。"女神仙淡定地说。

秦枫沉默了，他想：我应该上当吗？看样子我不该上当，但是如果这是这一辈子唯一一次机会怎么办？他停顿了良久，然后他自作聪明地说："你们就是青哥的人，请转告青哥，如果想保护好这个城堡，一定要双管齐下。"

第八章 ｜ 翻手为雨

1

谁也不会想到，日出城堡这么宏伟浩大的存在仅仅取决于两个人，一个是青哥，另一个是楚维卿。

青哥是城堡的物质基础，他是房子的地基，树的根，他熟知城堡的种种变幻，但并不为变幻所迷惑；楚维卿则是城堡的灵魂，是城堡的思想，她的那些奇思妙想恰好代表了人类探索这个世界所表现出来的睿智、幻想与创造的力量。楚维卿对于这个世界的看法，以及青哥对于她看法的执行，很像列车上的两组轮子，这两组轮子合在一起，使人们可以充满激情与勇气，并且不惧任何困难地前进。

秦枫最终相信了冯慧桐与卫近宇不是青哥的人，而是他见到的第一拨想挑战青哥的人。他们开始长时间地交谈，根据秦枫的描述，日出城堡这个梦幻世界是建立在两个基本支点上，一个是青哥，一个是楚维卿，要想干掉这个世界就必须双管齐下，它意味着既要干掉青哥又要干掉楚维卿。冯慧桐原来查过一些青哥的资料，对他的实力略知一二，知道他是这个城市中默默无闻却又相当辉煌的英雄；而楚维卿对她来说则是陌生的，她对楚维卿充满了一种复杂的感受，既佩服又充满同情，她没想到这个头发披散、脸颊瘦削、神情古怪的女人竟是那样一位伟大的艺术家；可令人惋惜的是，她在自己幻想的爱情陷阱中难以自拔，不可救药，想到这一点冯慧桐有点黯然神伤，她多多少少庆幸自己的觉醒还不算晚。

在和卫近宇仔细研究之后，冯慧桐决定兵分两路，由卫近宇去接近青哥，由她来面对楚维卿。她很重视与秦枫的合作，她明白城堡往往是从内部攻破的，她能感觉到秦枫具有一种强烈的反抗愿望，当她看着秦枫那张久未见到阳光的脸，他红红的眼睛，并且闻到他身上一股难闻的烟酒的混合味道时，她不禁想起一个词——困兽犹斗，她觉得这个人一定是他们最坚定的同盟军。

可是如何对付楚维卿呢？冯慧桐觉得靠秦枫肯定不行，他被楚维卿玩弄于股掌之上，是她的手下败将，他只能起一些通风报信的辅助作用。楚维卿的弱点是什么呢？冯慧桐问自己，她没怎么费劲就给了自己答案，那就是她太渴望爱情了。冯慧桐琢磨着，两天之后，她在看一份有关金融投资的文件时，忽然茅塞顿开，她想，人们在金融市场上那种常用的解套手法，为什么不能复制一下呢？

在盲人体验馆门前，冯慧桐提前半小时到了，她约了耿译生在这里见面。这个地方很好找，在一个体育馆的地下一层，耿译生如约而至。因为这是冯慧桐第一次主动约他，所以他还特意打扮了一下，他穿了一身西服，皮鞋擦得亮亮的，头发也洗了吹了，并且打上摩丝，他焕然一新的样子让人觉得他不是一个洗心革面的屌丝就是一个刚刚翻过身来的小业主。冯慧桐坐在门口等着他，当他来到她面前时，冯慧桐上上下下打量了他一下，她忍不住笑了起来，她想这个家伙真像一个生活中的喜剧演员。

　　盲人体验馆很大，整个环境完全置于黑暗之中，里面有许多不同的活动区域，小桥流水，树木园林，商场、饭馆、咖啡酒吧样样具备，冯慧桐与耿译生在引导员的带领下，戴着眼罩慢慢走着。他们两个人互相搀扶着走过种种日常生活中的场景，只是这一次他们只能运用自己的嗅觉、听觉、触觉，耿译生相当激动，他第一次这么近距离地和冯慧桐在一起，他挽着她，感觉着她的身体与手臂的柔软，一种无法抑制的幸福感洋溢在他的心间，在他短暂的一生中他很少感到幸福。

　　走了很久，在黑暗中，两个人终于坐了下来。他们坐在一个咖啡厅里，点了两杯咖啡。他们依然什么也看不见，但是一会儿，他们闻到了咖啡的香气，听到水灌入咖啡杯的声音。有人走过来给他们送咖啡，他们慢慢伸出手接住杯子，然后感觉到杯子的温度。

　　"你怎么想起来约我来了，这可是第一次呀。"耿译生这时忍不住兴奋地问。

　　"最近比较闲，所以找你聊聊天。"冯慧桐语气轻松地说。

　　"好啊，聊吧，聊什么都行。"耿译生似乎很激动。

　　"我想听点我爱听的话，我记得，你说过你爱我？我真的值得你爱吗？"冯慧桐在黑暗中笑嘻嘻地问。

　　"我爱你只是因为爱你，不取决于你是谁，是不是值得爱。"耿译生坚定地说。

冯慧桐在黑暗中听了有些意外也有微微的感动，她接着又问："可是，你为什么会如此坚定地爱另一个人呢？"

"因为这个世界太冷漠了，我需要爱一个人才有活下去的理由。"耿译生在黑暗中回答说。

"不错，如果换一种说法呢？"冯慧桐接着启发他。

"爱能使一个人活得更好或者更有生机。"耿译生的声音越来越清晰。

"好的，很好，够了。"冯慧桐此时满意地叫了停，她从耿译生毫不犹豫的话语中断定，这个男人不仅是爱她的，而且是爱爱情的，他可以为她牺牲也可以为爱情牺牲。此时他的各种前科在她的眼前一一闪过，想起那些情形她在黑暗中得意地笑起来，这个世界让人愉快的是，某些人的崇高情怀往往是其他人可以下嘴的肥肉。

"服务员，给我声音。"冯慧桐这时忽然打了个响指。

"好的，小姐。"不远处一个看不见的女孩回应了一声。

耿译生不明所以地坐着。过了一会儿，黑暗中一个声音响了起来，那是一个女人的声音，她的嗓子哑哑的，好像在倾诉某个秘密。又过了一会儿，一个男人的声音加入进来，他似乎在找路，情绪相当沮丧。接着，是敲门声、吃苹果的声音、流水声，还有风声。声音不断加入进来，越来越多，越来越庞杂，它们逐渐占据了整个黑暗，音量也慢慢扩大，它们像飞舞的蜜蜂般扑入耿译生的耳中，渐渐地，耿译生再也分辨不出那些具体的声音，只有一种持续的嗡嗡的噪声萦绕在脑际。

忽然，在某一刻，声音消失了，它们于迅即之中无影无踪，耿译生一时之间如释重负，他感到了轻松，然后重重喘了一口气。过了一会儿他才问冯慧桐，"刚才是怎么了？"

"刚才是声音把我们包围了。"冯慧桐慢慢地说。

"那些声音很庞杂。"耿译生说。

"那些都是我听到的声音。"冯慧桐说。

耿译生愣了，冯慧桐于是就在黑暗中给耿译生讲了一个噪声之海的故事。她讲她何时得的这个怪病，讲了自己无数次的抗争以及无数次的失败，那些声音是如何去而复返，返而复来。耿译生被这个故事惊到了，他完全不知道冯慧桐一直处于一种奇怪的折磨之中，他似乎在一瞬间就理解了她那种古怪刁钻喜怒无常的个性，原来在她满不在乎的外表下竟有着如此完全不可化解的痛苦。他也似乎在一瞬间就原谅了她对他的种种怠慢与不公，他的心中涌起一股深深的同情，还有一种强烈的想为她做点什么的愿望。

"从某一天开始，我决定不再屈服，我打算跟这种该死的声音作斗争，我不能让它们毁了我一生。"冯慧桐说，这时她的语调有了一点沉重感。

"那，你想怎么做？"耿译生关心地问。

"我开始寻找它们，想找到之后消灭它们。"冯慧桐说，"幸运的是，我找到了，那些声音就滞留在这个城市。"

"这个城市？"耿译生问。

"是的，它们藏在一个辉煌的城堡之中。"冯慧桐说，"我去了那个城堡，到了那里之后我才发现，如果要实现我的目标，我需要一个可以百分之百信任的人帮忙，我想了很久，最终觉得只有你可以帮我。"

"那我能帮你什么？"耿译生马上问道，他想，现在终于轮到他了，他的心中涌起一股英雄情结，面对他心爱的女神，他觉得自己什么都能做，甚至是一个牺牲者。

"情况是这样，在那个宏伟的城堡中，有一个伟大的设计师，她是那个城堡的灵魂，如果我要想击败那些声音，我就必须打败那个城堡，而如果我要想干掉那个城堡，就必须先夺走它的灵魂。"冯慧桐在黑暗中逻辑清晰不紧不慢地说。

"因此，我需要你去接近那个设计师，占有她所有时间，想办法让她疯狂地爱上你，然后你和她私奔，逃到海角天涯，不再回到这个世界来。"冯慧桐非常镇定地继续说道。

冯慧桐最后的要求终于使耿译生震惊了，他万万想不到冯慧桐会说出这样的话，他这时才明白冯慧桐是在利用他，让他去充当炮灰，他瞬间木然了。停了好一会儿，他才讷讷地说："可是，我爱的是你呀！"

"我明白，正是因为如此，你不是才应该为我做所有的事吗？"冯慧桐振振有词地说。

耿译生沉默了，他刚才心中的那股激情瞬间熄灭了。没有任何一种情感是完全无私的，当一个人冲向碉堡，而背后尽是讥笑的眼神、精明的计算，以及匆匆撤退的背影时，没有人会一往无前的。很多过往的英雄行为往往是冲动的结果，而这个时代人们都特别理智。

过了很久，耿译生才从情感的波动中冷静了下来，他在黑暗中有些颓丧地问道："如果我这么做，我能得到什么呢？我甚至连你的爱情都得不到。"

"这个我替你考虑过了。"冯慧桐一直在等着耿译生的这个问题，她说："其实，你把真正的爱情和来自我的爱情弄混了，你是一个情种，你想要的是真正的爱情，但是我猜让你最终拥入怀中的应该是别人。我觉得你从来都很盲目，不过以后我可以帮你，因为我有一双可以听到一切的耳朵，我不仅可以听到过去与现在，我还可以听到未来的声音，因此当你的真正的女神出现时，我会记住那个声音，然后帮你寻找和确认那个声音的主人，她才真的爱你，你一定会从她那里获得永恒的爱情。"

冯慧桐深情款款地说着，这是她开出的一个奇妙的条件，耿译生呆呆地听着，完全无法回应，沉默了很久，冯慧桐为了确保能成交，她拿出了最后一枚糖果，她说："如果你觉得不满意的话，我可以附加一个条件。如果你这么做了，你就可以得到我的身体，你觉得怎么样？"

日出城堡，传说中的城堡，据说也是爱开始和爱毁灭的城堡。

一万个人眼中有一万种日出城堡的解读，他们或者爱它或者恨它或者漠视它，他们走过这里，沉湎于这里，忘掉这里，就像他们对待这个世界一样。

耿译生是带着复杂而灰暗的情怀来到日出城堡的，但是他没有像大部分游客一样，从城堡的大门口随随便便穿过，而是走到城堡门口那块巨石面前仔细端详起来。

那块椭圆的巨石上写着这个城市耳熟能详的那句话：为了你的爱，太阳每天从东边升起。这是一句充满信心充满眷恋的感言，耿译生原本知道它，但他不知道它竟然在这里。

耿译生脑子很乱，心情也很乱，他是作为一个牺牲品来到这里的，他的心中不再有任何的英雄主义情结，而是不时扬起一种深刻的被出卖的耻辱感。那个夜晚的事情给他的印象太深了，他和他的女神同床共枕，他之前曾为此想象了很多，但他从来不曾奢望它能发生。在床笫之间，他听着女神的娇喘声，心中有一种真实的毁灭感和一种深入骨头的痛，他知道这是一次交易，原来这个世上任何美好的东西都是可以交易的，他以身试交易，在这次交易之后他将被迫投身于另一个世界，一去不复返。可是，作为一个男人，他在进攻他的女神时，竟有一种恬不知耻的、一切道德与说教都无法阻挡的满足，尤其是当他站在她的身后，抚摸着她富有弹性的臀部、光滑的背部和轻盈跳动的乳房时，他的那种快感和征服感简直无与伦比。在那一刻，他似乎觉得他通过眼前这个曾高高在上的肉体拥有了世界，这种感觉他从不曾有过，这是这笔交易带给他的唯一的无耻的享受。

　　带着深深的痛苦与耻辱感，耿译生充满疑惑地走进城堡的大门，他的眼前就是那个火焰一般铺张的城堡，它所拥有的景象太宏大了，宏大到耿译生不敢直视它的辉煌与灿烂，而只深刻地注意到了自己的渺小。他清楚地记得，当那种瞬间的快感消失后，现实的伤害感与绝望感扑面而来，他知道他没有选择，能被人利用就是他活在这个世界上的最大的意义，他只是一个工具而已。他慢吞吞地走着，他在自己孱弱的脚步中又想起一个动物界的事实，当母蜘蛛与公蜘蛛交配之后，它们总是吃掉公蜘蛛扬长而去，这就是代价，这就是法则。算了吧，认命吧，他想，这个世界至少是给了他片刻的欢愉之后，才把他踢入准备好的深渊的，这就算不错了！

　　秦枫也正在继续忍受着他的痛苦，他继续如同一只耗子一般挣扎在一个广大无边的夹子里。楚维卿越发地变本加厉,自从那次偶然的戏剧事件之后,她就几乎停止了她的工作,把她的全部精力都用在跟踪秦枫上。她似乎闻到了危险的味道,总是觉得这个世界上好像有谁开始觊觎她手中的果实一般,但到底是谁她也不清楚。她把自己的作息时间调成与秦枫一致,他起她就起,他卧她就卧,他醉她亦醉,他醒她则醒,她努力每时每刻都能看到他,不让他逃离她的视线,哪怕是一秒钟。

秦枫每天都强忍着内心巨大的毁灭感,漫无目的地在城堡里逛着,他行尸走肉一般地走过赌场、证券交易所、课堂、影院,还有动物园,楚维卿就在后面跟着,她不是他的影子,他却是她手中的一条不带链子的狗,只是那条狗的内心每天都喊:谁来救我啊!

耿译生进入城堡后,他马上就来到一个为他准备好的小房间,开始打坐。他整整打坐了三天,每天只是起来喝一点水吃一点东西,他从没安静过这么长时间,好像要长过他的一生一样,事实上,在独处中他作出了伟大的思考,他问了自己一个永恒的问题,活下去还是离开?他在冥想中没有得到直接的答案,而他过去的生活反而以一种碎片的形式呈现出来,他无能、孱弱,从来都是缩头乌龟,他被人蔑视、嘲笑、抛弃,没有获得这个世界的任何一丝爱,只是被它玩弄于股掌之间,但是最后,最奇怪的是,他在结束思考后得到的答案竟然是:他还想活下去。他甚至依然无怨无悔地爱着这个世界,这种爱要比他想象的深厚得多!

答案就这样确定下来,三天之后,耿译生站起身,他第一次走出了房间。

他不再那么颓丧而是变得平和了很多,他决定接受即将到来的一切，管他是飞刀还是暴风雨，反正他爱这个世界，爱这些抛弃他的人就是了，他想。

饱餐战饭之后，他开始在城堡中溜达。因为有了良好的休息以及平复的心情，他的眼珠转动起来，思维也活跃起来，此时他才发现日出城堡真是一个令人惊奇的地方。这里金碧辉煌，应有尽有，仿佛仙境一般，各色人等俱全，他们在这里欢笑，沉醉，痴迷，哭泣，空虚，发泄，疯狂，一句话，这是一个他闻所未闻见所未见的地方。

某一天，耿译生忽然想起了冯慧桐给他开出的那个条件，他发现拂去女神的外表后，这个女神其实精明而冷静，她异常准确地判断出他内心最根本的需求——他充满了对真正情感的渴望。

这是一种最朴素的愿望，渴望爱与被爱是一个人在这个世界上的最基本的诉求。根据冯慧桐的承诺，她能够帮助他找到那个正确的人，这种正确就在于：他爱她，她同时也爱他。这对耿译生来说太重要了，他原来盲目的对于冯慧桐的爱不过是他真正的爱的替代品，谁不想被另一个人全心全意地爱呢？谁不希望自己的爱获得同等的回报呢？

耿译生就这样漫无目的地走着、想着，他甚至奢望，也许那个爱他的人恰好就在城堡当中，他能遇到她，那时会是怎样的情景呢？

终于，在走出房间之后的第四天，胡思乱想中的耿译生无意中看见了秦枫和楚维卿，这两个人的资料和照片他都有，可是当他看到他俩时还是大吃一惊。

这是两个绝望的人，而且比他还绝望一万倍。

走在前面的那个帅哥就是传说中的花花公子，据说他是一辈子打雁最终被雁啄了眼的最佳典型，他不修边幅，面色苍白，两眼无神，就像一只陷阱中的动物。他似乎被折腾了一个世纪，求生不能求死不得，完全丧失了尊严与欲望。

走在后面的那个女人更加凄然，她瘦瘦的，披散着卷曲的长发，嘴唇发白，目光坚定而凶狠；她穿了一件睡衣，脚下是一双红拖鞋，那件睡衣穿在她身上就好像是一副盔甲，她虽然赤手空拳却好像手执一柄方天画戟一般，耿译生从她的眼神中看出，她正随时准备战斗，而她的敌人则充满了空气。

但是，在他接下来跟踪两人的整整一个星期内，没有任何一个实际的敌人出现，耿译生只是看到那两个人不断地争吵、谩骂，之后又不得不坐在一起吃饭，看电影，看戏，回去睡觉。耿译生觉得很奇怪，他不能理解秦枫，他为什么那么能忍；他也不理解楚维卿，她为什么能那么闹。

可是有一天清晨，当耿译生推开窗子时，他忽然明白了，因为就在昨天夜里，他闲坐时忽然感到有一种莫名其妙的震动，在那种震动中他体会到一种极度的痛苦，他不知道那种痛苦来源于何处，但是当他看到早晨窗外的阳光时，他清楚地断定那其实就是楚维卿的痛苦。原来，她的敌人就在她的心里，她面对的是整个世界的挑战。她同样被这个世界抛弃了，这种被抛弃的感觉他是何等熟悉，他发现他和她在某个方面是那么相像，他们都被抛弃了很久了。

就这样，楚维卿的面容在他眼中开始变了，她不再是那样狂躁与阴郁，她成为日出城堡这个仙境中唯一一个充满冤屈感的女性，她整天想倾诉却无人愿意倾听，她很想冲着这个世界大喊些什么，却无人搭理。耿译生仿佛看到了另一个自己，他变成她，在另一个世界重复着同样的遭遇，他的心开始痛了，一种伟大的同情洋溢起来。他强忍悲痛，跟在楚维卿身后，参与到她种种的悲伤之中，慢慢地，另一种强烈的拯救她的渴望也升腾起来，这种渴望来自他的骨头、肉体，以及内心中那种广大的，对于他者、对于这个世界的包容性的爱。

2

　　酿蜜坊在这个城市闻名遐迩，不仅是它的建筑独具一格，它的菜品也备受称颂。行政总厨于世绩的口碑非常好，他率领的厨师团队承包了整个饭店，他花了三年时间，用推陈出新南北结合的方式，给酿蜜坊带来了意想不到的辉煌，使它成为这个城市中美食家最为认可的一个标杆。

　　青哥不是标准的美食家，但他的确非常爱吃，他认为吃这件事是有趣的，也是人生的一种无法忽视的享受。

　　每一次青哥来之前，都要预订下那个最舒适的雅间，它是一种雍容大度的新古典风格，青哥每回一走进那个房间，立马就可以安静下来。

　　青哥和于世绩很熟，青哥来了之后，于业绩都会亲自过来陪着青哥喝一杯茶，偶尔也会一起喝一杯酒。他们俩有一个共同爱好，就是喜欢一起研究菜品，于世绩一有了新的菜品都会第一时间端来让青哥品尝，而青哥作为一个业余爱好者，他刁钻的口味以及专业的品评也常常让于世绩叹服，于世绩一般会认真听取青哥的意见，然后细心地加以改进。

准确地说，这是一个现代版的高山流水觅知音的故事，它再现了这个世俗城市中的古典成分。

卫近宇来到酿蜜坊时做了异常充足的准备，他穿了一身米黄色休闲西装，还戴了一副金丝边眼镜，那是一副平光镜，他戴上它是为了显得更加斯文，他原来曾经跟冯慧桐来过这里，现在时过境迁，这一回他是作为一个生活中的演员到来的，他要扮演的是一个隐姓埋名的资深投资者。

和青哥一样，每一回他都要预订那个最好的雅间，他会点上酿蜜坊里几个最好的菜，细细品尝之后，他都主动在意见卡上长长地写下对于每个菜品的评价。果然，不久以后，卫近宇的做法就引起了于世绩的注意，这不仅在于他的花费确属高端，他对菜品的认真揣摩也是让于世绩惊讶的，作为高手，于世绩非常愿意倾听别人的意见，他认为自己是在创造艺术，而艺术的发展特别要与好的批评为伴。

于是，于世绩决定和卫近宇见一面。那天，于世绩走进包间时，卫近宇正闲坐，门推开时，卫近宇看到一个理着平头，眼神极亮，头戴厨师帽的人走了进来。经过介绍，卫近宇马上知道这个身材不高、精瘦干练的南方人正是大名鼎鼎的于世绩，他们彼此客气了一番，之后落座，茶叙，接着他们切入正题，一起谈论了酿蜜坊里的一些菜品，卫近宇给出了良好而中肯的评价，谈得兴起，卫近宇打开电脑，给于世绩看了一些食物图片，那些图片灿烂夺目。卫近宇告诉于世绩这是上个世纪末兴起的分子料理，这种特殊厨艺起源于西班牙，厨师们别出心裁，他们像科学家一样用物理或者化学的方法改变了食物的外形然后进行烹调，最终那些古怪而漂亮的食物外形骗过了人们的眼睛，使人们的视觉与嗅觉、味觉产生分离，从而产生奇妙的美食体验。

卫近宇的信息与图片让于世绩大开眼界，他研究了一辈子美食，从没想到天下竟然还有这样闻所未闻的事情。于世绩仔细而热切地吸收着所有涌来的信息，但由于信息太过庞大，他一时无法完全融会贯通，于是，于世绩恳请卫近宇多来几次进行更充分的讨论，为此他当场送给了卫近宇一张白金卡，凭着那张卡，酿蜜坊的任何一道菜品都对他打七折。卫近宇看着这张卡意味深长地笑了，这时他忽然想起了冯慧桐的那张约会菜单，他觉得一切都恍如隔世。

就这样卫近宇与于世绩迅速成为了朋友，这是卫近宇计划中的，他处心积虑投其所好。卫近宇后来又去了几次酿蜜坊，在与于世绩的后续交流中，他建议于世绩可以找来一些有品位的食客，建立一个分子料理试吃小组，由他提供信息，由于世绩操刀推出一些分子料理的新菜品让小组成员品尝，如果得到小组成员的首肯就可以向客人推出。于世绩采纳了这个建议，试吃小组马上建立起来，不久经过众人的认定，酿蜜坊接连推出了几道新鲜的分子料理，物以稀为贵，酿蜜坊的食客们果然十分买账，他们踊跃争吃以至于每天这几道新菜都率先沽清，后到者无不叹息没有口福。

卫近宇顺理成章迅速成为了酿蜜坊重要的客人，每回来于世绩都要出面招待，甚至与他把酒言欢，有一句老话，叫作钱越耍越薄，酒越喝越厚，他们两人慢慢变得无话不谈。有一次酒过三巡，于世绩不经意地问："卫总，您这举手投足透着不凡，不知您在哪里高就啊？"

"惭愧，于总，小弟是做投资的，手里有一个私募基金。"卫近宇扶扶眼镜说。

"什么方面的投资？"于世绩问。

"一级市场、二级市场都做。"卫近宇说，"于总知道那个苦瓜大厦吧，那里就有我们的股份。"

于世绩听了噢了一声，苦瓜大厦他可知道，它在这个城市可鼎鼎有名。

"哎，对了，于总，"卫近宇忽然说，"我知道你这里藏龙卧虎，你能介绍一些资本雄厚的客人给我认识吗？我们做投资的一不嫌钱多，二不在乎钱的来源，现在很多人手里有钱就是没地方投资。"

于世绩眼珠转转，笑笑说："卫总，我们这里一是对客人了解不多，二来一般对客人的资料都保密。"

卫近宇听了也一笑，他喝了一口酒说："这也是，不过，于总我不会让你白干的，有钱大家赚，如果你能给介绍一些金主的话，我可以送给你一个礼物。"

"什么礼物？"于世绩问道。

"你知道一个顶级的厨师，最大的敌人是谁吗？"卫近宇这时反问。

"是谁？"于世绩问。

"人工智能，你见过计算机下棋吧，它现在已经能打败一流高手了，而当计算机能做菜时，你们这一行就彻底消失了。"卫近宇说完意味深长地笑起来，他坚信他的话能够打动所有那些把做菜当作艺术的伟大厨师，"我可以送你一个做菜的软件，当你想创新时，你就把想法输入电脑，我想它一定会给你许多精彩异常的建议，之后，你再把自己的想法一结合，这样就肯定能做出妙不可言的菜品，因此在你们这行被替代之前，你还会有无数的钱可以赚。"

于世绩当然被卫近宇说动了心，作为商人，卫近宇非常清楚这一点：每个人都有欲望，都有所求，不怕人有爱好，就怕人没爱好。几天之后，于世绩开始向卫近宇推荐第一位客人，卫近宇欣然赴约，他知道这个人不是他要等的那个人，但这是一个好的开始，只要他足够耐心，他要等的那个人一定会出现。

3

炮灰耿译生的表现令人大跌眼镜。

没有人能想到他会那么快进入角色，并且还带有一种投入而忘我的色彩。

从某个角度看，即使没有那幕话剧，日出城堡本身就是一个永不落幕的舞台，每个人都抱着不同的目的来到这里，扮演一个独特的角色，得到某种意料之中或之外的结局。这很像人生，人们没有选择地到来，毫无准备之下必须登台表演，人们于是在台上欢笑或者哭泣，不管表演得精彩还是拙劣，在某种时刻你都在那里，不管表演得投入还是游离，在某种时刻你都必须离开那里，但上帝安排的戏剧总会持续。

这就是一个戏剧的时代，因为这个时代比戏剧还戏剧，比深渊还深渊，比梦幻还梦幻。

天外飞仙是有的，海底龙宫是有的，人们可以把这个世界搞得更好或者更坏，但是却总能成就伟大的戏剧。

冯慧桐想得很清楚，她制定的战术就两个字：耐心。她打算打一场持久战，拖垮一些必须拖垮的人。按照约定，秦枫果真和这出戏摽上了，他成天追随着"马甲戏剧工作坊"，他们去哪儿他就去哪儿。一开始他也就是跟着，但是后来他渐渐发现积极参与是一个忘掉忧愁的好方法，他每天都竭力加入到别人的人生中，在别人的生活中忘情地嬉笑怒骂，悲伤哭泣，在他的努力下，他现实的窘境也似乎有所改善，似乎获得了某种平衡，就好像一只手在悬崖的另一边悄悄拉了他一把。

楚维卿当然一如既往地在后面跟着，她的世界里没有别人，只有她的唯一的猎物。别人都看得出，她的手中正握着一把沙子，她特别怕那些沙粒会从她的指缝间溜走，但是她握得越紧，它们就溜走得越快。

冯慧桐小心翼翼地观察着他们俩，她没有给秦枫安排任何异性的对手戏，这就使楚维卿渐渐放松了警惕，随着人员、情节不断变换以及长时间的煎熬，楚维卿终于感到了身心的疲倦。

某一天深夜，所有的人都很累了，但是一幕新戏才刚刚开始。这是一个长期失眠者的故事，整出戏讲述了他非常痛苦的生活，他在白天永远昏昏沉沉的，阳光下他最渴望的就是睡觉，但是到了夜晚，夜深人静之际，他却睡不着。睡神只在他周围徘徊，迟迟不肯进入他的脑际，他想尽办法，希望睡神能尽快到来，但睡神却总是置之不理，直至天明时分扬长而去。

整出戏有三个角色：失眠者、他的枕头，还有若即若离的睡神。戏有无数幕，都是这三个角色无穷无尽的纠缠，他们或对话、或争吵、或抱怨、或沉默。这一次秦枫扮演那个失眠者，而扮演枕头的是一个城堡的客人，在表演很长时间之后，他感到非常累了，于是就下场回房间休息了。

但秦枫想继续演下去，他不想走，他宁愿孤零零地躺在地上，也觉得比回到房间睡觉要好，楚维卿就坐在不远处的大理石柱子旁，她托着腮，两眼困得一开一合的。此时，冯慧桐站起身，她穿过演职人员，从躺在地上的秦枫头前走过，径直走到楚维卿面前，她蹲下，伸出纤细的手指戳戳楚维卿的胳膊。

楚维卿悚然一惊，她睁开眼，看着冯慧桐下意识地问："怎么了？"

冯慧桐看着她嫣然一笑说："小姐，我观察你很久了，你似乎是我们所有戏的忠实粉丝，你一直跟着我们，对吧？"

"我吗？"楚维卿一愣，她根本没关心过这个戏的任何事，她关心的仅仅是一个人。

"我是这个话剧的总制片人，我们现在缺一个演员，想邀请你来演个角色，如何？"冯慧桐问。

楚维卿脑子慢慢清醒过来，她抬起头打量着眼前这个明净、干练、衣着华丽、笑意深刻的女孩，这个要求是她没有想到的，她本来是在这个世界之外的，她也不关注这个世界会怎样。这时，冯慧桐指着躺在不远处的秦枫接着说："那是一个长期失眠的人，他非常痛苦，我们希望你扮演他的枕头。"

楚维卿看了一眼躺在地上的秦枫，犹豫了好一会儿，然后问："怎么演？"

"很简单，你躺在他对面即可。"冯慧桐说。

"好的，我去——"楚维卿听完，站起身走了过去，她对这事儿想得很简单，她想，反正是盯着秦枫，面对面盯着岂不是更好，但是楚维卿没有想到，她的一念之差对众人来说却是一个重要的发令枪，当她躺到秦枫的对面时，大家想，终于开始了，真正的演出总算到来了。

一对痴男怨女就那样躺在地上，他们相距咫尺，死死盯着对方。这是一出有些抽象的现代风格的话剧，一个男人和他的枕头以及睡神构成了某种三角关系，男人与他的枕头本来相依为命，但是因为睡神迟迟不来，两人分道扬镳。睡神的象征意义非常丰富，他可以代表希望、财富，也可以代表一种被渴求的关系，还可以代表某种阴谋与计划。睡神是犹豫的，他本来的目标很简单就是要进入男人的睡梦中，但他在进入的方式上迟疑了，他搞不清到底是直接进入男人的梦，还是通过他的枕头进入他的梦，睡神的这种迟疑也具有很深的寓意，就好像人在一生中总有很长时间在选择到底走什么路一样。枕头自始至终是哀怨的，她本想忠于某种关系，她甚至曾把这种关系当作一种义务、一种信仰，但是她后来发现，她并不是男人生活中最重要的，她只是一个工具，当目的无法达成时她被断然抛弃了。

按照剧本，戏的一开始是每个角色的独白，之后是两两关系的表达。楚维卿下场后是最先被要求表演的，剧中她作为枕头与男人从偶遇到相互吸引，之后厮守，后来他们为琐事争吵，然后产生裂痕，最终分离，枕头的内心既纠结又复杂，她似乎有着无限的事情需要倾诉，却往往有口难言。楚维卿最初以为她只要和秦枫面对面躺着就行，副导演给她台词时，她愣了一下，然后硬着头皮机械地念起来，导演适时地出现了。他告诉楚维卿她的表达有问题。楚维卿显得很不耐烦，她对这些没有兴趣，但是导演很耐心，他一遍又一遍循循善诱地让楚维卿重复、体会、投入情感，设身处地地像剧本中那只哀怨的枕头一样思考。楚维卿变得焦躁不已，可导演异常坚持，他甚至替换了秦枫，躺在楚维卿的对面给她说戏。终于，在某一次导演强烈的压迫下，楚维卿被刺痛了，她忽然很愤怒地坐起来大声朗诵着台词。就在这一瞬间，她好像进入到剧本的规定情境中，并且开始体会到枕头那种虽然得到却无法把握的痛苦心境。她一边朗诵心中一边泛起痛彻的伤感，同时她的眼中也涌起一股真实的泪水。

这一切全被不远处的冯慧桐看在眼里，她不禁扬起嘴角微微一笑，她等待这一刻已经很久了，此时，她在空中轻轻打了一个响指，之后，耿译生穿着他的黑白袍出场了。

一切都严格按照计划进行着，戏剧工作坊的设计就是先想办法引起楚维卿的情感波动，之后再替换她对手戏的人物，转移她的注意力。在接下来的剧本中，枕头是失落的，而耿译生扮演的睡神则是游荡的，作为枕头的扮演者，楚维卿依然沉浸在黯然神伤中，她坐在地毯上，有些哀怨地盯着地上那个睡去的男人，楚维卿感到很奇怪，刚才那些台词似乎是从她心里流出来的，她说出它们的时候简直痛彻心扉，但一旦和它们分离，心中却有一种从未有过的轻松。

一阵脚步声传来，楚维卿抬起头，只见一个瘦瘦的、戴着眼镜的家伙形单影只地走向她，他穿着一件黑白袍，他的颧骨有点高，眼睛大大的，脸上抹了一道红色的油彩，很像一个滑稽的丑角。

"请问杏花村在哪儿？"耿译生问。

"我不知道。"楚维卿看了他一眼，面无表情地说。

"听说有一个整夜无眠的人，我要去找他。"耿译生又问。

楚维卿无语，她低下头看了一下死狗一般静卧的秦枫忍不住叹口气说："他已经决定要去找长眠酒了。"

根据剧本，绝望无眠的男人此时应该站了起来，他抛下枕头先去了杏花村，因为他听说那里有一种长眠酒，喝了之后可以一睡不醒，而枕头则待在原地，睡神不认识去杏花村的路，他经过三天的劝说，枕头最终答应带他去杏花村。

三天，仅仅是剧本中表达时间长短的一个虚词，但是导演组决定这场戏就演上三天，楚维卿拒绝了，三天太漫长了，扮演一个角色对她来说讲只是一个短暂的停顿，她还有更重要的事情要做。于是导演组开始了轮番的劝说，他们用尽了各种理由，并且保证秦枫作为戏中的男人一直会停留在她的目力所及的范围内，楚维卿惯性地拒绝着，她直觉觉着不对，好像自己被什么人偷偷瞄准了，这让她隐隐感到了恐惧，但是人们早有准备，他们持续不断地说服着，似乎不达目的绝不罢休。楚维卿很少受到这么多人的围攻，她渐渐地有点慌乱，有点茫然，有点不知所措了。终于，她在一次众人的逼问中情绪失控了，她大声叫道："你们别逼我了！我不知道你们想干什么，但是我不想改变，我害怕改变！我害怕！"

众人听了这话愣了一下，他们都在猜测是不是她真的发现了什么，可就在这时，城堡忽然摇动起来，人们纷纷抬起头左顾右盼，楚维卿的眼前又洋溢起那些斑斓的色彩，这是城堡中久居的色彩，它们与她相处很久了，它们连接、翻滚、扭动、飞舞，使她的视线飘向遥不可及的地方，在那里她好像发现了什么，那是一个带有亮光的出口，接着是两个、三个、四个直到无数个，这些出口合并起来就像一个被恒星照亮的蜂巢布满整个宇宙。

摇动很快就过去了，众人坚持不懈的声音持续响了起来，"可是，改变有什么不好吗？"

楚维卿琢磨着这句话，她的心在刚才那些无尽的景象中彻底动了一下，她想：那是宇宙中的出口吗？它们都指向何方呢？人们说得对啊，我为什么不能改变呢？我为什么不能好好演一出戏呢？

"其实对于改变的恐惧往往大于改变本身，你说不定是个伟大的演员呢！"众人继续总结道。

楚维卿听到这儿，瞬间就妥协了，她举起了两只细细的手臂说："好吧，我投降，我改变！"

于是，在接下来的三天里，楚维卿完全变身为一个枕头，她单独面对睡神，根据后面的剧情，他们先是陌生，后来熟识，慢慢变得了解，他们在第二天开始相互倾诉，各自表达困境，期望获得对方的理解，第三天经过长时间的讨论，双方决定一起去杏花村，解决各自最终的难题。

楚维卿演得非常有耐心，但导演不断否定着楚维卿的表演，他让她再多一些投入，再多一些理解，再多一些感悟。楚维卿这一回认真聆听，悉心揣摩。耿译生是一个很好的搭档，他全力配合着楚维卿，使她能更好地表达自己，楚维卿也注意到搭档的谨慎和体贴，只是觉得他好得有些隐形，有些让人忘怀。终于，在楚维卿第几十遍重复时，导演要求的戏剧性效果产生了，之前她的情绪一直不过关，可是这一次当她重新开始时，她忽然想起了她自己失败而无奈的一生，她想起自己努力寻找爱情却不断被这个世界痛击的事实。于是，楚维卿伤心地哭了，她让眼泪恣意地滑过她瘦削的脸庞，她带着哭腔冲着空中声嘶力竭地喊道："世界，请你张开你的双臂，给我一次哪怕是最虚伪的拥抱吧，我是那么的孤独、脆弱，我需要爱，只有爱才能让我活下去。"

楚维卿的声音非常尖锐，它们穿出人群奔向空中，久久回荡在大厅里。她的周围站满了人，有客人、演员、导演，还有城堡的工作人员，每个人都被感动了，他们的眼泪奔涌出来，他们非常绝望地听着一个女人呐喊。他们想，天哪，这是多么巨大的伤悲啊，于是他们毫不犹豫地热烈地鼓起了掌，代表这个世界也代表他们自己给予了楚维卿从未拥有过的掌声。

楚维卿在那场三天三夜的戏之后回去昏睡了两天，她累了，在她躺下那一刻，她的头脑中没有别人，只有"枕头"给她带来的翻来覆去的悲伤。两天之后，她醒了，偌大的房间空空荡荡，她看着那些枝形吊灯、仿古家具、大大的壁炉，以及一幅幅巨大的油画，心中有种空落落的换了天地的感觉。

她穿上睡衣，起了床，走到落地窗前，窗外，城堡一片生机盎然，它正从春天走向夏天，一切都是绿的，远处的森林以及河流也都灵动异常，楚维卿感到有些口渴，于是她走到餐厅去找水喝，她拿起一个巨形的玻璃器皿给自己的玻璃杯倒了一大杯水，然后咕嘟咕嘟地喝了下去，就在她喝水的瞬间，她透过杯子看见长长的桌子上有一封信，雪白的信封上系了一个粉红色的蝴蝶结。

她打开信，信是写给她的，抬头称她为楚小姐，她很诧异就首先看了信尾，信尾的落款是耿译生，后面是一个破折号，睡神。楚维卿想想，她记起来了，这个人是她三天里谨慎的搭档。耿译生在信中并没有说什么实质性内容，他在礼貌地问候之后，就开始和楚维卿讨论起戏里边的角色问题，耿译生在信中依然显得那么得体那么中规中矩，楚维卿从中读出了某种耐心与诚恳，这是男人少有的品质。楚维卿没怎么关注过这个对手戏演员，她奇怪耿译生为什么会这么做，他实际上只是一个陌生人，他们在戏剧之中萍水相逢。但是无论如何，作为一个女人，被人注意的感觉总归是好的，而这个陌生人竟然用一种她欣赏的古典的方式与她交流，在这个世上从来都是她给别人写信，这回竟然有人给她写信了。楚维卿浮想联翩地读完信，最终把信收到了一个锦盒之中，藏到了一个隐秘的地方。

楚维卿没有再去演戏，她是一个对待外部世界相当谨慎的人，她不知为什么总是有点隐隐的担心，但是耿译生的信却持续地到来，它们被隔三岔五地放在严总的店里，然后又转送到楚维卿这里。

这太奇怪了，他想做什么？楚维卿百思不得其解。

耿译生的信慢慢絮叨着，他似乎不在意自己写什么，只在意写这个行为，他想起什么就写什么，无边的云，眼前的景致，还有人们闲散的交谈。在他眼中，楚难卿是异常神秘的，他只跟她面对过三天三夜，然后她就悄然消失了。在信中他一直在猜她住在哪里，她是谁，她正在做什么，这种琐碎的关注很吸引楚维卿的眼球，因为这正是女人所需要的，她们不需要什么伟大的理想，只需要这种轻言细语的关怀，一些小情小调的恭维，至少这表明有人在意她们，有人想了解她们。在另一封信中，耿译生表示他一直在时断时续地扮演睡神这个角色，他甚至邀请楚维卿再次去扮演枕头，楚维卿当然没有去，她对情况完全判断不清楚，她决定像一只猫一样静静守候在城堡的某个角落，等一切弄明白再说。

可是，世界上还是有很多其他眼睛的，某一天，百忙之中的青哥光临严总的"以假为真"店时，非常偶然地在书信之角看到了耿译生写给楚维卿的信。这对青哥也是很惊讶的一件事，青哥把信认认真真地看了几遍，里面唠唠叨叨谈论着一些不痛不痒的事情，青哥看了半天也看不出所以然，于是他找来了秦枫，秦枫屁颠屁颠地来了，青哥有些奇怪地问："有人开始给小楚写信了？"

"那是因为小楚有粉丝了。"秦枫非常镇定地说。

"她怎么可能有粉丝呢？"青哥不解。

"是的，哥哥，小楚参演城堡中的那出话剧，因为她出色的表演，赢得了观众的喜爱。"秦枫面带欣喜地说。

"噢，原来如此。"青哥觉得有些奇怪，拿起茶喝了一口，他心里一时判断不出这件事的好坏，"那这些粉丝的出现有助于她创造性的劳动吗？"青哥又问。

"当然，这正是我所看重的，所以我才劝说她参加那出话剧的。"秦枫非常正面地回答道。

青哥听了点点头，他看了一眼秦枫说："这就好，兄弟，反正你知道我的要求，养你们俩可比我那个动物园贵多了，你们一定好自为之，别让我操心。"

秦枫很轻松地应对了青哥的盘问，这来源于他这一阵充足的心理准备，因为生存的压力，他已经变得比原来更爱动脑子了，吃饱了混天黑的方式再也不行了，他必须思考才可能得到一丝出逃的希望。这些天秦枫表现得无懈可击，他像剧中的那个角色一样，天天在屋里酣然大睡。其实他是睁着眼睛的，他一直在观察楚维卿，他知道那些信的事情，虽然楚维卿一直刻意藏着。作为一条狗，他对绳子的松紧程度是相当敏感的，他觉得楚维卿已经有点魂不守舍了，她在无意识中放松了对他的监管。无疑，这一回秦枫判断对了，实际情况确实如此，那个陌生人的行动着实让楚维卿有些凌乱。她原来只关注一个人，她的世界是简单而清晰的，可现在她发现，她的世界有些模糊，变得不那么清晰了，她的面前竟然有不同的影像在晃动，就像上一回她看到的那些无尽的出口，她现在甚至需要一点点自己的时间与空间去思考，一点点自己的秘密去保守。

可就在这个关键时刻，那些信戛然而止，它们就像一个未完成演奏的乐章突然消失了一般。楚维卿一开始是等待，之后就有点疑惑，再之后就变得有点失落，每个人都有那种害怕失去的心理，当他们拥有什么时也许不会在意，可是当他们面临失去时，就觉得那些即将失去的是本该珍惜的。

于是，楚维卿经过思索，终于提起笔主动给耿译生写了封信。信中当然没有什么特殊内容，不过是一些简单的问候，一些家常的话，还有一点关于戏剧的讨论。信送出去了，但是如石沉大海，楚维卿猜想也许他没有收到，她接着又写了另一封，这封信比原来长了不少，她在信里稍稍展开了一下，但是也只是描述了一下她最近的心情以及有些寡淡有些狐疑的生活，在信的最后她犹豫了很久，还是写上了她的手机号码，这还是她这么长时间里第一次给别人留下通信方式呢。

但是楚维卿依然没有收到回信，她等待了几天，然后就陷入了一种深深的沮丧中，她觉得似乎有人想撬开一座房子的天窗，给房子透透气，可不知道什么原因他忽然放弃了。

这天清晨，楚维卿背着画夹，独自在城堡中转悠，她好久没有一个人独处了，她想找一个清静的地方，好好地写生一天，并且思考点什么。她走到一棵大树下，在草地上坐下，不远处的城堡，沐浴在朝阳之中，沉睡的人们还没醒。她打开画夹，拿出画笔，抬头凝视着巍峨而广大的城堡，她的心情有些宁静也有点落寞。此时，一对欢快的小鸟飞了过来，它们有黑褐色的背脊，金黄色的腹部，叫声十分清脆明亮，那是一对金青，它们围绕着楚维卿飞舞着，甚至尝试着要落在楚维卿的肩头。一会儿，它们落在楚维卿脚前的草地上，嘴对嘴地鸣叫着。看着它们异常欢快地亲热，楚维卿忽然想起了城堡中那句耳熟能详的话：为了你的爱，太阳每天从东方升起。

楚维卿差一点潸然泪下，一时之间种种情景涌上心头。她非常妒忌地看着那两只金青，觉得这一切都是命运。

就在这时楚维卿的电话响了，这是极其罕见的，她在城堡中很少会用到这种现代通信工具，她不需要联络谁，也没人需要联络她。

她接了电话，用有些低沉的声音"喂"了一声，之后耿译生尖

264

尖的声音在那头响了起来，他问，"是小楚吗？"

"是的，我是。"楚维卿低沉地说。

"小楚，抱歉，我出了个长差，所以一直没有给你回信。"耿译生非常诚恳地说。

这是他们第一次通电话，第一次聊天，但是谁也没想到，这不是一个随随便便的电话，他们从上午开始，一直聊到深夜，然后又聊到第二天清晨，一共整整二十四个小时。

他们把想聊的都聊到了，中间几乎没有停顿，他们聊城堡，聊城堡中的客人，聊那出永不落幕的话剧，聊各种角色，楚维卿感到了异常的轻松，她不明白她为什么会对一个陌生人敞开心扉，说出她的心里话，说出她的哀伤、痛苦、欢笑与得意。耿译生也感到了从未有过的成就感，他第一次成为某种被依赖的对象，成为一个重要的倾听者和意见提供者，有人对他的意见表示了重视，对他的同情与怜悯表达了真实的感激，他是有价值的，他的行为是有意义的。

就这样楚维卿说出了她想说的一切，耿译生听到了他想听的一切。第二天，当太阳又从东边升起时，耿译生筋疲力尽地靠在城市中的一个角落对楚维卿说："你知道，他们都传说，在日出城堡人们能说出他们最想说的实话，这真是一种幸福。"

此时，楚维卿也正站在日出城堡广场上的武士雕像下，她已经不管不顾地站了一天一夜，她看着朝阳，看着城堡那些哥特式尖顶所呈现的斑斓的颜色，看着阳光照亮新的一天，她的眼泪不禁流了下来，她一边哭一边说："是的，在日出城堡一切神奇的事情都能发生。"

清晨，秦枫酣睡之后醒来，这一觉他睡得踏实沉稳，好像没有可以担心的事情一样。原来他的夜晚是不安宁的，他不是趁机外出，就是在深夜被噩梦惊醒，然后一直无法入睡。但是这一阵，一切都慢慢在改变，他不再有夜晚的躁动，反而一点一点安静下来。

　　他的身边是空的，这个情景最近已经不是第一次出现了，他看着一个人的床铺，嘴角不禁浮起一丝真心的微笑。这是一个非常美妙的象征，就好像一个充满希望的早晨一样，秦枫似乎能呼吸到一丝丝甜甜的自由的空气了。所有的一切都肇始于一个成功的阴谋，当他按照那一男一女的要求做了之后，他就发现他的生活开始有了改变，这对他———一个在罗网中捆得紧紧的人，无疑是一种意外的幸福。

　　他很清楚，这是合作的力量，这是对他的配合的回报，前一阵，当他看见那个心机颇深的年轻女孩率领着庞大的戏剧工作坊出现在城堡时，他就坚信这一把他赌对了，他跟对了一个更年轻更具有冒险精神的角色，她坚定而果断，无所畏惧，有一种令人奇怪的强大气场——她似乎觉得整个世界都是她的。

　　按照约定，秦枫再次行动起来，既然他有机会逃出这个人生中最大的陷阱，那么碌碌无为就等于给脸不要脸，他必须抓住这个千载难逢的机会，让自己逃得更快也逃得更帅。他知道他的对手是多么强大，因此他们的联盟需要更多的帮手，这也是那个女孩一再强调的，想到这儿，他毫不犹豫拨通了一个故人的电话。

　　几天之后，季明蕊和她的富豪丈夫来到了日出城堡。

　　他们登记入住之后，季明蕊就撺掇她老公去参与酒店组织的森林狩猎活动，他老公巴不得离开天天聒噪的她，马上乐颠颠地走了。

中午，季明蕊的房门被敲响了，季明蕊打开房门，只见秦枫站在门口。季明蕊抬眼认真打量他时，不由得愣了，她面前的这个家伙面色苍白，表情颓丧，头发乱糟糟的，鬓角竟然显出一丛白发。

"宝儿，你怎么了？怎么这么落魄？"季明蕊吃惊地问。

秦枫苦笑了一下，他的眼圈一红说，"唉，一言难尽。"

"到底什么情况？"季明蕊又问。

秦枫看着他的老情人，此时所有的委屈一股脑涌了出来，他眼中迅速充满了泪水，哽咽了好半天才叹了一口气说："我让人设计了，你得救我。"

4

孙维信可以说是大名鼎鼎，他的头上一直笼罩着让人仰视的光环。

据说他创造了一个时代，改变了人们看待事物的方式，他在纷繁复杂、乱云飞渡的世象中冷静观察，潜心琢磨，然后去粗取精，去伪存真，用最直接最简单的办法去发现最值得追寻的价值。人们对他最推重的莫过于，无论多么漫长庞杂的障眼法在他眼前都会铅华褪尽，他会异常准确地找到珍宝所在，不管那个珍宝看上去有多么不起眼，他因此被世人称为投资大师。

这是一个眼花缭乱的时代，几乎每个人都会倒在被骗的路上，当所有的爱情与亲情都成为道具和表演时，整个社会都堕落为彼此的陷阱，因此孙维信的成绩更令人瞩目，他从无数劫难中幸存下来，并且淡定地取得了辉煌的成绩，这非常稀有并且弥足珍贵。

最近令这个城市最关注的，无疑是"天价午餐"事件。每年，维信投资集团开完股东大会之后，总裁孙维信都会向外界拍卖他的一次午餐时间，购得者可以在拍卖会后的一个月内的某一天与孙维信共进午餐，这顿饭一共四个小时。购得者可以与"股神"孙维信谈论任何事情，一般情况下，每个购得者都会珍惜这段时间与"股神"探讨一些投资问题，"股神"会利用这四个小时与购得者共同分享他多年的投资心得。听说，很多人就此终生受益，获得的价值远超过这一顿饭的价格。

由于这几年维信集团的投资收益甚佳，因此这一次午餐拍卖会上众买家争夺得相当激烈，来自世界各地的明星投资人进行了漫长地混战，就在某个投资机构即将得手时，忽然一个越洋电话打过来搅了局。只见一个一直坐在角落里一言不发的家伙站了起来，他以高出20%的价格举了牌，迅速而令人愕然地一举拿下了这顿午餐，据信，购得者来自这个尘埃与辉煌共舞的城市。

两周之后，"股神"孙维信践行了他的诺言，他并不像以往那样待在那个太平洋小岛上静候来宾，而是竟然屈尊飞临了这个城市。这个行动太令人吃惊了，也具有相当的轰动性，在机场的出口，这个城市的粉丝们自发组织起来，排出了浩浩荡荡的欢迎队伍。当白发苍苍瘦削干练的股神出现时，早已被市场玩弄得体无完肤的股民们发出了震耳欲聋的欢呼，股神看着周围激动的股民，慈祥而温暖地笑了起来，伸出手，善解人意地说："股民们好——"

"股神好——"股民们一起喊。

"股民们辛苦啦——"股神又鼓励大家。

"为人民服务——"股民们声情并茂地叫道，并且情不自禁地鼓起掌来。

股神感激地向大家频频点头，之后他在助手们的保护下走出人群，登上机场门口的公务车扬长而去。

孙维信的车队穿过城市，在拥挤与雾霾之中来到城市边缘的酿蜜坊会所，他下了车，在助手的陪伴下走向会所大门，很多闻讯赶来的媒体拥过来，疯狂地拍照，股神再次冲着人们和蔼地挥手致意。此时，那个早已等待多时的午餐购得者走到股神面前，他戴着大大的口罩和墨镜，样子相当古怪，他伸出双手和股神的手紧紧握在了一起，然后两人一起走入酿蜜坊。

进入包间后，孙维信叫助手退了出去，卫近宇也摘掉了墨镜和口罩，房间中只剩他们两个人，孙维信上上下下打量着卫近宇，他的神情相当冷淡，甚至带着一份警惕，过了好一会儿他才对卫近宇说："年轻人，我不知道你是谁，是干什么的，我也不知道我在做什么，但是为了我的女儿，我什么都愿意。"

"谢谢您的到来。"卫近宇礼貌地说，"您的女儿在做一件所有人看来都不可思议的事，我们只是她的雇员而已。"

"这一点很像我，我年轻时就爱异想天开。"孙维信皮笑肉不笑地说。

"我听说，您当年就是靠着异想天开，别出心裁，在二十五岁的时候捞到了第一桶金，是这样吗？"卫近宇问。

"是的，当时我跟几个朋友在股市豪赌了一把，一夜暴富，后来我全身而退，去了另一个成熟市场，他们则被这个市场赶尽杀绝了。"孙维信回忆着说。

两个人闲聊了一会儿，之后并没有一起吃饭，孙维信对吃饭毫无兴趣，他出其不意地提出跟卫近宇下跳棋，卫近宇有点愕然，但还是同意了。孙维信让门外的秘书把跳棋拿进来，他们一起下了四个小时，卫近宇输得一败涂地。在这个简单而乏味的游戏中，卫近宇深深地感到股神的杀伐果断与冷酷无情，他纵横捭阖，翻云覆雨，卫近宇看着自己一次又一次迅速地输掉，他心里想：是的，就是这样，他们所说的一将功成万骨枯就是这个意思，神从来不把人当回事儿，在他眼里所有人都是蚂蚁。

最后一盘下完，时间也到了，孙维信认认真真地收拾好棋盘，看样子他对时间很珍惜，绝不想多耽误一分钟，收拾完后，他对卫近宇说："年轻人，回去跟我女儿说，我想见她。"

"好的，明白了。"卫近宇点着头说。

在进入包间共度了整整四个小时之后，他们一起走出了酿蜜坊的超现实主义大门，孙维信带着他宽厚的微笑，卫近宇还是那副墨镜加口罩的欠扁的样子，媒体们一见人出来了，立刻拥了上来，人们争先恐后地发问说："股神，你们谈了什么？"

"谈了很多很多，我听了很受启发，这个年轻人告诉了我他赚钱的方法，我觉得那是一个绝妙的方法，在这个异常复杂的市场上是成立的。"孙维信非常肯定地对媒体说。

在日出城堡，卫近宇见到了冯慧桐。

戏剧工作坊的人们还在努力工作，他们正通宵达旦地排戏，冯慧桐则摆脱了人群中，在"日出学院"静静地看书。卫近宇费了一点力气才找到那里，它在城堡中比较偏僻的地方，卫近宇走进学院时，里面空空荡荡的，学院按照大学的习惯设置了很多自习室，卫近宇挨着个儿寻找，最终他看到冯慧桐在一个阶梯教室里抱着一本很厚的书在苦读，这一情景不禁让卫近宇想起了他青涩的大学时光。

卫近宇把冯慧桐叫了出来，他们一同坐在外面宽大的台阶上。难得，这是一个宁静的夜晚，天空能罕见地看到密密麻麻的星星，不远处，一个女孩子在灯火阑珊处认真地拉着大提琴，那是舒曼的《梦幻曲》，她旁边有一群人席地而坐侧耳倾听，优美的琴声如同黑夜中的一种安慰慢慢扩散开来。

冯慧桐与卫近宇一直认真听着，过了好久冯慧桐才深深叹了一口气，说："她的琴声真美！"

"是的，真美，好像很多人渴望的宁静的生活。"卫近宇说。

"情况怎么样？"冯慧桐这时问。

"按照你的吩咐，我见到你的父亲了。"卫近宇说，"我们达成了协议，他说只要是你的事儿，他一定帮忙。"

冯慧桐不语。

"他还说他想见你。"卫近宇又说。

"他没资格见我，"冯慧桐摇摇头说，"他不配做我父亲。"

"为什么？"卫近宇问。

"他为了利益，曾多次毫不留情地抛弃我母亲，直到他后来老了，才罢手。"冯慧桐冷冷地哼了一声。

"我觉得你总得给他一次机会，至少他一直在支撑着你的生活。"卫近宇劝道。

"他活该，他该为别人做点什么了，他一辈子从来都是为了自己。"冯慧桐冷静得像在说别人的事情。

卫近宇无言以对，他无法理解他们父女之间这种深深的隔阂，但他从他们的对立中看出了他们父女的某些相像，那种冷静和倔强如出一辙。

"你刚才在读什么？"卫近宇这时掉转话题问。

"物理学的弦理论。"冯慧桐说。

"你怎么会对这么深奥的东西感兴趣？"卫近宇问。

"就是觉得有意思，那个理论中有一个关于无限分叉宇宙的描述很令我着迷。"冯慧桐说，"你不觉得日出城堡就是这样一个地方吗？"

卫近宇对那个理论也略知一二，他想起在某一天，在某一次震动中，他的眼前似乎出现了无数光亮的出口，他看到自己的生活被迅速地无限切分，然后每个片段铺散开来向着各个出口飞去。

"我确实觉得日出城堡是神奇的，我也不知道我们经历的那些现象如何解释，但是对我来说，最重要的就是所有到来的人都能畅所欲言，他们能说出任何他们想说的真话，这个太难得了，外面的世界根本办不到。"卫近宇想想说。

"当然难得，一个人能在这个城市说出真话，简直如释重负。"冯慧桐肯定地说。

"因此，我一直有个疑问，我们为什么要干掉这个城堡呢？留下一个可以说出真话的世界不好吗？"卫近宇这时提出了他一直以来的疑问。

"这个恰好可以用弦理论解释，"冯慧桐听了在黑夜中微微一笑说，"如果你能看到无限分叉的宇宙，并且借此你能明了无限的选择，你会怎么办？一个方向是一个安静美好的世界，另一个方向是一个嘈杂无比的世界你会怎么选择？"

卫近宇沉思着。

"我告诉过你，那些真话恰恰是我痛苦的根源，也许它们每一句都是对的，但合起来就是噪声，一个充满真话的世界并不是一个真正美好的世界，真相有时会让人更痛苦，它就像尖刀一样真实而毒辣。我现在觉得只有似是而非欲言又止，充满包容的世界才是真正美好的、能让人活下去的世界。"冯慧桐继续说。

卫近宇皱着眉深深思考着，他既不同意冯慧桐的说法，也无法反驳。

"我只是希望你不是在犯错误。"卫近宇看着远处夜色中那灿烂的城堡尖顶，过了很久才说。

"这谁也不知道，我们在某个维度只能确认选择，而不能确认因果，那是佛陀的事情了。"冯慧桐说。

几天后，青哥找到了于世绩。

他并不关心股票，但是他从报纸上了解到股神在酿蜜坊吃了一顿超级昂贵的午餐。报纸把主要精力花在对聊天内容的猜测上面，有关午餐的报道却少得可怜，可是青哥作为一个业余美食家恰恰最关心的就是午餐的菜单，他特别想知道天底下到底有什么菜品会那么贵？

于世绩按照那个菜单为青哥准备了一桌极其丰盛的分子料理，股神与卫近宇那天当然没有吃饭，这份菜单原来是股神来之前卫近宇与于世绩共同拟定的，卫近宇本想用那些新研制出来的分子料理来讨好股神，谁想，股神对这些世俗的享受却完全没有兴趣。

青哥吃得很满意，这种视觉与味觉完全不一致的盛宴，他还是第一次遇到。饭间闲谈之中，于世绩向他谈起了前几天的那一场风云际会，他以一个股民的身份向青哥描述了股神的光辉战绩，并且强调这是他这辈子见过的唯一战无不胜的人。后来，在他的叙述中，出现了那个买单者，他说，那个和股神吃饭的人也非等闲之辈，据说他是一个极为成功又极为低调的资深投资家，很巧的是，他是酿蜜坊的常客，分子料理就是他极力推荐的。

5

就在秦枫蠢蠢欲动之时，楚维卿也开始了越来越多的单独行动，她在城堡中一些隐秘的地方漫步，找到各种各样合适的机会便坐下来，从各个角度观察城堡的颜色，红黄蓝紫青白褐，在她的眼中城堡的颜色越来越多地交织起来，它们似乎比爱情还复杂，但也正好象征了爱情，没人知道自己最钟爱的颜色是什么，他（她）必须耐心地等待上天的赐予。

随着楚维卿成为城堡中最痛彻的倾诉者，耿译生的时间逐渐被她占据了，每天，他最重要的任务之一就是接听楚维卿的电话，他不知道她的电话何时会来，但它一定会来，第一次二十四个小时的交谈，仅仅是个开头，那就像一条高悬于头顶的天河终于决了口子一般，整条河流接着统统向他倾倒而来。那条河流的漫长与汹涌是无法想象的，那条河流所蕴含的一切情感与能量也是无法想象的，但是耿译生以海纳百川的淡定，以博爱的胸怀伫立在那里，他没有退却，没有烦恼，而是带着巨大的同情心接纳了它。

楚维卿开始事无巨细把她过去的生活以及细节都告诉了这个她并不熟悉的倾听者，她从来不想为什么这个倾听者会不请自来，并且如此耐心地一直陪伴着她。她只觉得这是天赐良机，她必须说出她想说的一切。渐渐地，两个人都意识到倾听者和倾诉人之间产生了某种依赖关系，每天他们的基本活动以及朴素的生活意义，就是说和听，这是一种平等而均衡的对位关系，好像天平的两端。当两个人都经历了悲欢离合人生沉浮之后，这样一个平衡的位置对他们来说是非常重要的，楚维卿觉得她开始有一种踏实的感觉，她悬空的双脚似乎踩到了地面，而耿译生也会不时忘掉，这一切不是来自于精巧的设计而是生活本身。

从某一天起，耿译生开始向前进了一步，他又给楚维卿写了信，在信中他开始约她见面。这是这一阵长时间倾谈的必然结果，他们现在已经比过去相互了解多了，耿译生的心中也具有了更多的主动性，楚维卿确实深深吸引了他，他很想彻底地了解这个如梦如幻、哀伤脆弱的女人的一切，因此他比原定的计划行动得更早了一些。

可楚维卿还是表现得相当谨慎，因为长期的情感挫折，她几乎对这个世界快丧失信心了，她对自我之外滔天的陷阱望而却步，她很怕自己一错再错，最终万劫不复。因此，楚维卿收到信之后，还是认真读完，就把它再次收到锦盒里，她只是牢牢记住耿译生相约的时间和地点，然后就呆呆地坐在房间里，等待着天光暗下去，看着时钟一分一秒走过那约会的一刻。

耿译生若无其事，他继续与楚维卿聊天，他与她谈论琐事，探问她究竟住在哪里，他们为什么后来一直没有再在城堡中相遇？他继续给她写信，他的信越写越短，顶多是重复一下他们聊过的话题，之后就是建议她下一次约会的时间与地点。

耿译生每一回都去约好的地点等待，他不知道楚维卿何时会来，但他越来越相信，她和她的电话一样早晚会来。耿译生每一次都会等上很长时间，然后独自离开，他一点也不气馁，他习惯了，他的一生似乎都是在等待女人，不是这个就是那个，他认为这就是他的命运。

耿译生的工作效果逐渐展现出来，秦枫很确定地感到他四周的铜墙铁壁在慢慢退却，楚维卿开始长时间地若有所思，魂不守舍，她不再像一只母狼一样在他的周围逡巡，死死地盯住他。秦枫悄悄地尝试着，他先是偷偷出去见了季明蕊，然后又在一个俱乐部泡了两个小时，后来他花了半天在赌场里拉耗子，最后有一次他竟整整一天在城堡中闲逛而无人理会。秦枫知道那个阴谋真的起作用了，他的心里止不住一阵阵地狂喜，他表面上依然若无其事，而心里已经暗暗幻想他获得自由之后的新天地了。

楚维卿当然知道自己变了，原来她占据了秦枫的所有时间，但同时她的时间也被占据。现在她已经决定，要给自己更多的时间，她持续地去独自散步，一点点加长着自己的独处，从一个小时开始到一个上午再到一个整天。有一天清晨，当她独自走在城堡边缘一条秘密的林中小道上时，她有一种奇怪的感觉，她觉得自己好像是一张巨大的弓上的一支箭，正要被射出去一样。

她变得安静下来，心不再那样纷扰，她开始了思考。她似乎从未这么冷静地思考过，她认认真真回顾了自己来到城堡之后的日子，一开始她确实感到了欢乐、喜悦、希望和满足，这种情感是真实的，也是她以前没有体验过的，可是这段时间太短暂了，很快她就重新沉沦，她得不到想得到的一切，心中又充满痛苦、忧伤与绝望。她后来就再也没有从这种状态中走出来，她冷静地审视了自己周围的人，发现只有她在关注、追逐别人，而别人却相反，他们总是想尽办法躲着她，她慢慢地看清了一个其实早已清晰的事实，那就是，她孑然一身，青哥不过把她当摇钱树，秦枫恨不得她马上死。

　　谁也没有想到，在这一段静默的时间里，楚维卿遭遇了她人生最大的一次觉醒，她在一个偶然的外力作用下起身，离开原地，走到远处再转过身冷冷地打量着原来的那个世界，原来的那个自己。于是，她看出了那个世界的猫腻，也看出了自己的可笑，那个世界一直在利用她，也一直在漠视她，她在那个世界并没有什么真正的价值，只是具有某种昂贵的价格。这是一次强大的自我觉醒，也是有关自尊和个体价值的觉醒，楚维卿忽然从那种如泣如诉般的依赖生活中清醒过来，她开始考虑每个人都必须面对的问题：她为什么要活下去？她活下去的意义是什么？

　　她想了很久，却完全想不明白这个问题。从她悲伤的个人经验来看，人生其实毫无意义，她觉得她在黑暗、封闭、孤独、伤痛中迟疑得太久太久了。此时，耿译生的另一封信笺到来了，那上面只简简单单写了下一次见面的时间与地点，她反反复复地看着，最终她痛下决心，打算迈出人生决定性的一步，走出这个别人与她自己造就的牢笼。于是她给耿译生打了电话，很快耿译生就接了。

"是我。"楚维卿用她低沉的略带沙哑的声音说。

"小楚，你好，今天聊什么？"耿译生在电话那头高兴地问。

"我只想说，明晚十二点，我们在赌场见。"楚维卿简单地说。

"太好了！"耿译生说。

"我们去看那一对小鸟，它们已经在赌场里筑了巢，它们的叫声非常响亮。"楚维卿说。

"太好了。"耿译生继续说。

约会的这天晚上，楚维卿破天荒在城堡中最好的一个私家饭馆要了满满一桌子菜。她向青哥和秦枫同时发出了邀请，约他们共进晚餐，她想，只要他们有一个人到了，她就不去赴约了。她从八点开始，就坐在桌前等，可是没有人来，两个人都没有露面，楚维卿呆呆地看着面前那些异常讲究的宫廷菜从热到冷，从新鲜到陈旧，那瓶打开的红酒如同一个冰凉了许多年的枪口一般愣愣地指向天空。一个小时过去，两个小时过去，楚维卿从饥肠辘辘到无所事事再到疲惫异常，当餐厅中的大钟敲过十一点时，她肯定她已经被她珍视的人抛弃了。其实，这是一个早已呈现的结局，只是她一直作为一只驼鸟对它视而不见，楚维卿有一种想哭的感觉，她的泪水慢慢浮上来，那泪水是复杂的，有哀伤，有对过去的告别，也有某种意想不到的轻松，她知道她已经别无选择。

耿译生是准时到达赌场的，他穿过喧闹的人群，走过端着啤酒衣着暴露的美女和闪烁的老虎机，一眼就看到了那两只正在筑巢的小鸟，它们旁若无人地把巢穴筑到了赌场里一个开放式酒吧的装饰树上，两只小鸟有着灰青的背部和金黄的腹部，它们对周围的嘈杂几乎充耳不闻，正欢乐地鸣叫着。耿译生绕着装饰树转了几圈，他一直认认真真盯着它们，耿译生非常羡慕它们之间能那样心无旁骛地关注着对方，他想，要是人类彼此之间能有一半这样的耐心与忠诚就好了。

楚维卿并没有在约定的时间出现，可耿译生并没有在意，他习惯了，他浑然不觉地继续等待着，他的脑子里开始浮想联翩，他在琢磨楚维卿为什么会突然答应他，为什么会让他来看这两只鸟，她到底有什么深意。如果他们俩能开始，那么将来他们会走向哪里，毕竟，这是一出安排好的戏剧，按理来说，它有它固有的结局。

很久之后，耿译生终于按捺不住开始打电话，他持续不断地给楚维卿打电话，但是楚维卿关机了，他一连打了一百多个电话，都只是忙音。

耿译生离开了赌场，他还是忍不住有些失落，他一时之间想回去睡觉，但是这种负面情绪转瞬即逝，他迅即觉得这很正常，如果是一枚珍宝就不会轻易得到，他对自己解释道。于是，他开始在城堡中漫无目的地转悠起来，他的奢望是也许这一次楚维卿会突然想起这个约会，也许她会忽然想出来透透风，那样的话，他们不是真的能见面吗？

城堡的夜如同以往是沸腾的，话剧还在上演，大批的花车依然在行进着，舞场上人们疯狂地舞蹈，一个合唱团在深夜里诡异地引吭高歌，他们的歌声似乎侵占了城堡的大半天空。可是今夜这一切都无法引起耿译生的兴趣，他的心中只有那个奢望一直在跳动，他真的希望今夜能有奇迹发生，当然，如果奇迹并不到来，他依旧可以等到明天。

凌晨四点，夜最深的时刻，欢闹的人们渐渐散去，他们总有累的时候，总有休息的时候，耿译生决定去城堡的湖边，这是他每次等待的终点，他在所有给楚维卿的信中告诉她，任何一次约会，如果她找不到他，她可以去湖边，他会在那里等到天明。

夜，深沉；灯光，悠远。耿译生孤独地走在步行街上，周围的商店与画廊全都打烊了，一切都很安静，仿佛只有他的脚步声敲打着街道。他揣着手，低着头走着，他不经意地穿过三个古堡中常见的人物，他们可能是神仙，也可能是小丑，他有点孤独，也不乏坚定，还有些疲惫，此时，三个神仙中有一个竟然摘掉了面具，耿译生抬头一看，她正是他一直想念的楚维卿。

"耿译生，你要去哪儿？"楚维卿声音弱弱地问他。

耿译生的心狂跳着，他咽了一下口水，平静一下自己说："我正要去湖边。"

"为什么去那儿？"楚维卿又问。

"我不是说过嘛，每一次约会，我的最后一站都是在湖边，我会在那里等你。"耿译生说。

楚维卿忍不住微笑起来，她的眼神晶莹剔透，眼中甚至泛出一层薄薄的泪光，她出来时已经很晚了，她去过赌场，那里早已没有了耿译生的身影，她打算回去时，忽然想起耿译生在每封信中给她许下的诺言，于是她抱着试试看的心情走向湖边，她真的没有想到耿译生此时正按照他的诺言走向湖边。

一个诺言对某些人来说只是一个笑柄，可是对另一些人来说可以比肩日月。

此时，耿译生伸出了手，他向楚维卿说了一句特别俗的话："走吧，让我们去湖边看看星星吧。"

楚维卿有些迟疑地伸出了手，慢慢地、慢慢地把自己洁白、细长的手交到耿译生并不厚实也不有力的手中，这仅仅是几秒钟的时间，但她非常清楚，从此一切改变了，她迈向了一个新的世界。

吴爱红这一回是迈着谨慎的步伐走入日出城堡的，天气很热，她不再打扮得珠光宝气，异彩纷呈，只是穿得清凉普通，嘟噜着全身的肥肉，一步一喘小心翼翼地走在武士广场上。

不像上一回，她不再那么无所顾忌，城堡还是那样巍峨，人们还是那样的欢乐和无拘无束，而她却清楚这里的水很深，她不能轻举妄动。不过，让她奇怪的是，这一次她是来受降的，秦枫消失很长一段时间后竟然主动向她请降，她实在不明白这是为什么。

快到酒店大门时，她忽然看到了一群人，他们在闹闹嚷嚷一起说着什么，她仔细一听发现这些人在打赌裸奔，她迅疾明白，这帮孙子一定是股民，他们是天底下最傻逼的人，特别爱对赌特别爱裸奔，还永远是loser，正当吴爱红打算驻足细看时，一个家伙忽然钻出队伍，他跑到她面前，苦苦地叫了一声："姐。"

她定睛一看竟然是秦枫，只见秦枫披着绿衣，顶着熊头，他明显瘦了，脸色苍白，吴爱红大吃一惊，她惊讶地问道，"弟弟，你怎么了？怎么都瘦成这样了？"

"唉，姐姐，别提了，我他妈生不如死。"秦枫哭丧着脸说。

吴爱红听了马上招呼他一起去房间，她早已预订了豪华套房，进了屋之后，两人照例上了床，可是秦枫表现得实在差劲，他三下五除二就缴械了，之后就再也没硬起来。

"怎么回事儿，弟弟，你怎么这么不济？"吴爱红纳闷地问。

"姐姐，我确实是想好好招待你一下，可我真没那心情。"秦枫懊丧地说。

"到底什么情况？"吴爱红看出秦枫确实是受委屈了，她明白问题有点严重了。

于是秦枫坐起来，就把他在城堡如何中计，如何求生不得求死不能的经历详详细细给吴爱红讲了起来，他讲得很长很细，讲到动情处，还忍不住洒下一把英雄泪，吴爱红听得异常难受，她眼眶湿润了。当秦枫倾诉完他的奴隶史之后，吴爱红一拍肥厚的大腿说："兄弟，啥也别说了，你就告诉我怎么办吧！"

秦枫一听，马上一抹眼泪说："姐，我想干掉这个城堡！"

"怎么干？我听说这个城堡的主人可不是个善茬儿啊！"吴爱红说，上一回的情形她到现在还记忆犹新。

"我找了一个靠山，那势力可是大大的，不过一个好汉也需要三个帮不是？"秦枫说。

"是的。"吴爱红听了点点头。

"所以，要想干掉这个城堡，一拨人肯定不行，我们必须搞个联盟。"秦枫说。

傍晚，吴爱红走了，她是和秦枫细细商量之后，又好好安慰了他一番才走的。她嘟噜着肉走到城堡大门，然后转过身向站在酒店门口的秦枫挥手作别，两个人如同即将诀别的战友一般一直恋恋不舍。秦枫的眼睛再次湿润了，他百感交集，有惭愧，有感动，又有惊奇，他不明白为什么这个让他讨厌的世界里，某些曾经让他十分讨厌的人竟然如此念旧。

6

　　冯慧桐决定去见孙维信。这个决定来得非常突然。

　　那一天傍晚，戏剧工作坊的人正在重拍《骑云旅行记》，冯慧桐坐在椅子上聚精会神地看着。不经意间，她面前的地面颠簸起来，如同声波一般上下起伏，城堡的错动再次发生了，冯慧桐已经习以为常。就在这时人群轻呼了起来，冯慧桐抬起头，忽然看见一匹骆驼走了过来，它坦然地从人群中穿过，不一会儿便消失在大厅那头。

　　所有的人都停下手里的活儿，凝视着它消失的方向。

　　"很奇怪是吧？"冯慧桐问。

　　"是的。"众人说。

　　"它奇怪在哪儿？"冯慧桐又问。

　　"它应该就是戏中的那一只。"众人回答。

　　"那它要去哪儿？"冯慧桐问。

　　"沙漠，一定是远方的沙漠。"众人说。

　　冯慧桐闻言沉思起来，她想起在《骑云旅行记》中，那个孩子骑着骆驼，跋涉千里最终找到了他的父亲，只是找到时他的父亲已经化身为一棵树。冯慧桐想到这儿，心中忽然有一种痛，她眼中瞬间涌起某种模糊的泪水。

　　于是冯慧桐决定放下手中的事情，去旅行一趟。她很快出发了，先是乘坐去南方的航班，到了目的地之后在机场雇了一辆车，驱车两百公里直达灵余镇。

灵余镇青砖白瓦，小桥流水，一派江南景色。冯慧桐在小镇中慢慢地走着。街两边人家繁盛，酒肆饭铺不一而足，人们不紧不慢地聊天、洗衣服、买菜烧饭，冯慧桐看着这一切忽然又想起一年前的那一次江南之旅，心中有些怅然。走了许久，问了几户人家，冯慧桐终于来到一个宅院门前，门半掩着，她推门而入，转过一个影壁，赫然看见她的父亲孙维信正坐在台阶上，看着台阶下的一个木工师傅做木雕。

孙维信穿得很普通，也很清凉，好像一个普通的小镇居民，此时他也抬起头看到自己青春年少的女儿，两人对视着，久久不发一言。

"你终于肯来了？"孙维信停了半天方才说。

"是的。"冯慧桐点点头。

"那坐吧。"孙维信对冯慧桐说。

冯慧桐依言走上台阶，在孙维信旁边的一张藤椅上坐下，孙维信站起身进了屋，一会儿端出一杯绿茶放在茶几上，透明的玻璃杯中，茶叶根根碧绿直立于水中，冯慧桐在孙维信低下头的一瞬间，看到他的头发很多都白了。

"我妈还好吗？她为什么最近一直没骚扰我？"冯慧桐问。

"她身体不舒服，住了一阵医院。"孙维信说。

冯慧桐哦了一声，问："你来这里做什么？"

"我打算把这个小镇买下来，这里有你母亲最喜欢的木刻。"孙维信说。

"你好像慢慢学会关心她了。"冯慧桐淡淡地说。

"是的，人早晚要学会关心别人。"孙维信很爽快地承认。

冯慧桐听了没再接话，她不相信孙维信真的会关心她的母亲，这种不信任早已根深蒂固。

"我最近读了几本关于你的传记，那些书说的都是真的吗？"冯慧桐这时又问。

"那些书都是半真半假，有的说我是天使，有的说我是魔鬼，其实那都不是我。"孙维信平静地回答，他接着轻描淡写地说了几件过去的事情，有得意的有失意的，有痛苦的有高兴的，当他谈到当年因为股指期货被打爆仓，差点跳楼自杀时，竟然还微微笑了起来。

"那么，最后你改变这个世界了吗？"冯慧桐问。

孙维信听了这话，想都没想就说："没有，我一直尝试这么做，但它从不为我所动。"

冯慧桐听完微微皱起眉思索起来。

"小桐，你电话里说找我有一件事？"孙维信问。

"是的，我来找你一起做一档生意。这是一个非常宏大的计划。"冯慧桐说。她接着把她的计划仔仔细细地描述了起来。孙维信认真地听着，脸上没有什么表情，直到冯慧桐讲完他还是久久不语。

"怎么样？"冯慧桐过了半天忍不住问。

"你为什么要这么做？"孙维信问。

"因为我想这么做，我要改变这个世界。"冯慧桐说。

"这不可能，也没有意义。"孙维信简洁地回答。

"但我必须做，这个世界太让我痛苦了。"冯慧桐斩钉截铁地说，她想起自己那段痛苦而孤独的经历，当她病得要死的时候，没有任何一个人在她身边，所有的花言巧语与海誓山盟都消失了，人们完全暴露出他们狭隘、自私、冷血的一面。她至今还记得她在病中发誓：如果她好了，她会让这个肮脏的世界不得安宁的。

孙维信看着冯慧桐有些泛红的眼睛，心里闪出一丝难过，他迟疑了一下，说："小桐，你说的那些事，城堡、戏剧、神仙什么的都不是我能了解的，关键是你没有告诉我，我的利润在哪儿，你知道没利润的事情我不会做，这是原则，对我来说，改不改变世界并不重要，重要的是我是不是有利润。"

"那你的决定是？"冯慧桐问。

孙维信沉默了很久，终于长叹一口气说："算了，这回我违背一次原则，但是就这一次。"

卫近宇再一次来到了酿蜜坊，这一次他是有备而来。于世绩已经给他介绍了很多客户，他每一次都表现得欢欣鼓舞，可实则并不当真，但这一回不同，因为他等待的正主儿终于来了。

为了那份传说中的无敌软件，于世绩一直在努力，这一次他邀请卫近宇与青哥共进晚餐，三个人在酿蜜坊最好的包间里见了面，卫近宇文质彬彬，礼貌而有派头，青哥也是穿着高档的唐装，戴着手串，一副成功人士的样子。卫近宇带来了一份令人眼花缭乱的见面礼，他向于世绩介绍，这是新搞到的国外分子料理的菜单，于世绩如获至宝，马上去准备，卫近宇则和青哥在琴箫飞扬的古曲之中闲谈起来。

两人虽是初次见面，却谈得颇为投机，他们专门聊吃，青哥是由衷地喜欢，卫近宇则提前准备了。青哥很有研究，他纵横捭阖滔滔不绝，对南北菜系如数家珍一般，卫近宇听得频频点头，心悦诚服。轮到他时，他专谈分子料理，由于他之前做了很长时间的功课，他谈得头头是道，他对分子料理的历史和现状以及未来发展都进行了详细的阐述，这种新鲜事物是青哥很少听说过的，他因此听得津津有味，并渐生敬佩与向往之心。在展望了分子料理如梦如幻的前程之后，卫近宇又向青哥介绍了未来会大显身手的人工智能菜谱，他把未来计算机的超能力吹得神乎其神，并且举出种种例子加以证明，青哥越听越觉得玄妙，后来他终于忍不住感叹，"卫总，人工智能真的这么神奇吗？"

"当然，万总，不瞒你说，我是做投资的，一级市场、二级市场都做，这智能菜谱就是我们投资的项目，将来我会找机会给它弄上市，现在科技股很时髦的，只要能包装上市，一定赚得盆满钵满的。"卫近宇神色笃定地说。

"原来如此。"青哥听了不禁深深点点头，他说，"卫总，看来你们那行挣钱是相当的容易啊。"

"万总，我们也不容易，中间必须经历很多挫折，但是利润率确实是高。"卫近宇很实在地说。

青哥脸上显出一丝苦笑，他叹了一口气说："利润率高就一切值得，你看我，试了十几行，行行苦逼，行行不挣钱。"

那顿饭很晚才吃完，可是青哥吃得叹为观止，他的面前摆着鲜艳夺目的如同艺术品一般的食物，可是它们却从视觉上彻底欺骗了他，他看到的每一个景象和他尝到的每一个味道都是不搭配的，他所有对食物的观念几乎都被颠覆了，吃到后来，他由衷地觉得这是现代科技给他上了一课。

显然，这顿饭吃出了青哥对卫近宇的好感，同时，青哥也是一个敏锐的商人，他在这顿饭中看到了商机，诚如青哥不经意中透露出来的，这些年他的生意王国步履维艰，虽然他表面风光，可是宏观经济形势的波动对他触及甚深，他所涉及的所有行业都遭遇了前所未有的困难。他虽百般挣扎努力却效果甚微，除了日出城堡还能给他带来不错的现金流之外，其他的生意都相当萎靡，甚至亏损累累。本来这顿饭他只是兴之所至，让他意想不到的是，他竟然在这顿饭背后发现了自救的希望，它明显来自传统之外的朝阳行业。

出于谨慎起见，青哥让人调查了卫近宇的从业背景，几个星期后报告出来了，卫近宇的从业经历相当干净而寡淡，他经济学专业毕业后一直在外企供职，直到他某一天辞职，之后他的经历一片空白。这些情况符合了青哥之前听到的传闻，因为于世绩曾向他介绍卫近宇是一个十分低调的投资人，根据青哥的江湖经验，他认为如果一个人掌握着一大笔资产，太过张扬一定是不对的，他必须为人谦逊且具有风险意识，懂得韬光养晦且行踪神秘，这些特点卫近宇身上都有。

青哥接着咨询了许多投资专家，他们的观点也应和了青哥的想法，他们都认为现在企业不好做，而做金融投资却正当其时，无论是在一级市场找项目，还是在二级市场找标的，都大有可为。专家们几乎说服了青哥，他想：对啊！为什么要亲力亲为呢？为什么不能让别人来替我挣钱呢？就在青哥进行思想革命时，实地考察人员又发回了报告，他们找到了一个不起眼的写字楼，那个写字楼的四层让人包了，十几个房间中公司雇员们忙忙碌碌地工作着，卫近宇就坐在最里边的一个房间，他盯着电脑冥思苦想。考察人员当然不知道，这是另一幕话剧，一些八竿子打不着的人为了一个共同的目的走到一起来了，演出地点与道具是吴爱红提供的，大部分演员是季明蕊招聘的，一小部分专业人士则是来自刘欣的推荐。作为快递的考察人员悄悄观察了部分专业人员的工作做派，他们满口金融术语，同时夹杂着大量的英文，他们在办公室里来回穿梭，实在是太忙了。

　　所有的消息都让青哥感到了踏实，他同时注意到前一阵媒体一直在炒作一个话题，股神孙维信与这个城市某个神秘投资人的聚会。于世绩明确告诉他，卫近宇就是那个投资人，这更让他对卫近宇另眼相看。于是，他在某一天在酿蜜坊回请了卫近宇，在席间，他诚恳地提出了与卫近宇合作的要求，卫近宇欣然同意了。

　　可金融投资毕竟是个新领域，一开始青哥是很小心的，他只拿了一百万来小试牛刀，卫近宇对这么小的金额颇感为难，他想了一下，给青哥介绍了一只第三方管理的信托产品，很快青哥就拿到了20%的回报，青哥尝到了甜头，加大了投入，还是做信托，依然很快他赚回了不错的利润。这样的实践，让青哥大为感叹，他觉得投资这行比起做实业的回报简直是一个天上一个地下。于是，他变得积极起来，他询问还有什么可以赚大钱的项目，卫近宇考虑了一下，然后审慎地向他推荐了一个国外的复杂的衍生品交易，青哥听了半天也听不懂，他只问了卫近宇一句，能赚钱吗？卫近宇回答说，当然能，目前市场正适合做这种交易。好，那就干吧，青哥干脆地说。

很自然，衍生品交易又是赚钱的。这使青哥兴奋了起来，对一条老鱼来说，如果前三次的鱼饵都没问题，那么第四次就一定会是美餐，青哥认为他众里寻她千百度，终于找到了一个好的赚钱的方法。

为了感谢卫近宇，他盛邀卫近宇去日出城堡小住几日，卫近宇假意推托一下，之后应邀前往。那天卫近宇到达时，青哥亲自在城堡的大门口率队迎接，他驾驶着一辆五十年代的敞篷汽车，带着卫近宇在偌大的城堡中游荡起来，卫近宇坐在副驾驶的位子上，抬眼望去，只见日出城堡异常雄伟地矗立着，它宏大，壮观，充满梦幻感。车慢慢开着，卫近宇看到湖泊、广场，还有一些悠闲的人们，在阳光下，他似乎有点错觉，他觉得自己好像就是一个真正的职业投资人，正在寻找一个不错的合作机会，他明白他现在已经真正进入角色了。

中午，在城堡顶端的旋转餐厅，卫近宇和青哥坐了下来，卫近宇目不转睛地看着城堡内外壮丽的景色。

"万总，日出城堡真是让人叹为观止，这里简直就是人间仙境啊！"卫近宇由衷地感叹着。

"客气啦，卫总，不过我确实为这个城堡费尽了心机。"青哥说。

"可依我看，这个城堡还有很大的发展空间。"卫近宇说。

"哦，卫总有何高见？"青哥一听来了兴趣。

卫近宇一笑，他先卖了一个关子问："我猜万总的流动资金并不宽裕吧？"

青哥一愣，他知道被人说到紧要处，不禁点点头说："卫总果然是火眼金睛，现在从银行贷款不容易，里里外外的成本都高得很。"

"我有个办法可以大大增加你的现金流。"卫近宇说。

"好，愿闻其详。"青哥更加注意了。

"很简单，我们可以想办法让整个城堡上市，这样我们就可以募集到很多成本很低的资金来扩展它，如果顺利的话，十年之内，你将拥有这个国家最大的城堡，想想看，日出城堡依山而建，绵延不绝，一眼望不到头，那是什么感觉？"卫近宇动人地描述着。

青哥只是在瞬间就醉了，他眯起眼想象着，连绵不绝的城堡海一般扑向他，这正是他一生最大的梦想，他几乎完全抵抗不了。"这简直就是传说中的阿房宫啊！"青哥不禁感叹一声。

"比那个还要辉煌，还要荣耀得多。"卫近宇添油加醋地说。

让日出城堡上市，这是一个相当梦幻的主意，这个主意是冯慧桐出的，卫近宇和她为此讨论过很久，本来他相当怀疑这个听着十分不靠谱的说法，可冯慧桐坚定地认为这主意可行，它具有充足的想象力，这个城市的人们肯定会喜欢它。

如冯慧桐所料，青哥果然迅速接受了这一理念，它太诱人了，完全无法拒绝，青哥决定先设立日出城堡股份有限公司，之后，再运作上市事宜。这个消息很快传播出去，日出城堡的许多关系方特别是一些常客都是超级富翁，这些人一听此事纷纷表示愿意作为原始股东入股日出城堡。他们的投资动机很简单，他们都在日出城堡有过异常美妙的经历，他们认为日出城堡是独一无二的，从投资角度看，这个产品具有护城河，是一个稀缺产品，所以完全可以投资。

青哥得到这些肯定的回复后非常得意，他又精明地给出各位投资者一个不低也不算太高的溢价，投资者们经过计算之后，还是认为值，可以参与。于是，一个股东会议在雄心勃勃以及喜气洋洋的气氛中召开了，各位股东在会议上选举了董事会，通过了公司章程，日出城堡股份有限公司就此诞生了。不久，各位股东根据协议，就把投资款项一一打到了有限公司的账号中。

接下来，根据冯慧桐的指示，一场庞大的行为艺术开始了。这是一次同盟军的联合表演，季明蕊招聘来的那些临时演员非常卖力气，他们像真事一样四处出击，按照吴爱红介绍的关系，张罗着日出城堡上市的事情。上市是需要花大钱来打点的，他们往来周旋于各个衙门之间，不断地请客送礼行贿，渐渐地这件事在城市里弄得众所周知。大部分人对这件事表达了相当正面的看法，他们认为这么伟大的城堡上市是对的，这是一种榜样一种示范效应，他们甚至觉得整个城市都应该模仿日出城堡一样上市，然后做成一个炫富、喧闹、狂欢的花花世界。

这就是这个时代荒谬的逻辑，某些人的阴谋，某些人的欲望，再加上某些人的疯狂，使一切都成为可能，甚至标杆，生活的列车毫无节制地向前狂奔着，即使前面没有铁轨只是旷野而已。

青哥逐渐变得很高兴，他好久没有这么高兴了，最关键的是他很多年没有这样充满希望了。这些年他过得相当艰辛，他平静的外表下其实早就有些厌倦了，他渐渐地不再想过那种充满冲突与风险的生活了，他一直想把他的事业转到一些赢利稳定且光明正大的生意上来，可是，无论他多么努力，就是不行，路路不通，这让他着实烦恼。

但这一回不一样，他在黑暗中看到了亮光，只要他能把股份公司搞上市，只要他能募集到资金，他就可以把他最珍爱也最赚钱的事业做大做强，想到这些，他的心就远上白云之间了，他忍不住龇着黑黑的牙笑起来，连手上的那个碧玉扳指都显得更加闪亮。

就在青哥充满希望时，一件不大不小的事儿发生了，股市如同回光返照的病人一样反弹了，这是几年来一直暴跌的股市第一次羞羞答答地反弹，刚开始时它像偷情一样无声无息，后来就如同有些起兴，接着动作越来越大，最后几乎叫了出来。

这一下谁都看见了，各种机构、散户开始议论纷纷，有人认为仅仅是反弹，有人则认为是反转，卫近宇在适当的时候给青哥打了电话，他详细地向青哥分析了一下目前股市的状况，建议青哥可以借着机会参与一把反弹，青哥听着觉得有理，此时卫近宇向他介绍，他准备操纵一只有关"人工智能"的科技股，青哥彻底来了兴趣，他知道人工智能的厉害，于是决定干！

随后，青哥和卫近宇签订了股票代理操作协议，协议规定：由青哥开设账户，再由卫近宇的人进行操作，获利后双方八二开，亏损则由青哥承担。很快，青哥的第一笔钱打入了账户，卫近宇看到钱到账后马上给冯慧桐打了电话，冯慧桐听完得意地笑起来，说："老卫，办得漂亮，下面的事情我来！"

一场常规的但复杂的运作开始了，根据冯慧桐与孙维信的约定，青哥的账户实际上由孙维信的操盘手秘密接管了，不久青哥的账户买入了那只叫作"智信天下"的股票。"智信天下"先是盘整了两周，之后缓缓地碎步向上，青哥看得相当欣喜，他觉得这赚钱也太快了，于是他果断地又投入了两倍的资金，坚决命令卫近宇加仓。

"智信天下"加快了上行的步伐，青哥的纸面财富迅速膨胀起来，每个人的欲望都是无穷的，青哥在眼见为实的感觉中受到了强烈的刺激，他仿佛在数字的增长中看到自己缔造的商业帝国在飞快地扩张，日出城堡像云朵般飘扬在城市的东部。

不久，好事成双，媒体上不断有新消息传来，股评家们开始花样翻新众口一词地吹捧起"智信天下"，他们信誓旦旦地说这只股票将会是一只超级大牛股，应该会有三四年的上涨时间。青哥如饥似渴地看着那些股评彻底陶醉了，他在黑嘴们密不透风、镇定异常的吹捧中忘记了现实的残酷，也忘记了他终生的谨慎原则。

终于，他开始动其他资金的脑子，他手中的现金已经基本告罄，于是他想起了股份公司当中其他股东的入股资金，几经考虑，他下决心挪用，把那些资金陆续投入了股市。

可就在一切欣欣向荣之际，天空中飘来了乌云，有谣言传来，有人造谣说日出城堡的上市运作存在着巨大的欺诈行为，相关政府部门先接到了匿名举报，之后就在网上沸沸扬扬地传开了。很快，股份公司的股东们也得到了信息，他们以各种方式向青哥询问，青哥莫名其妙，打电话问卫近宇，卫近宇也说不太清楚，只是猜想是不是上市过程中得罪什么人了。

此时，祸不单行，"智信天下"从高位毫无征兆地大幅回落，也就是转瞬之间，青哥后进场的资金全部被套住了，青哥大惊，连忙咨询卫近宇，卫近宇答应去查。过两天，他按照冯慧桐教他的回复说，智信天下原来共有三个庄家，有一个庄家不知什么原因，忽然中途跑了，剩下的人被打得措手不及，青哥听完卫近宇的电话什么话也没说就挂了。

卫近宇放下电话，心中开始七上八下，他其实对"智信天下"的走势会怎么样完全不了解，整个操盘计划都是由孙维信的人掌控的。卫近宇在整个计划中只扮演一个小角色，他只是台前地一个演员，有时更像一个牵线木偶。可是除了他的木偶身份，他毕竟还是一个现实中的人，他会对这个世界的种种事情有着自己的感受。一开始当他看到青哥那些纸面富贵增长时，他也觉得新奇、有趣，后来媒体一遍又一遍重复有关"智信天下"的谎言时，他虽明知是有问题的，可是谎言重复无数次之后连他自己都开始相信了，他甚至琢磨着，也许他也该买点"智信天下"，占个便宜何乐而不为？可正当他蠢蠢欲动时，现实袭来，"智信天下"于瞬间毫无理由地大跌，那些纸面富贵如同梦幻一样在一夜之间消失了，剩下的只有巨大的风险缺口。

卫近宇这时看明白了，冯慧桐他们是想用虚拟的方法把青哥一口吃掉，而他只是一个活体诱饵。

卫近宇终于感到了一阵深深的恐惧，这种恐惧相当复杂，一部分是他对那种财富消失速度的恐惧，另一部分是他对财富消失造成的后果的恐惧。虽然根据他和青哥签订的协议，法律上他完全免责，青哥自愿承担任何后果，可是，当他看到青哥的财富遭到巨额吞噬时，心中有一种强烈的内疚感。他曾经是个商人，他知道每个人在这个城市挣钱都很难，一些人的钱就这样被其他人轻易地掠走，这无论如何是不公平的。

卫近宇的心理就这样起了变化，他在焦虑、恐惧、内疚、犹豫中度过了整整一个星期，"智信天下"一直在低位盘整。当青哥又来电话时，他简直要吓坏了，他磕磕巴巴向青哥解释，可是令他没想到的是，他还没说几句，青哥就在电话那头打断了他，他说："卫总，没关系，股市有风险，入市须谨慎，这一点我懂，没事，我们再来。"青哥的话充满了善解人意以及英雄气概，一时之间，卫近宇心中忽然有一种感动，之后是更大的内疚以及更大的恐惧。

不久，卫近宇接到冯慧桐的通知，孙维信已经安排了另一个庄家来和青哥谈判，谈判的目的只有一个，就是再把这只股票做上去。

卫近宇犹豫了，他找了个借口没去开会，但是青哥非常镇定地自己去了，他和另一个庄家在一个会所里谈了一天一夜，拟订了详细的操盘计划，并且商量好了各自的出资额，当青哥在秘密备忘录上签字时，他的脑子里一直在想，再去哪儿弄到那么多钱呢？

风清云淡。

青哥独自来到城市中一个老旧小区，这是一个秋季的下午，小区里很安静，老人们还在午睡，年轻人在上班，小区里似乎没人一般。

青哥把车停在小区外，独自走到一排高大的梧桐树下，他不慌不忙，内心有一种少有的安静。他准确地在街心公园的一张石桌旁找到了一个胖胖的老先生，他胡子苍白，正抱着腿闭着眼睛打盹，他是青哥的朋友，曾是一个食堂管理员，但他不知道青哥是做什么的，平时他们没有什么来往，只是偶尔一起下下棋，他们从年轻时就开始下，直到他退了休。

"老哥。"青哥此时轻轻叫了一起。

管理员闻声睁开眼，他看见青哥笑了一下说："来了？"

"来了。"青哥道。

"下两局？"管理员扬起笑容问。

"下两局。"青哥说。

青哥说着坐到棋盘前，两人开始下了起来，五局之后，青哥竟然四负，最后一盘也危在旦夕。

"怎么会这样？"青哥托着腮看着困顿的棋盘说。

"你今天运气不好。"管理员安慰着他说。

青哥努力在想，他觉得一定有妙手挽回棋局，可是他的脑子木木的，就是没有任何思路。

"老哥，我问你个问题，你说，这个世界是我们的吗？"青哥此时忽然问。

管理员听了一愣，他想了想说："我觉得是这样，即使我们能在某一刻拥有它，但我们早晚也会永远地失去它。"

青哥听了倍感深刻，他渐渐地皱起眉，似乎在瞬间，他想起了他一生所有的艰难困苦、挫折成功、悲伤快乐，那种五味杂陈的滋味让他十分难受，过了好长时间，他终于叹了一口气说："我可能要作出一生中最重大的一个决定，但是我的预感特别不好，我好像要失去一切了。"

"那就别作决定，妥协，跑。"管理员慢慢地说。

"可我这辈子就没有投降的习惯。"青哥哀叹一声说。

管理员一时无语，他想了想，然后说，"好吧，那我问你一个问题，你一生中觉得什么对你最重要？"

7

喘息的声音还有肉体冲撞的声音，耿译生又在拿他的"糖果"。

这一段由于他表现得非常不错，因此，在深夜，冯慧桐来到他的房间来奖励她的演员。

作为男人，耿译生永远无法抗拒女神的肉体，她丰满的胸部就好像天下最锐利的武器几乎战无不胜，她的香气就是她的旗帜，可以插到任意的地方，宣示她的占领。

事毕之后，冯慧桐筋疲力尽地半靠在床头，她点上一根烟一口一口抽着，她没想到这一回耿译生在床上的表现竟然也非常值得赞赏，这真是一个意外。在某一瞬间她被一阵眩晕全然淹没，她很久没有享受这种单纯的快感了，这种纯粹的快感没有歧视，没有丛林法则中的阶级差别，人们只有在这种本能的快感中才是绝对平等的。

大概过了足足半个小时，冯慧桐才缓过劲儿来，在昏暗的灯光下，她看着若有所思躺着的耿译生问："听说，你们终于见面了？"

"是的，我们见面了，她迈出了那最关键的一步。"耿译生说。

"很好，你的工作卓有成效，我没有想到你竟然是一个这么好的演员。"冯慧桐赞赏地说。

耿译生听了沉默不语，过了一会儿他才问，"你说过，你能够听到爱我的那个人的声音，你后来听到了吗？"

"目前还没有，但是放心，一旦听到我会第一时间告诉你它的方向。"冯慧桐信誓旦旦地说。

耿译生在半明半暗中思考着，他其实早就对这个古怪的说法产生了深深的怀疑，只是他面对的是他的女神，他一直把女神的话想当然地看成真理，因此这个怀疑的念头让他深深困扰。

"那个真爱可能是谁呢？"耿译生这时又问。

"不知道，答案到来之前，我们什么都确认不了。"冯慧桐抽着烟说。

耿译生抬起头，在昏暗的灯光下，他看着面前诱人的胴体，这是他刚才进攻过的的躯体，他曾经那样的梦寐以求，但是现在他觉得她并不真实，反而似乎在一点一点地离他远去，就像银河中飞逝的星宿。

"我觉得小楚是个很单纯的人。"耿译生叹了口气说。

"我没说她不单纯，其实我也挺喜欢她的。"冯慧桐想想说。

"可我们为什么要骗她呢？"耿译生问，其实他也是在问他自己。

"我们没有骗她，而是在帮她，我们只是让她过上一种她渴望的生活而已。"冯慧桐说。

耿译生听着冯慧桐的话，觉得相当讽刺也相当冷漠，他想他们常常能把任何事情都说得冠冕堂皇，可是他知道他只是一枚棋子，他被迫运用虚情假意去骗另一枚棋子。

"那我将来把她带到哪儿去呢？"他过了一会儿又问道。

"你随便，你只要把她带出这个牢笼即可，到了一个新的天地她自然会有她自己的想法，她是一个艺术家，只会忠于新鲜的东西，这是她的天性。"冯慧桐说。

"那我怎么办？"耿译生问。

"如果你喜欢，可以和她待上一段时间，如果不喜欢，你可以选择和她分道扬镳。放心，她还会有别人拯救的，这个世界好人很多的。"冯慧桐循循善诱地说着，然后轻轻地笑起来，仿佛这个世界都在她的把控之中。

凌晨三点，冯慧桐穿好衣服，走出了耿译生的房间，耿译生关上门之后，屋子里马上安静了。他穿着睡衣，走到沙发上坐下，屋里有股淡淡的烟味，还有她身上若有若无的香气，耿译生心中异常复杂，他不知道该怎么办？冯慧桐那种蔑视一切的操控感再一次让他感到非常的溃败以及深深的不满。

冯慧桐则轻巧地走在楼道中，她有一种身轻如燕的感觉，刚才的做爱让她很满意，看来这个世界中的任何一个角色都有他的优点，而让她更加满意的是，作为掌控者，一切都按照她的设计在前进。她已经看出了耿译生的犹豫与异样，她心想，快成功了，他伟大的博爱与自尊快起作用了，他何时开始走上那条反抗之路呢？

此时，城堡震动起来，冯慧桐无知无觉，她沉浸在自己的得意中，而房中的耿译生却听到了奇异的声音，那是一个歌剧女高音在唱《我亲爱的爸爸》。在如泣如诉的歌声中，他惊奇地看到楚维卿在一个孤独的空间中静静地起舞，她跳得非常专业也非常哀伤，好像是一个注定要独舞一生的舞蹈演员，她似乎在乞求什么，又似乎完全力不从心。耿译生久久注视着那个幻象，心中有一种说不出的难受……

　　很快，耿译生与楚维卿开始了频繁的约会，他们的约会很简单也很浪漫，就是楚维卿背着画夹去写生，他在一旁跟着。

　　他们的足迹遍布城堡的每一个角落，湖泊、草地、电影院，还有学校，他们也常常到城堡外面去，他们跨过大桥，走上那片高地，然后走向森林和河流。

　　楚维卿在这方面的思维永远是简单的，当她彻底决定从一个世界跳到另一个世界之后，她就不再想顾及原来的那个世界了。她似乎忘却了过去的烦恼，她没有了曾经的恐惧与悲伤，也不再眷恋与依赖过往，而只是全身心投入新的世界，只是感受到新世界的欢乐与新奇。没人知道，这是一个爱情洁癖者特有的能力——当他们发现了更好的替代品之后，他们就只看到那些新的最纯真的事物，那些新的最真挚的情感。

　　楚维卿感到非常浪漫，这是她一辈子没有经历过的事情，一切都是那么轻松愉快，那样的情意绵绵，她觉得自己恍如在梦中，这似乎就是幸福生活的开始。

　　他们和那对小鸟交上了朋友，他们走到哪儿，它们就飞到哪儿，它们不断鸣叫着，仿佛在唱着所有有关爱情的歌曲。

　　某天傍晚，当楚维卿在夕阳下注视着那条河流，认真作画时，轮到耿译生开始他这辈子最认真的思考了。这一阵他的眼前一直在闪烁着两种情景，一种是那个他与冯慧桐相处的处心积虑的夜晚，另一种则是楚维卿与他在一起时无法抑制地开心地笑着。毫无疑问，他与楚维卿的这场恋爱，是一场事先被人设计好的阴谋，他在众目睽睽之下，开始了一场注定成为笑柄的表演。可是，那些机关算尽的人们并不知道，在这个过程中演员耿译生变了，他一点一点从盲目到疑惑，然后再到犹豫，这是一个逐渐发生的过程，它经历了时间与冲突。随着表演的深入，他从一件工具变为了一个人，他终于问出了本来就该问的问题：他自己为什么要这么做？他原先只是想找到一个他爱的人，可事实上他却一直在欺骗一个想得到爱的人。他看着夕阳下画画的楚维卿，他就想：她为什么不是那个值得深爱的人呢？她为什么仅仅是他的对手戏演员呢？

到底什么是爱，耿译生也说不太清楚，但是当他和楚维卿在一起时，他的感觉是踏实的、真诚的，虽然他对她没有仰视偶像的那种激情，可他却被全心全意地对待与珍惜着，而且更重要的是，作为规定情景中的双方，他们都相信爱情，他们都把爱情当作信仰，并且都爱上了自己的爱情。

终于，耿译生在人生中头一次决定，他要照自己的想法生活。他果断地推翻了戏剧工作坊有关睡神与枕头的既定剧本，自己从网上弄来一个新奇的东西。那个剧本描绘了一个具有探索意味的故事：一帮人去寻找一个失传的工艺——如何制作紫云纱。他要求剧组按照这个新剧本演下去。

他把这个剧本拿给了楚维卿，楚维卿看到时颇为动容，剧本的插图中有一幅紫云纱的图案，那是一种淡紫色的轻轻的薄薄的纱，纱上面画着相当古朴的云，她认真看了很久，才问耿译生："真的有这种纱？"

"应该有，我听人说过，只是没见过。"耿译生说。

"我梦到过它，"楚维卿有些奇怪地说，"在那个梦里我还是个王妃呢。"

楚维卿仅仅因为紫云纱的图案就加入了新戏。那个剧本写得相当曲折复杂，她慢慢进入，慢慢理解，然后渐渐融化到另一种人生当中去。这种融化是相当深刻的，在另外的时间与空间里，她变成了另一个人，在另一种生活中，体验了不同的爱恨情仇、生离死别。耿译生依然是她的对手戏演员，他们超越真实的生活经历，一起悲伤快乐，一起绝望欣喜，在某一天，楚维卿忽然释然了，她发现在戏剧的情感冲突中她释放了自己，并且重塑了生活，她的身与心一部分一部分地复苏与回转，似乎从现实的压迫中渐渐走出来了，她比原来大踏步地前进了。

这正是戏剧工作坊所需要的，因为专家们早就预料到戏剧具有强大的治愈以及创造的力量，在一幕幕崭新的情节中，扮演者往往能从复苏到创造，从而走上一条自新之路。

一天下午，天气很好，耿译生和楚维卿在城堡的武士铜像下见了面，之后耿译生就拉着楚维卿去了步行街，他们闲逛了一会儿，在一个关着门的小店面前停下，这个地方楚维卿并不陌生，它就在曾经的"女画家俱乐部"的旁边。此时，只见耿译生从口袋里掏出一把铜钥匙，把小店门上的铜锁打开，然后他拉着楚维卿走进小店。

打开灯，一个干净整齐、漂亮现代的小店出现在楚维卿面前，所有的家具都是木质的，简洁而明快，门口是一个小小的收银台，店中的排排木架上，整整齐齐摆满了各种各样的紫云纱。

"这是哪儿弄来的？"楚维卿惊讶地问。

"是我从南方的一个深山里搞到的，这是真正的紫云纱。"耿译生得意地说。

"太棒了！"楚维卿一下子激动起来，她快步走到长长的木架前抚摸着细细软软的紫云纱。

"这个小店是给你的礼物。"耿译生说。

楚维卿回首含笑问："你怎么想起送给我这样的礼物呢？"

耿译生一笑回答："原因很简单，第一，你喜欢紫云纱；第二，如果有了这个小店，那么我每天都可以轻而易举地找到你了。"

楚维卿听到这儿，一口气顶在胸口，久久说不出话来，然后她的眼睛湿了，这种最朴素的话是她这辈子最想听到而从未听到的，她终于知道，这个男人是在乎她的，是需要她的，他显然不知道她其实在物质上可以拥有这个城堡的任何东西。

"放心吧，我会做一个让你找得到的人。"楚维卿一边哽咽着一边说道。

楚维卿自此开始了另一种生活，那是一种她不曾想到的生活。

轻松、自在、没有焦虑，她每天早上九点会准时来到小店，打开店门，打扫收拾一下屋子，然后就开始营业。客人不算多，楚维卿的大部分时间，就是坐在店里喝茶，她静静地泡上绿茶、红茶、铁观音，细细地品评。耿译生经常来看她，陪她聊天，他们天南海北什么都聊，耿译生向她讲述自己，有关自己的家族、自己的生意，楚维卿显得相当有兴趣，这让耿译生很高兴，终于有人关注他的事情了。

没事儿的时候，楚维卿依然会拿起她的画笔画画，她习惯性地想画城堡，可是这一阵她那种奇妙的宏大的构思似乎有些停滞，到她头脑中来的只是一些简单的小巧的想法，她努力了几次都没有结果就只好停下来，也许是这一阵生活太安逸了，安逸总是造成人的懒惰，她想。

有一天，她闲坐时拿起一条紫云纱仔细观看，在那条淡紫色的轻纱上，云的图案吸引了她，那上面有各种各样的云，卷曲的、壮观的、轻逸的、奇怪的，每一朵云都相当有趣，正观看之间，她忽然听见有人问她："请问，这是什么？"

楚维卿抬头一看愣了，说话的这个人她认识，她是一个女画家，她们曾经为了秦枫对骂过。女画家也愣了，她没想到冤家路窄，两人竟然又碰上了。正尴尬间，楚维卿率先毫无敌意地主动笑了一下，说："这是紫云纱。"

楚维卿说着转身拿起一条紫云纱递了过去，女画家接过来仔细看着，过了好久才说："真美，这是从哪儿弄到的？"

楚维卿告诉她，这种纱产自于南方的深山中，那种古老的工艺几乎失传，她一个做外贸生意的朋友有一次做订单的时候偶然发现的。

女画家听完有些顿悟一般地说，"原来如此，其实我对它久仰了。早就听人说过织造紫云纱是一种极繁复精致的工艺，成品很难得见，这回真是太幸运了。"

最终，两个女人因为紫云纱迅速地化干戈为玉帛，两人如同好朋友一般痛聊了一个下午，临了，女画家还非常大手笔地买走了几十条紫云纱。小店自此顾客盈门，因为口口相传女人们络绎不绝地到来，很快紫云纱就销售一空。楚维卿很高兴，她给耿译生打了个电话，耿译生正在出差的路上，当她听到楚维卿的描述后，他的头脑忽然一动，他马上说："小楚，既然紫云纱卖得这么好，我们可以一起把生意做大啊！"

"怎么做大？"楚维卿从来没想过类似的事情。

"很简单，我们可以批量收购，然后再加价卖；如果销售没问题，我们自己设计、生产都可以。"耿译生兴奋地说。

过了一阵，一个叫作"生活的意外"的设计双年展在日出城堡开幕了，楚维卿被意外地邀请参加了。她的作品被呈现在展厅的一个小小的角落里，在一束雪白的灯光下，一片紫云纱安静地躺在那里，那是楚维卿花了几周时间做出来的，这是一种古典与现代结合起来的紫云纱，那上面那种如梦如幻的气泡与波纹相混的图形是她在睡梦中想象出来的，大部分参观者都没有关注到这个小作品，只有极少数的专家觉得它灿烂夺目。

人群来来往往走马观花，楚维卿一直一个人站在不远处看着她的作品，此时，她不再有那种宏大的构思，原来的那种宏大与灿烂只是她遭受痛苦的结果，那种感觉曾让她痛不欲生；而现在她只有一种小小的、纯朴的、细腻的情怀，她觉得这是温暖的、真实的，对她是有意义的。

不经意间，城堡再次错动起来，楚维卿安静地不紧不慢地独享着这种震动，她不再诧异，她已经变得非常踏实，她觉得她已经找到了自己。恍惚之间，她好像在一个遥远的国度里看到了她渴望的爱情，在那里，她不再孤独而是跟另一个人终生厮守，他们一直说着情话，并且分享着无尽的快乐和幸福。

错动在不知不觉中过去了，这一次几乎没人注意到它，当它结束时，楚维卿站在空旷的展厅里对着自己的内心说："这正是我所需要的生活，它来得正好。"

展厅里没人回答她，谁能听得到他人的内心呢？

几天晚上之后，楚维卿又应邀参加了双年展的庆祝酒会，日出城堡最著名的就是它的party，它从来都是以绚烂、奔放、狂野、无所顾忌而闻名。那天晚上，在城堡中最大的"地心引力"俱乐部里，聚集了足足有几百人，红男绿女们没开场多久就在歌声与啤酒里喝醉了，灯光逐渐暗下去，音乐变得越来越吵闹，人们开始抱在一起疯狂地笑闹。楚维卿独自坐在角落里，她一点酒也没喝，她异常清醒，一共有十几个男人过来想搂抱她，她都微笑着躲开了，她甚至还被两三个男人摁倒过，但她迅速地像小鹿一般挣脱了，楚维卿一点也不生气，相反她还有一点欣喜，她觉得她依然被男人喜欢依然被他们觊觎。到了午夜时分，她忽然在迷离晃动的人群中看到一个非常熟悉的身影，那是秦枫，她好久没有看到他了，她现在已经完全不知道他在哪儿。秦枫正一手拿着一瓶酒一手搂着一个辣妹摇摇晃晃地离去，楚维卿的心还是针扎一般疼了一下，她瞬间想起了他们之间的一切——像大海的一切一样，但是她没有任何行动，她只是任凭那个背影离去，她知道一切都结束了，他们自此咫尺天涯，这是一个多么辉煌的告别时分，它恰如其分地应和了他们之间曾经辉煌的日子！

楚维卿的生日到了，按照习惯，她分别给青哥、秦枫、耿译生写了信。

青哥没有读信，他现在正面临前所未有的困难，完全无法顾及这些没用的儿女情长。

秦枫收到信之后，看都没看就扔进了垃圾堆里，这一段时间楚维卿已经完全放弃了对他的监管，他们已经很长时间没有见面了，虽然他还不时地回到原来的房间里休息，但他与她已经成为不同时光的主人，他们最近唯一的联系就是这封放在桌上的信。秦枫确实又发现了几个身体性能良好的女艺术家，他似乎在一瞬间就焕发了青春，忙着不停地与她们轮流对战。这一段无人管理的空白时光对秦枫极为珍贵，他现在已经很明白自己的命运，他的一辈子总是在陷阱之中选择，他生活的出路中不会有温暖，只会有寒冷，他没有选择的自由，只有选择被如何束缚的自由。因此，这段日子对秦枫来说是不能放过的，他对自由的现实体验就是能够不受压迫地与不同的女人做爱，并且不被抑制地喊出一个爽字。

只有耿译生回了信，他告诉她，他正在外面旅行，一定会赶回城堡，他已经跟那个小山村谈好，让所有的村民加入到传统紫云纱的批量生产中，然后由他全部购买。

楚维卿生日那天，她在城堡里最好的会所包下了一个小型宴会厅，宴会厅装饰得富丽堂皇，完全是一副贵族气派，偌大的房间只摆了一张桌子，桌子旁一共有四个座位，为了增添气氛，楚维卿请了一个小型古典室内乐团来祝兴，她预订了一桌私家菜，厨师是从城堡外请过来的，他们已经提前一天开始准备。

那真是一个完美而浪漫的生日会，玫瑰花瓣铺满了地面，一个三米的蛋糕矗立在大厅中间，蛋糕上面有一个笑容可掬的女人，那是楚维卿的蛋糕版，她在生活中很少笑得这么灿烂。宴会厅中人来人往，除了耿译生，青哥与秦枫都没有来，但忙碌的服务生、厨师和乐队却充满了热情与欢乐，他们因为金钱，团结起来奋力塑造了一个极为奢侈的商业性温柔之夜，同时也遮掩了一个极为冷清的告别之夜。

楚维卿精心地打扮了自己，她去做了美容，把头发认真地盘起，她给自己化了淡妆，穿上了一件红色晚礼服，还有一双黑色的高跟鞋，整个人看起来都是容光焕发的，就像一个时代里最光鲜的卡门。

楚维卿表现得很开心，她表面上一点也看不出什么，她和耿译生高兴地说着笑着，不断地畅饮着顶级的红酒，她只是偶尔瞥一眼对面两个空空的座位，可以理解她的心里多多少少还是有些遗憾的，那两个位子毕竟代表着她已经过去的一段时光，但她的心里更多的是坚定、欣喜和兴奋，她知道她会有一段崭新的未来，而未来一定比现在好。

她喝了很多，但她一点也没醉，她开始主动站起来一曲一曲地邀请耿译生跳舞，当那些耳熟能详的曲子响起时，她真的浮想联翩，过去的事情如同放电影一般从她眼前飞快地闪过，她现在才明白原来一生可以是一瞬，此刻就是永恒。

当最后一曲《交换舞伴》奏响时，她忽然不能自已了，这首经典的乐曲好像是上天刻意安排的，在舒缓的三拍子节奏中，她紧紧地搂住耿译生，潸然泪下，在曲子的最后，她在耿译生的耳边说："小耿，我们出去走走吧。"

"好的。"耿译生说。

他们一同走出宴会厅，到了门外，楚维卿忽然脱掉她的高跟鞋，拉着耿译生奔跑了起来，她拉着耿译生跑出会所，跑向公共休闲区，他们跑过人群、剧场、游泳馆，他们跑过赌场、舞厅、俱乐部，他们不顾人们怪异的目光，只是自顾自地奔跑着，他们跑出城堡的主体，穿过广场，跑过小桥和蜿蜒的湖泊，来到一个灯光零落的地方，当他们停下时，两个人都不停地喘着气。

"这是哪儿？"耿译生问。

"这是动物园。"楚维卿出其不意地说。

他们摸着黑走了进去，还好园中的主路上是有灯光的，楚维卿领着耿译生七拐八弯地来到一个巨大的空场，他们面前是一圈高大而坚实的铁丝网，几个高高的探照灯把整个场地照得明晃晃的，此时，耿译生看到在空场之上，一匹阴郁的野马在孤独地奔跑着，它不停地跑，一圈又一圈，似乎永远停不下来。

"告诉你一个秘密，我看了它很久，它一定是疯了。"楚维卿在耿译生的耳边说："他们就是这么做的，他们把所有动物关起来，把狮子训练成狗，把野马逼疯，我猜想它一定是在怀念那种曾经无拘无束奔跑的感觉。"

耿译生听到这儿，不禁心中一动，他伸出手搂住楚维卿，他觉得她说的就是他们俩，他们都一直被人囚禁着，也被自己想象中的爱情囚禁着，他紧紧抱着楚维卿的身体，心底涌起一种无论如何也要反抗的愿望。

8

谣言如同乌鸦一般漫天飞来，似乎城市中所有的人都知道了日出城堡在干一件见不得人的事，如果一个阴谋被隐秘地执行，它会被叫作战略；但如果一个阴谋在未发生之前就广为人知，它会被认为是罪恶。

青哥以久经风雨的淡定，应对着股东们的质询，他告诉大家上市的准备在按部就班地进行，整个过程严谨有序，不存在任何财务或者法律上的瑕疵。股东们也都是老江湖，他们知道这个世界的陷阱太多了，人们的善意是有限的，而恶意则是无限的。他们在三番五次地调查取证联合质询之后，仍是充满疑惑。

可就在一次股东会上，城堡震动起来，这是一次范围广大的震动，先是湖泊，接着是广场，然后是城堡之外的草地、森林，在那个时刻，所有人都愣了，他们似乎齐齐地看到了城堡真实的内心，他们看到它如何跳动，如何带领城堡生长，特别是它如何触发这个城市人们发自肺腑的声音。股东于瞬间醒悟了，这是上帝赐给这个城市的一个珍贵的礼物，他们重新回忆起他们合作的初衷，于是他们选择相信青哥的话，他们指出就在城堡的影像后面，他们看到一些人辛勤地忙碌着——他们仿佛在拼命地织着世上最美丽的布一样。

青哥非常平静地接受了股东们180度转弯的表态，他微笑着，既得意又奇怪，不过，他有一点很笃定，他觉得虽然他面临困难，但是这个世界依然掌握在他的手心里。

在度过了股东们的责难之后，青哥痛定思痛，他下定决心，决一死战。他通过于世绩找到了一个银行家，他以日出城堡作抵押，向他提出了贷款的请求。对一个抵押品的估值是一个相当有门道的事，一座城堡可以值一块钱也可以值十块钱，青哥很江湖地搞定了银行家，他拿到了远超过城堡价值的巨额贷款。之后，青哥把这笔资金打入了不同的股票账户，他打算与另一个庄家合作再次把"智信天下"炒起来。

此时，作为旁观者的卫近宇终于动摇了，他看着青哥各种账户里源源不断进入的巨额资金，感到危险日益迫近。他想起他和青哥交往的点点滴滴，虽然都传说青哥黑白通吃，心狠手辣，可他对青哥的印象却是相当好的，他似乎总是那么温和，对所有的新鲜事物都保持着兴趣，拥有一颗朴素的企业家的雄心，在他眼里他是一个不错的人。

不久之后，卫近宇的良知最终起作用了，他毕竟只是一个临时演员，而且不管青哥是不是好人，作为曾经的商人，他觉得无缘无故消灭他的财富是没有道理的。他于是悄悄地向青哥建议要小心，他知道也许这么做会使之前的一切表演都化为泡影，可是，他就是无法眼睁睁地看着那些钱完蛋，他的良心受不了。

令他意外的是，青哥非常坚决地拒绝了他的建议，虽然卫近宇喋喋不休地告诉他这件事有风险，可青哥还是决绝地对卫近宇说："卫总，你说的一切我都明白，但有时候人没有回头路，在某些时刻，我们总得赌一把，我愿赌服输。"

就在他们讨论的时候，另一个庄家率先动手了，他在第二天就把"智信天下"从跌停板上放量拉起。青哥看到此情此景，不禁得意地给卫近宇打了电话，卫近宇一边接电话一边认真看着盘面，当他看到那只票半天之内已经有了十几亿的成交额时，他几乎魂飞魄散，他想起一个词"樯橹灰飞烟灭"，好像那把赤壁大火就在他眼前，他又想起了自己到底想要什么，不就是一种安逸、普通、平稳的生活吗？可他发现现在所做的一切跟自己想要的恰好背道而驰，于是他对自己说："跑吧，兔子跑吧，现在跑还来得及。"

声音，无数的声音再次袭来。

那种声音的大海又一次不期而至，但是这一次它很特别，它不再是混杂的，而是单一的。那是无数忏悔的声音，似乎这个世界上所有的人都在忏悔，而冯慧桐不得不倾听他们无休无止的忏悔，听他们极力洗刷自己曾经的罪恶。

冯慧桐的头很疼很疼，不时有一个孩子尖叫起来："你，你为什么不忏悔，你有罪，这个城市的人都有罪。"

冯慧桐逃出了城堡，这一次声音来得太猛烈了，它们如同无数的利箭一般一齐射入她的脑海，她的头几乎都要炸了。冯慧桐抛弃了一切，独自去了城市中那个巨大的电影院，她买了票，然后就铺了一个床单，在包场的那个电影厅里躺了下来。她躺在中间的地毯上，任黑暗中各种人间的悲欢离合上演，她没有睡觉，她睡不着，她只是让电影中的声音冲进来，和头脑内的声音纠缠在一起，它们撕扯搅拌混战，冯慧桐在巨大的痛苦中接受着煎熬。

几天后，冯慧桐幸存下来，她头脑中的声音渐渐弱了。她明白过来，这是城堡一次极为激烈的反击，她在这次斗争中几乎完全丧失了自己，她多少次想忏悔，想给所有的人打电话，放弃她所有的计划。但是她扛住了，她没有投降，虽然她体会到了某种深深的恐惧，可恐惧之后，她知道她必须知难而上，不然她将功亏一篑，会被她面前的世界所吞没，她没有退路。

深夜，在日出城堡，冯慧桐重新现身。

一幕新的话剧正在城堡饭店古色古香的大厅上演。

冯慧桐装扮起来，她穿着一件金色的披风，戴着金色的面具，远远地看着那出话剧，她非常平静而且若有所思。人群的另一端，楚维卿也穿着一件睡衣在静静观看，在大厅中间一根粗大的大理石立柱旁，一个老人和一个孩子紧紧靠在一起，他们这回一言不发。

这出戏之所以吸引人，是因为这出戏是在讲一个城堡的命运，其中很多的细节是那样似曾相识，而种种事情与人物的结局又那么令人意外。

楚维卿绕着那出戏慢慢地走着，她认真地看着每个戏中人的动作和表情，当她看到老人与孩子时，她向他们致意，她继续往前走，然后抬头就看见一个女神仙站在她面前，楚维卿见过这个忽而闪现忽而消失的女神仙几次，她似乎总是高高在上盯着这出永不落幕的话剧。

"女神仙，你好啊。"楚维卿招呼道。

"楚小姐好，来看戏吗？"冯慧桐在面具之后问。

"是的，今天这出戏似乎有些与众不同。"楚维卿说。

"怎么不同？"冯慧桐问。

楚维卿向她笑了一下，然后靠近她，悄悄说："女神仙你也许不知道，这出戏的很多情节似曾相识，它好像在演一个城堡的命运。"

"哦，真的吗？"冯慧桐在面具中明知故问，"它是关于这个城堡的吗？"

"应该是。"楚维卿意味深长地点点头。

"那这个城堡未来的命运是什么呢？"冯慧桐问。

楚维卿认真想了想，然后摇摇头说："我不知道，我也不关心，我只关心爱情。"

"这个世界存在爱情吗？"冯慧桐似乎非常好奇地问。

楚维卿一愣，然后说："当然啦女神仙，爱情肯定是存在的，不过，更重要的是，我们女人需要爱一个人才能活下去。"

"爱一个人值得吗？"冯慧桐继续问。

"爱了就值得！"楚维卿肯定地说。

冯慧桐透过面具看着眼前这个女人，她的心中五味杂陈，她对她充满了爱怜与同情，她是一个要么爱要么死去的典型，她所有的一切都掌握在别人手中；而冯慧桐自己则更需要一个可以捍卫自我，拥有独立与尊严的世界，她要靠自己的手掌握命运与爱情。

在剧情的起伏中，冯慧桐慢慢伸出手抓住了楚维卿的手，她的手湿润，楚维卿的手干燥，但是她们的手都那么洁净，两个女人共同看着那出永不落幕的话剧，就好像看着她们一起度过的一段时光一样，她们似乎瞬间就相互理解了，也相互感动了。过了很久，楚维卿发自内心地对冯慧桐说："女神仙，我还想说，爱能使一个人活得更好更有生机；爱一个人是幸福的，它带来的结果是希望、温暖与力量。"

冯慧桐听了非常感动，面具虽然遮住了她的表情，但她的眼睛还是情不自禁地湿润了，她伸出手轻轻抚摸着楚维卿那长长的头发，感慨地说："姐姐，谢谢你这句话，为了你们——以情感为生命的女人们，我要建立一个新的世界。"

9

不知为什么城堡中有一股崩溃的味道传来，越来越多的人变得有些张皇，有些懒散，又有些无奈。

那幕话剧一直都在上演，但是它好像变得不那么精致，也不那么用心了，草根与敷衍的状态都呈现出来，它似乎在走向这幕戏的终点，告诉人们它终将落幕。

楚维卿也感觉到她渐渐被遗忘了，她当然不知道这是为什么，她只是由衷地觉得这种被遗忘的感觉真好。

秦枫天天神龙见首不见尾，他知道只要不离开这个城堡，他就是安全的。楚维卿并不知道他现在在哪里起居，也许他又驻扎在某个女人的香闺也未可知，有一次，楚维卿想和他谈谈，但两人面面相觑对坐了一刻钟，却默默无言。这让她理解了什么叫作咫尺天涯，仅仅就一步，却相隔千山万水，他们各自离开时，彼此连个再见都没说。楚维卿的心中不禁涌起一种女人的多愁善感，她知道，他和她缘分尽了，有些人即使跟你纠缠得再深，那些痛苦的历程也仅仅是告别的序曲。

耿译生觉得自己变得不同了，他在一次城堡的震动中听到了一些声音，那些声音很奇怪，里面竟然有他自己，他听到自己在声音里成为主角，而且被别人爱了；他爱别人不奇怪，奇怪的是别人竟然爱他，他很意外也很欣喜，又觉得有些忐忑。

不久，耿译生开始与他大哥进行认真的谈判。他第一次变得坚定、顽强，他要求将他在家族企业中的股份折现，他要拿着那笔钱去从事一项伟大的事业——专门设计生产紫云纱，然后把紫云纱卖到全世界。

他们家族的人都认为他疯了，但后来还是同意了，毕竟都是生意人，这个世界只要价钱合理，什么都可以谈判和交易，包括亲情与爱情，这真是一个讲道理的世界。

谈判完毕之后的一天，耿译生来到了一个小店，他穿了一身运动服，背了一个大大的旅行包，楚维卿当时正在店中闲坐，她手里拿着铅笔在画一张新型紫云纱的设计草图，耿译生走进门时，她冲他笑了一下，然后又低下头专心致志地画她的图。耿译生看着阳光中的楚维卿，停顿了好一会儿才说："小楚，我们出去走走好吗？"

"好啊。"楚维卿随口说，然后站了起来。

耿译生看着她轻松随意的样子，他想这个女人是信任我的，被人信任的感觉真好。

两人手拉手走出了小店，他们走过步行区、休闲区、大堂，酒店外空气清新、天气晴朗，他们在阳光中走过广场、小桥、湖泊，最后来到动物园，在动物园，耿译生准确地找到了那匹野马，那匹野马依然在高大的铁丝网中不停地奔跑。

"我有个计划。"耿译生说。

"什么计划？"楚维卿问。

"我们把它救出去如何？"耿译生忽然说。

楚维卿一听愣了，她问："真的吗？"

"当然，我做了很长时间的准备，所有的工作人员都买通了。"耿译生说。

楚维卿有些惊讶地听着，但她从耿译生的眼中看出了某种坚定的自信，她想，反正在日出城堡一切都可以发生，于是她认真地点点头说："那么好吧，我们干吧。"

后来，耿译生果然没有让楚维卿失望，他真的做出了一件他一生中最古怪的事情，他让饲养员把马弄了出来，那匹马也许被关久了，它一离开牢笼就吓傻了，它表现得很温驯，完全不敢奔跑，楚维卿和耿译生非常轻易地一起骑上去，接着，他们让人把自己牢牢固定在野马身上，然后用一根木棍赶着它一步一步走出了动物园。他们哩啦歪斜地骑着，时时刻刻都要摔下来，但他们死活坚持着，耿译生俯下身，双手抱紧马脖子，楚维卿抱紧他，各种绳子抱紧他们，他们浑然一体地抱在一起。马走得迟疑而难看，完全是一副吓破了胆的样子，它太没见过世面了，一辈子被豢养，根本没有见过外面的世界，它胆怯而害怕地一步一步走着，它重复了楚维卿与耿译生来时的路，走过街道、广场、小桥、湖泊，可是没有人阻挡他们，甚至连看他们的人都不多，因为城堡中的人们都觉得在这里没有什么事情算得上稀奇。

野马走出城堡的大门，它在那块刻着爱语的巨石旁停留了一下，然后小跑着奔向不远处的高地，耿译生和楚维卿慢慢熟练起来，他们无师自通地从紧张变得放松，从慌乱变得从容，到后来他们好像有点学会配合马的颠簸，竟然能在马上稍稍直起身子，观察

318 ·

一下两边的风景了。

那匹野马也似乎有了信心，它越跑越快，脚步渐渐放开了，头也慢慢高昂起来，这才是它的本性，即使它被关押了很久，当一个广大的世界来到它眼前时，它本能中那种渴望自由的情感早晚会奔涌出来，它不再拘紧，不再胆怯，生活已经让它去拥抱一个本来属于它的世界了。傍晚时分，当耿译生和楚维卿骑着野马出现在城市边缘时，面对乌烟瘴气的城市，野马经过一天审慎的思考终于觉醒了，它忽然长叫一声，双蹄壁立，马背上的耿译生和楚维卿在猝不及防中，被扑通一下摔到了地上，野马回头看看地上溃败的两个压迫者，它想：轻松了，终于丢下他们了。然后野马长长地舒了一口气，掉转头向着它刚才羡慕不已的森林与河流飞跑而去。

野马走了，掉在地上的两人过了好久才忍痛爬起来，他们站在城市的边缘抬头张望，城市还是那么雄伟、广大，它欣欣向荣的气质以及十足的污浊都依然那么明显，良久，他们转过头对望，此时身无分文的楚维卿问："我们接下来去哪儿？"

"去一个我们想去的地方，这个地方其他人都不知道。"耿译生说。

"太好了，我一直不喜欢那些人，他们只认为我是个被爱情吞噬的疯子，但我哪有那么傻？"楚维卿微笑着说。

耿译生听了也笑起来，他伸出手搂住楚维卿的肩膀说："其他人虽然机关算尽，但他们都没有想到，我们真的会爱上对方。"

楚维卿听了，伸出双手紧紧环抱住耿译生的腰，夕阳下，这个并不高大也不英俊更不算富有的男人给了她一种无与伦比的可靠而踏实的感觉，此时耿译生搂住楚维卿长吻起来，这是一次认真的法式长吻，在那一吻的时间里周围的一切都似乎停止了。

很久，耿译生才放开楚维卿，他从旅行包里拿出一本护照递给楚维卿，楚维卿打开一看，上面只有照片是真的，姓名、年龄等都是假的。

"小楚，如果你愿意，从明天起我们就换一种方式到一个新的世界去生活，在那个世界里，我们劈柴，喂马，面朝大海，等待春暖花开。"耿译生说。

"我愿意！"楚维卿把护照放在胸口上说，就好像把新生活放到怀里了一样。

第二天清晨，他们早早地离开了快捷酒店，去了机场。他们顺利地过了安检和海关，登上了飞机，当机舱门关闭，外航的空姐开始进行飞行前的例行检查时，两个人忍不住再次拥吻起来。飞机起飞了，耿译生打开一个塑料袋，从里面拿出一枚金黄的柠檬，那是产自多佛尔的著名的柠檬，他请求空姐把柠檬切成片状，过了一会儿，空姐切完之后端了过来，耿译生拿起一片轻轻放入楚维卿的口中，楚维卿轻轻嚼着，那味道甜甜的，还有一种长长的苦涩。

"你说它是什么味道？"耿译生笑意盈盈地问。

"好像，好像是爱情的味道。"楚维卿半闭着眼睛说。

耿译生一听，眼圈忽然红了，他哽咽了一下，然后对楚维卿说："小楚，这一回不管去哪里，我们都永远不回来了，让那些爱情骗子和爱情暴君都见鬼去吧。"

楚维卿听了这话，睁开眼睛，她的泪水无声地直直地流下来，她伸出双臂再次紧紧拥抱了耿译生，此刻，她感到一种纯然的、巨大无比的幸福感，她拥抱着他，她知道，从今天起她会拥有世界上最伟大的爱情。

10

耿译生和楚维卿私奔了，当冯慧桐听到这个消息后，她不禁长长舒了一口气，她想，他们真的终于爱上了，她的心血没有白费。

有些出乎她意料的是，他们比她预想的时间要早，私奔的方式也更奇特更精彩。

冯慧桐因为好奇来到了楚维卿的房间，房间宽敞、整洁，充满了古典气息，冯慧桐从客厅走到卧室再走到楚维卿的画室，她从一个女人的角度想象着另一个女人在一段时光中的爱恨情仇，她和青哥，她和秦枫，她和耿译生，她想象着在这个已经空荡荡的房间发生过怎样的故事，她和谁如何相识、相知、相拥、习惯、漠视、抛弃，又最终和谁相爱。冯慧桐站在窗边眺望着窗外城堡附近的风景，她想象着他们到底以什么样的姿态骑着一匹野马跑过整个城堡，作为一个女人，她觉得这是一种足够浪漫的方式，她甚至有点艳羡或者说嫉妒，楚维卿最终获得了她终生渴求的爱情——虽然它来自于一个宏大的阴谋，但即使如此，当这种爱情从人们的构思中最终变为现实时，人们很难启齿说爱情是不存在的。另外，这段意料中的爱情还有一个荒诞不经的佐证，那就是冯慧桐曾信誓旦旦地要帮耿译生找到真正属于他的声音，但其实她只听到过耿译生与楚维卿的声音，并没有其他女人的声音出现，这样看起来，他们彼此就是对方的真命天子，他们注定要成就爱情，无论人们覆盖在多少诡计之下，爱情本身终究会自我闪耀。

卫近宇的逃跑完全出乎冯慧桐的意料，他手机关机了，人也从这个城市消失了。不过，冯慧桐并不慌张，这年头人工虽然贵但是演员还是好找的，她很快又找到故友刘欣来扮演总经理，他一直期待着与她进行深度的合作，这回终于来了机会。他完全没有卫近宇残存的愚蠢的良知，觉得这事儿只要能赚钱就值得干，他很快就进入了角色，异常起劲地接手了原来的工作，随即，露出马脚的一切在专业人士的修补下变得天衣无缝了。

青哥没有察觉到任何变化，他已经成为一个不可救药的赌徒，心思全在捞本上，他贷到了两倍以上的超额贷款，然后疯狂地买入"智信天下"，使它的股价一飞冲天。

终于，乐极生悲的日子到了，某一天，一个国外中文网站披露了"智信天下"财务造假欺骗股民的行为，很快国内网站大量转载，"智信天下"的管理层出来辩解，可他们畏首畏尾，闪烁其词，对各种置疑的回答敷衍了事苍白无力。于是，"智信天下"迎来了凶猛的做空潮，大批卖家融券卖出"智信天下"，"智信天下"的股价在一个月内大跌百分之八十，用一句老话讲，那真是飞流直下三百尺，疑是银河落九天。

这一切的背后都是有人在做推手，他就是孙维信。令他没有想到的是，他在和女儿的这次合作中利用做空机制赚得盆满钵满，这让他对自己的女儿刮目相看。某一天，他包机给他女儿送来了一屋子鲜花，这是一种超越情感的专业上的尊重，冯慧桐笑纳了，她认为这是一个被承认的信号。

青哥最终破产了，因为各种股东的集资款还有银行贷款都被他一股脑放到了股票账户中，但不幸的是，这个虚拟的绞肉机远远比现实中的销金窟厉害，它几乎就是在瞬间使青哥的所有资产樯橹灰飞烟灭，青哥完了，他经营的一个商业帝国完了，他人生最大的也是最后一次赌博输了，虽然日出城堡依然存在，太阳照常升起，但他已不再拥有它。

某一天，青哥接到了一个来自南方的匿名电话，那个异常别扭的外地口音如同背书一样告诉了他整个事情的来龙去脉，青哥放下电话之后，决定去报复，但他发现他没有明确的对手，他把钱全部输在了看不到硝烟的股票市场上，他仅仅想起了卫近宇那个私募基金的办公所在地，于是他组织了几百人，带上家伙，开着车向城里进发了。

很不巧，那一天他们的复仇之旅遇到了百年不遇的大暴雨，他们刚一出城堡，雨就开始下，越往城里开雨下得越大，开始雨中还看得见路，后来路消失了就只能看见水从天上倒下来。青哥不信邪，他奋力向前开着，强烈的复仇意念支撑着他，但是人力完全不能胜天，终于，他们的车在城市的立交桥路口纷纷沦陷了。这个城市在这个暴雨天完美地诠释了什么叫"金玉其外，败絮其中"。它显示了它完全不具备良心与美德，它所有的下水道一齐堵了，于是城市变为河泽，青哥的还有其他市民的车无一例外地漂了起来。人们在老天爷轻蔑的惩罚面前变为了渔民。他们纷纷跳出车，然后在水中游了起来。这其实仅仅是老天爷的一声轻笑，那些从来都毫无顾忌，从来都作恶多端的人们立刻凄厉地号叫起来，谁都看得出其实他们的内心有多么的恐惧、多么的脆弱！

青哥的人就这样散了，他们没有被人力打败，但他们偶然地成为了这个城市的替罪羊输给了自然。青哥好不容易逃回日出城堡时，已经是第二天清晨，城堡依然矗立在高地上，它丝毫没有受到大雨的影响。青哥如同一只落汤鸡一般走入酒店的大堂时，那出永不落幕的话剧依然在上演，青哥第一次也是最后一次认真地看着这出戏，它似乎在讲一个城堡的命运，那个城堡曾经是那样的灿烂与辉煌，里面的人曾经那样的风光无限，那样的放荡欢乐，那样的无忧无虑。那出戏很长，青哥一直耐心地看着，他想看到它的结尾，看看城堡中人们的归宿到底是什么，可是那出戏异常琐碎地绵延下去，它在无数细节处停留拐弯并走上另一条岔路，看到后来青哥终于明白，他可能永远看不到那个结尾了，城堡的命运不会结束，但是它与他已经无关了。不久，天晴了，一道白色的光柱从城堡的穹顶钻进来，然后直直地照射下来，城堡再次长时间地震动起来，所有人都在颠簸中停下了脚步，他们互相茫然地看着，感觉着时空在他们面前飞速地流逝又回补。青哥认真地看着那道宽大的光柱，他明白那就是上帝之光，他好像一下顿悟了，内心不再悲伤，他发现当他失去一切的时候内心竟然不再烦躁，他忽然知道了自己应该去哪里，余下的半生要过什么样的生活，其实他为自己最终的归宿苦恼很久了。

很长时间以后，卫近宇重新回到了城市。

这期间，他去找了一次钱媛，他把这次相聚当作永恒的告别，之后就是漫无目的地旅行。

他是带着一种新的想法回来的，他换了手机，搬了家，把自己的房子租出去，又租了新的房子，他打算忘记过去的一切，不管他曾经是谁——英雄或者乞丐、懦夫或者骗子，他要重新开始生活。

他知道这很自私，他在过去的世界里有很多的债，也有很多的责任，但是他选择了放弃，他就是这么简单地做了，他想也许会有很多人来找他算账，但一切到时再说，该怎么样就怎么样。

后来，他果然遇到了故人。

那一天，他心情愉快无所事事地在一条商业街上溜达着。天气很好，阳光灿烂，街上人不多，他信步走着。很偶然，他在一个舞蹈生活馆前停了下来，他看到了一辆红色的扎眼的跑车，这种车在这个城市因为"干爹"两字而变得非常有名，他刚想研究一下，舞蹈生活馆的那扇玻璃门就被推开了，冯慧桐走了出来，她穿了一身舞蹈练功服，身材姣好，亭亭玉立。

"哥哥，怎么是你啊？"冯慧桐不敢相信似的问。

"是你啊——"卫近宇一愣，当他看清楚对面的人是谁时，他略微发胖的脸上绽开有点尴尬的笑容。

"你还在这个城市？你还好吗？"冯慧桐笑着连连问。

"还好，我，我还住在这个城市。"卫近宇不知说什么好。

冯慧桐久久地盯着他，当她看到他两鬓透露出的白发时，眼中竟有一点点泪花。

"那什么，后来，怎么样了？"卫近宇不禁想起了过去的事情。

"我成功了，那个世界属于我了。"冯慧桐微笑着回答。

卫近宇听了轻轻吁了一口气，他心中的感受很复杂，但是似乎一切都踏实了。

"哥哥，其实，我什么也不怪你，你不欠我什么。"冯慧桐这时忽然非常真诚地说。

卫近宇闻言很惭愧地笑笑，他说："我这人吧懦弱无能，胆小怕事惯了。"

"每个人都有自己的行为方式，对吧？"冯慧桐再次善解人意地说。

卫近宇微笑着点点头，他觉得冯慧桐真的成熟了，她已经开始能为别人着想了，他打量着面前干净、明媚的冯慧桐，似乎她比原来更加漂亮了，更像一个闪耀的明星，于是卫近宇由衷地感叹一声说："妹妹，你真是越来越美了。"

"谢谢。"冯慧桐说，"那么哥哥，你将来打算怎么着？"

"我不清楚，我的道路也许还在远方。"卫近宇摇摇头说。

"那么，我祝你幸福。"冯慧桐说，"而且我由衷地感谢你，感谢你曾给过我一段美好的时光，也感谢你彻底改变了我。"说完，她走上前，伸出细长的双臂，紧紧拥抱了卫近宇，卫近宇在那种青春而广大的怀抱中有一种甜蜜，有一种感动，有一种微小的却不可磨灭的价值感涌现心头……

第九章 | 他们都看到了蓝色

　　一个音乐厅，寥寥无几的观众。

　　一个孩子坐在钢琴前，他熟练而轻柔地弹着肖邦的一首钢琴奏鸣曲。

　　台下有人在静静聆听。

　　孩子弹完，鞠躬，下台，然后走到他母亲的旁边坐下。

　　评委们交头接耳，小声地议论着，这是一个小型的音乐比赛，他们在打分。

　　青哥走进音乐厅，舞台是闪亮的，台下是黯淡的，他一步一步试探着向前面走去，走到第五排时他停下了脚步，他看到了那对母子，他走过去在他们身边坐下。

　　那位母亲转过头，她面容宁静，神情缓和，一双深邃的大眼睛如同天空一般悠远。

　　"你来了。"她看着他说。

　　"我来了。"青哥说。

　　"还走吗？"她问他。

"不走了，我们以后会一直在一起。"青哥轻描淡写地说。

她听了青哥的话没说什么，慢慢地她的眼中泛出泪光。这时小男孩转过头，忽闪着大眼睛看着青哥。

"儿子，叫叔叔，就是这位叔叔给你买的钢琴。"女人说。

"叔叔——"小男孩怯怯地叫了一声。

青哥看着小男孩，眼睛忽然也湿润了，他温和地笑了起来，然后伸出手抚摸着孩子的头说："小伙子，好好弹吧，我会一直听下去的，我是用了一个世界才换来和你在一起的日子的。"

冯慧桐成为日出城堡新的主人，她以孙维信的金融资本为后台，经过异常复杂的操作，反复做空又做多"智信天下"，最终他们一股独大，干掉了所有的对手与合作者，赚得盆满钵满之后全身而退。冯慧桐利用赚来的钱，偿还了银行贷款以及全部股东的本金，最后她成为日出城堡唯一的拥有者。

冯慧桐消灭了她心目中的万声之源——那种她不喜欢的无穷无尽的真话，她使用的方法很简单，就是暂时关闭了城堡，让一切停止，这样，没有人再来倾诉，声音也就不再聚集，日出城堡彻底变为一个宁静的世界。

但是冯慧桐早晚要重新开放它，她的目标是把它建成一个真正美好的世界，不像过去那样喧嚣、狂热，金玉其外，隐秘其中，它一定会缓慢、恬淡、清净、怡然自得。整个世界可能坐落在植物中，也可能居于清水之下；它也许在云端之上，也许摇曳在风里。冯慧桐把那朵金属莲花永远固定在了湖底，这样她就获得了彻底的稳定性。她一直在想，当日出城堡重新开放的那一天，她一定会叫来城市中最好的歌剧演员，吟唱一曲优美的《梦幻曲》，奉献给这个城市。她幻想着彼时歌声会在城市的上空轻轻地飘荡起来，而她则要以这个人间仙境作为跳板，飞往她梦中的世界，在那里，她最终会摆脱束缚，拥有自己所渴望的一切。

卫近宇在某一天得到了一笔钱，这是冯丽莎付给他的咨询费，他虽然半途而逃，但是她还是全额支付了这笔费用，这让卫近宇既感动又惭愧。

很久之后，当卫近宇反思他与冯慧桐那一段纠缠的时光时，他很意外自己并没有给予负面的评价，相反他却常常回忆起其中那些动人的片断。他深深地觉得人类的情感是那样的不可阻挡，它们总是毫不费力地跨越理智与道德的羁绊。虽然他和她在年龄、个性、志趣上千差万别，完全不是一路人，但他们还是经历了相互珍惜、相互爱怜、相互关怀、相互融化的一段异常明媚的光阴，他们彼此虽然都是对方的过客，但是他们在相互驻足时曾经调动起来的情感与人类那些伟大的情感并无二致。

卫近宇猜其实冯慧桐也是这样想的。后来有一天，卫近宇生日之际，冯慧桐忽然打过电话来，她说她记得他喜欢看肥皂剧，因此就找人翻译了一部美剧作为生日礼物放在网上。卫近宇放下电话，马上去网上看了。那个电视剧是讲新闻制作的，里面充满了理想主义以及功利主义的争斗。他连着看了三天三夜，一边看一边痛哭，里面的人物他感同身受，因为他也曾像他们一样，犹豫过，徘徊过，奋斗过。

卫近宇后来一直在寻找自己的生活之路。一天傍晚，他在马路上看到了苏菲，她当时正带着她的孩子在和一个男人说话，她的表情不咸不淡，和那个男人的距离不远也不近，卫近宇一直等到她和那个男人告别之后，才走了过去，轻轻叫了一声："苏菲。"

苏菲转过头，认出了他，她愉快地笑起来说："啊，同行，你还好吗？"

卫近宇笑着说："我很好，你也好吧？"

"很好啊。"苏菲说。

那一天，他们不知道在一起说了多少个好字，不过一切真的挺好的。卫近宇就这样持续追寻着，这一回他不会再放弃，在攻打日出城堡的岁月里，他其实也有了很大的改变，他至少直面了自己的懦弱，也直面了困境本身，虽然他依然不知道自己想成为什么人，但他至少知道他不想成为什么人。

秦枫最终还是归顺了吴爱红。

当日出城堡里所有的捆绑与罗网都消失时，他由衷地感到获得了重生。其实从某个角度讲，他算是这个城市里一个幸福的人，他比更多的人懂得了自由，它是人的本能之一，人需要它如同需要水和空气一样。但是，从另一个角度讲，他又是这个城市里一个不幸的人，因为他同时明白，任何形式的自由都是有代价的，生活中永远没有免费的午餐。

秦枫走出日出城堡时，有两辆车在等他，一辆是吴爱红派来的，一辆是季明蕊派来的。他想了一下，走到季明蕊的车前说了两句客套话，把司机打发走，然后就坐进了吴爱红的车。他很清楚季明蕊派车是因为她讲义气，可之后，她照样要过她自己的生活，她没有能力也没有理由再管他；可吴爱红不一样，她真心的喜欢他，她会一直管他吃管他喝，直到他们都老去。

秦枫坐进车子之后，立刻痛哭起来，他在离开城堡的最后一刻，看到了自己所经历的潮水般的女人们，看到了他年轻时自由痛快的狂笑，还有奇奇和怪怪，他们相依为命地走在路上，很幸福很温暖的样子。

"弟弟，哭什么？"吴爱红这时说，"凡事有姐呢，一切都会好起来的！"秦枫听了，一把搂住吴爱红更大声地哭了起来。

就这样秦枫和吴爱红一直过了下去，他们不仅相安无事甚至还越处越好，秦枫在自由与生存之间找到了平衡，他总算明白在一个人不长的一生中，温暖的形式有很多，有时它是以人们不习惯的方式到来的，但它就是实实在在的温暖。

有一次吴爱红病重住院，他不分昼夜地在医院陪了她两个星期，当吴爱红逐渐痊愈时，她看着憔悴消瘦的秦枫，饱含热泪地说："弟弟，谢谢你，我真没看错你。"秦枫听了温和地一笑，拉着她的手说："姐，没事儿，都是应该的，你对我那么好，我该为你做一点人事了，我不能总当一个没良心的王八蛋吧。"

只有耿译生和楚维卿的结果是最完美的，这两个把爱情作为信仰的人最终获得了伟大的爱情。他们在一个沙漠王国的自由港落了脚，耿译生做他的紫云纱买卖，而楚维卿专心致志地搞设计，后来楚维卿在商业中获得了巨大的成功，她偶然又必然地成为那个沙漠王国里最伟大的时装设计师之一。她把这一切成就都归功于伟大的爱情，她在一场受到全球时尚界关注的时装展示会上说了一句令众人感动的话：感谢爱情，为了你的爱，太阳每天从东方升起。

他们的城市一直在蓬勃地发展着，他们的城市充满希望又时有绝望，他们的城市日新月异，又常常土崩瓦解；人们来了又去，去了又来，他们或者痛苦或者欢乐地活着，每一天都有新的生活新的戏剧上演；人们咒骂这里，热爱这里，他们在这里灭亡，又在这里重生。

　　有一天，当雾霾散去，整个城市都看到了蓝色，那是一片久违的鲜艳的蓝色，它们在天空之中异常耀眼，所有的人都抬起头仰望，这一天对他们来说是非常特殊的，他们很久没有看到真正的蓝色了。

　　那一对老人与孩子一直在城市里游走着，他们只是抬头观察了一下，又继续低下头讨论他们关心的事情，任凭这一幕人生的蓝色如同烟花一般涌现又消失；他们淡定地等待着未来，既不特别忧伤，也不特别喜悦，他们知道该来的得来，该结束的得结束，即使这个城市的人们再欢乐再昂扬再澎湃再鄙俗再卑微再冷漠，上帝总有自己清晰的判断与笑声，那也许是一声清脆的鸟叫，也许是一阵呼啸而至的大海的声音——

2012年4月至2012年11月构思

2012年11月至2013年5月第一稿

2013年7月第二稿完

2013年9月第三稿完

2014年2月16日第五稿完

2014年7月8日第六稿完

后　记 | 致我所热爱的城市文学

　　我从小生活在北京这个城市，没有任何农村经验，因此城市是我唯一具有可靠经验的地方。

　　如同很多城市里的孩子一样，我的青春时光都浪费在读书考试上，我念过物理化学和国际贸易，毕业后，从事过很多职业，搞过科研，当过电台主持人，还做过国际贸易。

　　无疑，我和城市的关系是异常紧密的，我生活在这里，所有的亲朋好友、社会关系都在这里，我跟随着城市的发展而发展，看着它日新月异、欣欣向荣，也看着它越来越肮脏。

　　我喜欢北京，习惯它的闹腾与自在，秋天、卤煮、足球、美女、酒吧、艺术、科技，还有一些不着四六的人毫不靠谱的梦想，以及街头流氓的京骂。根本没想过出国，只想在这个城市终老，即使它有霾，有化学食品，有混浊的水，但是我会自如地待下去，直到我和我的爱人老去。

　　从1995年开始，我一直在写中篇，2012年起我打算写长篇，这本来应该是一个作家的必经之路，但是因为种种借口（主要是懒），我一直把这件事儿搁置不理。

我基本上没有写过长篇，年少轻狂时曾有过一篇习作，但那完全不能叫作长篇，只能叫作文字的堆砌——略好于现在的网络文学。因此写这个长篇对我来说是一个新的历程，一次真正的考验。我从2012年开始构思到2014年7月完成，花了两年多时间，中间历经艰辛，六易其稿，备受打击。我深深体会到写一个长篇是多么不容易，那种传说中的一天写几万字的事情只有神仙才做得出来。

有一段时间了，我写的小说被定义为"城市文学"，可是，什么是城市文学呢？

在我看来，当代中国是一个典型的二元化结构，即农村与城市并存。目前很大一部分作家，具有广泛的乡村以及小城镇生活经历，这就使他们的写作更关注这些地区，以及他们进入城市之后所经历的市民生活；而真正具有长期的、巨型的、现代化都市生活经验的作家并不太多，因此对于城市的表象及其内心深入观察的作品也并不多，所以，从这个角度看，我觉得城市文学应该是在中国城市化进程中，描述巨型城市中个体生存、存在以及深层次文化经验的小说。

大概从2004年开始我的中篇小说逐渐受到了关注，后来一些评论家根据我的小说创作方法提出了一个"智性写作"的概念。对于"智性写作"，我个人给出如下一个阐释：我以为，"智性写作"就是以复杂震荡式的多学科组合方式，以不断扩展的想象力，运用现实元素搭建一个超越现实的非现实世界，并且在关照现实世界的过程中，完成对于可能性的探索以及对终极意义的寻找。

基于自我局限，我眼中的城市文学是与"智性写作"息息相关的，它应该与那种庸常写作相对立，它具有现代价值观与方法论，开放、多元、动态、复杂。在城市文学中，哲学批判应该代替政治批判，城市文学应该从人类的高度，看到人类的基本欲望、基本窘境，体悟人类的基本情感，而对于终极关怀的追求显然应该代替功利主义追求，写作者应该从感性与理性的交织中，上升到对神性的思考。

　　《被声音打扰的时光》就是一部典型的城市文学作品，当我花了两年多时间历经艰辛地写完，本来以为自己会有很多话要说，可是现在却觉得不如闭嘴为好，这本书是我对这个城市的某种理解，很多感受都在作品里面了，书中的那些人物在他们的城市中游走、生活、歌哭，我坚信他们是存在的，他们就在这个世界上，和我如同流水一样常常对穿而过，只是我不知道而已。

　　未来我肯定会把主要精力投入到长篇创作中，我打算在十二年时间内写三四部长篇。我的题材依然是关于城市的，我认为未来中国一百年以内的道路都是一个城市化的道路，历史会把它意味深长的目光投向城市的深处，我们这些忠实于城市的写作者将会接受历史的考验，我们会努力表达出城市的开放性、多元性、矛盾性，还有它极为深刻的变形记。

　　作为一个骨子里的悲观主义者，我觉得人类的孤独与哀伤是与生俱来不可避免的，它归因于人类生命的有限性和人类理智的有限性。如果人类能够长生不老，如果人类的理性能够强大到获得完全的确定性，那么人类很可能是最终欢乐的物种，人类社会也许就是一个永远狂欢的社会。但是很遗憾，这一切都是奢望，我们的生命如白驹过隙，我们对于这一广大的世界根本一无所知，这些本质上的绝望，这些人类最终的窘境深深困扰着我，因此这也是我永恒的城市文学的创作动力。我力图在我的小说中、在我的城市中揭示这些困境，展现出人类在与这些困境进行斗争时所激发的伟大情感与基本理念，比如爱、怜悯、宽恕、正义、自由。

我毫不掩饰我个人的痴心妄想，那就是，我想写出这个时代最伟大的城市小说，之一都不行，之一都是失败，一定是最好的！

城市会在可预见的未来一直向前，城市文学会在可预见的未来蓬勃发展。作为城市的表达者之一，我会在整个生命的历程中讴歌它，批判它，为之痛苦为之欢乐，为之汗颜也为之自豪！

晓航

2015年6月3日

图书在版编目（CIP）数据

被声音打扰的时光／晓航著. — 北京 ：北京十月
文艺出版社，2015.8
ISBN 978-7-5302-1498-5

Ⅰ.①被… Ⅱ.①晓… Ⅲ.①长篇小说－中国－当代
Ⅳ.① I247.5

中国版本图书馆 CIP 数据核字 (2015) 第 097932 号

被声音打扰的时光
BEI SHENGYIN DARAO DE SHIGUANG
晓　航 著

出　　版　北京出版集团公司　　　北京十月文艺出版社
　　　　　北京北三环中路 6 号　　邮编 100120
发　　行　新经典发行有限公司
　　　　　电话 (010)62026811
经　　销　新华书店
印　　刷　三河市中晟雅豪印务有限公司印刷
开　　本　880 毫米 ×1230 毫米　1/32
印　　张　11
字　　数　200 千字
版　　次　2015 年 8 月第 1 版
印　　次　2015 年 8 月第 1 次印刷
书　　号　ISBN 978-7-5302-1498-5
定　　价　28.00 元
质量监督电话 010-58572393